異修羅 IV

光陰英雄刑

珪素
ILLUSTRATION
クレタ

あらすじ STORY

地平の全てを恐怖させた世界の敵、“本物の魔王”を何者かが倒した。
その勇者は、未だ、その名も実在も知れぬままである。
“本物の魔王”による恐怖は、唐突な終わりを迎えた。

しかし、魔王の時代が生み出した英雄はこの世界に残り続けている。

全生命共通の敵である魔王がいなくなった今、
単独で世界を変えうるほどの力をもつ彼らが欲望のままに動きだし、
さらなる戦乱の時代を呼び込んでしまうかもしれない。

人族を統一し、唯一の王国となった黄都にとって、
彼らの存在は潜在的な脅威と化していた。
英雄は、もはや滅びをもたらす修羅である。

新たな時代を平和なものにするためには、
次世代の脅威となるものを排除し、
民の希望の導となる“本物の勇者”を決める必要があった。

そこで、黄都の政治を執り行う黄都二十九官らは、
この地平から種族を問わず、頂点の能力を極めた修羅達を集め、
勝ち進んだ一名が“本物の勇者”となる上覧試合の開催を
計るのだった——。

勢力図 POWER RELATIONSHIPS

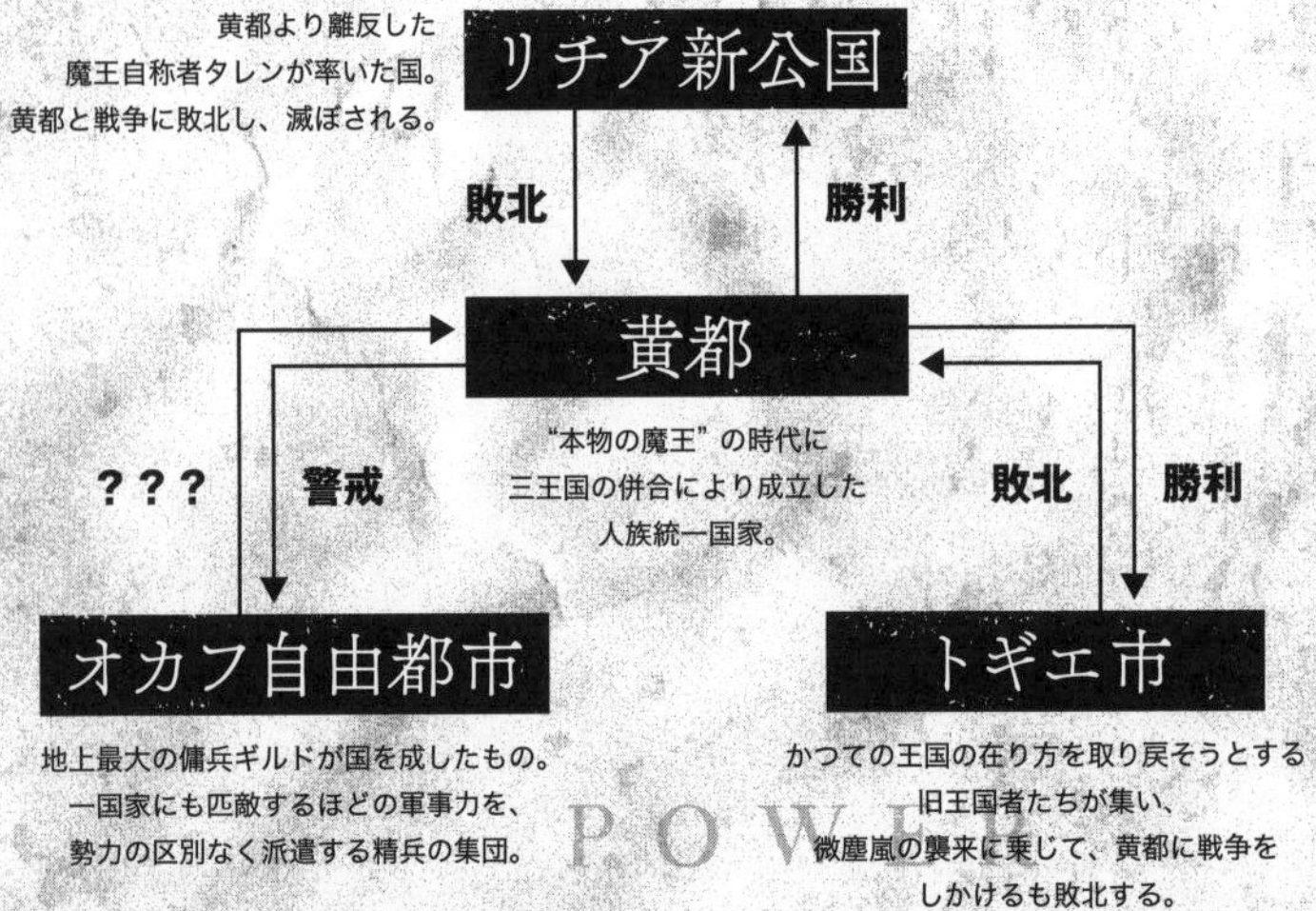

黄都より離反した
魔王自称者タレンが率いた国。
黄都と戦争に敗北し、滅ぼされる。
リチア新公国
敗北
勝利
黄都
“本物の魔王”の時代に
三王国の併合により成立した
人族統一国家。
？？？
警戒
敗北
勝利
オカフ自由都市
地上最大の傭兵ギルドが国を成したもの。
一国家にも匹敵するほどの軍事力を、
勢力の区別なく派遣する精兵の集団。
トギエ市
かつての王国の在り方を取り戻そうとする
旧王国者たちが集い、
微塵嵐の襲来に乗じて、黄都に戦争を
しかけるも敗北する。

用語説明

GLOSSARY

◈詞術《しじゅつ》

①巨人《ギガント》の体の構造など物理的に成立しないはずの生物や現象を許容し成立させる世界の法則。
②発言者の種族や言語体系を問わず、言葉に込められた意思が聞き手へと伝わる現象。
③また、その現象を用いて対象に“頼む”ことにより自然現象を歪曲する術の総称。
いわゆる魔法のようなもの。力術、熱術、工術、生術の四系統が中心となっているが
例外となる系統の使い手もいる。作用させるには対象に慣れ親しんでいる必要があるが、
実力のある詞術使いだとある程度カバーすることができる。

力術《りきじゅつ》

方向性を持った力や速さ、いわゆる
運動量を対象に与える術。

工術《こうじゅつ》

対象の形を変える術。

熱術《ねつじゅつ》

熱量、電荷、光といった、方向性を
持たないエネルギーを対象に与える術。

生術《せいじゅつ》

対象の性質を変える術。

◈客人《まろうど》

常識から大きく逸脱した能力を持っているがために、“彼方”と呼ばれる異世界から
転移させられてきた存在。客人は詞術を使うことができない。

◈魔剣《まけん》・魔具《まぐ》

強力な能力を宿した剣や道具。客人と同様に強力な力を宿すがために、
異世界より転移させられてきた器物もある。

◈黄都二十九官《こうとにじゅうきゅうかん》

黄都の政治を執り行うトップ。卿が文官で、将が武官。
二十九官内での年功や数字による上下関係はない。

◈魔王自称者《まおうじしょうしゃ》

三王国の“正なる王”ではない“魔なる王”たちの総称。王を自称せずとも大きな力をもち
黄都を脅かす行動をとるものを、黄都が魔王自称者と認定し討伐対象とする場合もある。

◈六合上覧《りくごうじょうらん》

“本物の勇者”を決めるトーナメント。一対一の戦いで最後まで勝ち進んだものが
“本物の勇者”であることになる。出場には黄都二十九官のうち一名の擁立が必要となる。

六合上覧
擁立者
静寂なるハルゲント
冬のルクノカ
凍術士　竜
擁立者
鎹のヒドウ
星馳せアルス
冒険者　鳥竜
擁立者
鉄貫羽影のミジアル
おぞましきトロア
魔剣士　山人
擁立者
蝋花のクウェル
無尽無流のサイアノプ
格闘家　粘獣
奈落の巣網のゼルジルガ
道化　砂人
擁立者
千里鏡のエヌ
窮知の箱のメステルエクシル
生術士／工術士　機魔／造人
擁立者
円卓のケイテ
魔法のツー
狂戦士　Ⅰ
擁立者
先触れのフリンスダ
通り禍のクゼ
聖騎士　人間
擁立者
暮鐘のノフトク

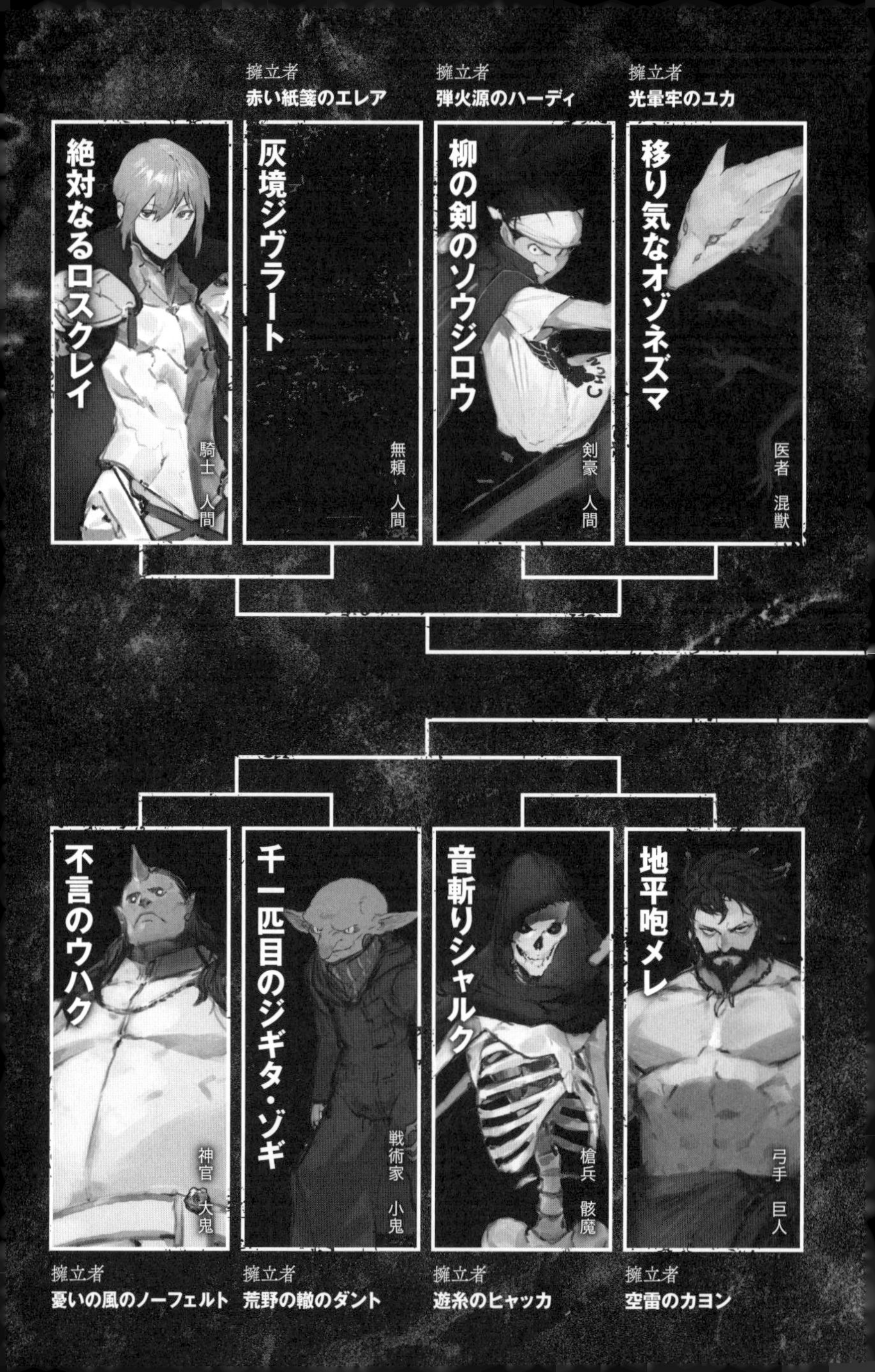

絶対なるロスクレイ
騎士　人間
擁立者
赤い紙箋のエレア
灰境ジヴラート
無頼　人間
擁立者
弾火源のハーディ
柳の剣のソウジロウ
剣豪　人間
擁立者
光暈牢のユカ
移り気なオゾネズマ
医者　混獣
不言のウハク
神官　大鬼
擁立者
憂いの風のノーフェルト
千一匹目のジギタ・ゾギ
戦術家　小鬼
擁立者
荒野の轍のダント
音斬りシャルク
槍兵　骸魔
擁立者
遊糸のヒャッカ
地平咆メレ
弓手　巨人
擁立者
空雷のカヨン

黄都二十九官

第一卿
基図のグラス
初老に差し掛かる年齢の男性。
二十九官の会議を取り仕切る議長を担う。
六合上覧においては派閥に属さず中立を貫く。

第二将
絶対なるロスクレイ
英雄として絶対の信頼を集める男性。
自らを擁立し六合上覧に出場。
二十九官の最大派閥のリーダー。

第三卿
速き墨ジェルキ
鋭利な印象の文官然とした眼鏡の男性。
六合上覧を企画した。
ロスクレイ派閥に所属する。

第四卿
円卓のケイテ
極めて苛烈な気性の男性。
窮知の箱のメステルエクシルの擁立者。
屈指の武力と権力を有し、ロスクレイ派閥に対抗する。

第五官
空席

第六将
静寂なるハルゲント
無能と馬鹿にされながらも権力を求める男性。
冬のルクノカの擁立者。
星馳せアルスと深い因縁がある。派閥には属さない。

第七卿
先触れのフリンスダ
金銀の装飾に身を包んだ肥満体の女性。
財力のみを信ずる現実主義者。
魔法のツーの擁立者。

第八卿
文伝てシェイネク
多くの文字の解読と記述が可能な男性。
第一卿　基図のグラスの実質的な書記。
グラスと同じく中立を貫く。

第九将
鏨のヤニーギズ
針金のような体格と乱杭歯の男性。
ロスクレイ派閥に所属する。

第十将
蝋花のクウェル
長い前髪に眼が隠れている女性。
無尽無流のサイアノプの擁立者。
常に怯えており、気が弱い。
ある理由で、二十九官の中でも最高の身体能力を持つ。

第十一卿
暮鐘のノフトク
穏和な印象を与える年老いた男性。
通り禍のクゼの擁立者。
教団の管轄を担う。

第十二将
白織サブフォム
鉄面で顔を覆った男性。
かつて魔王自称者モリオと刃を交え、現在は療養中。

第十三卿
千里鏡のエヌ
髪を全て後ろに撫で付けた貴族の男性。
奈落の巣網のゼルジルガの擁立者。感染により黒曜リナリスの手駒となった。

第十四将
光量牢のユカ
丸々と肥った純朴な男性。
野心というものが全くない。
国家公安部門を担当する。
移り気なオゾネズマの擁立者。

第二十五将
空雷のカヨン
女性のような口調で話す隻腕の男性。
地平咆メレの擁立者。

第二十六卿
囁かれしミーカ
四角い印象を与える厳しい女性。
六合上覧の審判を務める。

第二十七将
弾火源のハーディ
戦争を本心から好む老いた男性。
柳の剣のソウジロウの擁立者。
軍部の最大派閥を従える重鎮。
ロスクレイ派閥の最大対抗馬と目される。

第二十八卿
整列のアンテル
暗い色眼鏡をかけた褐色肌の男性。
ロスクレイ派閥に所属する。

第二十九官
空席

第二十卿
鎹のヒドウ
傲慢な御曹司であると同時に才覚と人望を備えた男性。
星馳せアルスの擁立者。
アルスを勝たせないために擁立している。

第二十一将
紫紺の泡のツツリ
白髪交じりの髪を後ろでまとめた女性。

第二十二将
鉄貫羽影のミジアル
若干十六歳にして二十九官となった男性。
物怖じをしない気質。
おぞましきトロアの擁立者。

第二十三官
空席
警めのタレンの席であったが、彼女が離反した現在、空席となっている。

第二十四将
荒野の轍のダント
生真面目な気質の男性。
女王派であり、ロスクレイ派閥に反感を抱いている。
千一匹目のジギタ・ゾギの擁立者。

第十五将
淵藪のハイゼスタ
皮肉めいた笑みを浮かべる壮年の男性。
素行不良が目立つ。

第十六将
憂いの風のノーフェルト
異常長身の男性。
不言のウハクの擁立者。
クゼと同じ教団の救貧院出身。

第十七卿
赤い紙箋のエレア
娼婦の家系から成り上がった、若く美しい女性。諜報部門を統括する。灰境ジヴラートの擁立者。
世界詞のキアを切り札として隠し持っている。

第十八卿
片割月のクエワイ
若く陰気な男性。

第十九卿
遊糸のヒャッカ
農業部門を統括する小柄な男性。
二十九官という地位にふさわしくなるため気を張っている。
音斬りシャルクの擁立者。

CONTENTS

七節　六合上覧Ⅱ

ISHURA

AUTHOR: KEISO
ILLUSTRATION: KURETA

七節

六合上覧 II

一◇悔恨

〝本物の魔王〟の恐怖が知られはじめたばかりの頃。

通《とお》り禍《か》のクゼはまだ始末屋ではなく、そして通《とお》り禍《か》の名を名乗ってもいない、救貧院を転々と渡り歩いて教えを学んでいただけの、ただの神官志望の青年だった。

辺境のどこかの都市で、一夜にして外部との連絡が途絶え、原因を突き止めるために向かった者達も戻らなかった。しかし――ただそれだけの情報でしかなくとも、突発的な暴動や新たな疫病などではないのだと、その当時の誰もが直感していたように思う。

初めの頃は、人々はその都市の存在を黙殺しようとした。きっと不幸な災害が起こり、住民の救出作業も難航しているのだろうと言う者がいた。既にいくつもの都市を滅ぼしていた色彩《しきさい》のイジックや、今なお人族《じんぞく》の中に潜んでいる血鬼《ヴァンパイア》の方が遥《はる》かに大きな問題で、自分達に関わりのない辺境の都市のことなど、気にしてはならないのだと。

若きクゼはその話を信じた。だが、やがてそうではないことが分かってきた。

気にしてはならないと触れ回る必要があるほどに、あらゆる者が気にしていたのだ。

クゼの知る限り――大人も、子供でさえも不安に心を囚われていたというのに、住民の生死すら不明なまま、一年以上も捜査活動は放置されたままだった。

異常だった。

やがて、都市に隣り合っていた村落が消えているらしいという噂《うわさ》が届いた。〝本物の魔王〟に関する調査には、何一つ正確なものはない。辛《かろ》うじて帰った者は、被害状況や住民の安否なども述べず、『恐ろしいものがいる』とだけ言い残したのだという。そして、死んだ。

身体的な異常によるものではない。極度の恐怖と消耗が死因だった。

――『恐ろしいものがいた』ではなく、『いる』と言ったのだという。短い言葉だったが、それこそが〝本物の魔王〟の恐怖の凄《すさ》まじさを表している。恐らく、彼は〝本物の魔王〟に出会ってすらいなかった。滅びた地で魔王軍に遭遇し、そこに恐ろしいものがいることを理解して……理解してしまったが故に、死んだのだ。


人々は正体不明の、絶大な恐怖を恐れた。

誰かがそれを〝本物の魔王〟と呼びはじめた。

正なる王に対する魔なる王ではなく、この世にあるべきでない〝魔〟の王なのだと。

〝教団〟の神官長は、人々に向けて声明を発した。王族か神官長がそのようにしなければ、もはや収まらぬ混乱が広まりつつあった。

「この世界に生きる、詞術《しじゅつ》相通ずる全ての命は……滅びの脅威を幾度も乗り越えてきたからこそ、この時まで命を繋《つな》ぎ、私達のように生き続けています」

〝教団〟は、その務めに忠実に、人々の心に巣食う恐れの呪いを解こうとしていた。

「多くの犠牲は出るでしょう。疫病や、邪竜《じゃりゅう》の災いがそうであったように。そうであるとしても、過去のそれらの災いと同じように——この恐怖は必ず終息するでしょう」

クゼも、それを信じた。あと少し耐えさえすれば、見知らぬ誰かが〝本物の魔王〟を討ち果たしてくれるのだろうと、希望を抱くことができた。

だがその声明を発したことこそが、〝教団〟にとって最悪の岐路であったのかもしれない。

多くの人々の希望であった〝最初の一行〟が全滅し、〝教団〟の慈善活動は滅びの波を食い止めることができず、世界中の誰もが、死に、死に、死んでいった。

全ての王国は戦時体制を取り、社会福祉を担う〝教団〟への支援は年を追うごとに減り続けた。

教義の故に兵力を供出することのできない〝教団〟は人々から白眼視されるようになり、あらゆる類の絶望が広まり続ける世界からは、何よりも先に信仰が失われていった。

——詞神《ししん》がこの世界を作り出したというのなら、その詞神《ししん》は何故《なぜ》〝本物の魔王〟の存在を許しているのか？

声明を発した神官長は、僅か一年後に死んだ。

彼を刺殺したのは、魔王軍によって家族を失った浮浪者だった。

「神官を志すなら、クゼ」

当時、クゼを教えていた観《かん》じのロゼルハという神官が、ふと漏らした言葉がある。

「誰よりも最後まで、諦めるなよ。〝本物の魔王〟がどれだけ人々を苦しめても……最後まで、正しい教えを守らないといけない。何より一番難しい神官の仕事が、それだ」

「……はは。そうなんだろうな。ロゼルハ先生だって、いつも禁酒を諦めてるだろ」

「いや……へへ、そういうのとは別に。別にって話だからな、クゼ」

「……皆が、詞神《ししん》サマに助けを求めに来ている。〝最初の一行〟でも無理だったなら、それができる誰かに〝本物の魔王〟を殺しに行ってほしいって思ってるんだ。その願いに応えようとしている連中がいる。俺はそいつらが間違ってるとは思わない。だけど、信仰を捨てても討伐隊に加わろうとする信徒が出てきはじめている。……俺は、そいつらに何をしてやればいい」

この世に〝本物の魔王〟が生きていてはならない。クゼ自身も、苦しむ人々の助けになりたいと願っている。魔王から逃れてきた難民達を守り、民に心の安らぎを与えるだけではなく……その原因となる恐怖を根本から消し去ってしまうことはできないか。

仮に〝本物の魔王〟が詞術《しじゅつ》の相通じる存在だとすれば、それを殺すための行いは、〝教団〟の信徒にとって、守り続けてきた信仰を捨て去ることを意味することでもある。

「……憎んではいけません。傷つけてはいけません。殺《あや》めてはいけません、だ。難しい話だな」

「ロゼルハ先生の考えじゃ……行っちゃった奴らは、諦めたってことなのか？」

「そうだな。神官としての救い方を貫けなかった。残酷な言い方かもしれんけどな」

ロゼルハが、誰よりも深く詞神《ししん》の教えを信仰していることをクゼは知っている。振る舞いは聖職者らしからぬものであっても、彼が戒律を破ったところを見たことはなかった。

「誰よりも最後までってことはな、クゼ。俺よりも諦めちゃいけないんだ。世界の全員が戦って、殺し合うことを望んでいたって、最後の一人になるまで教えを守る奴がいてくれないと、他の誰がそれをその後の世界に伝えていける？　だから、これが一番難しい仕事だ」

ロゼルハは、瓶に残り少なくなった酒を一口だけ飲んだ。

「――正義のために戦いたくなる時がある。世の中を良くするために、詞神《ししん》の教えよりもっといい方法があるように思えることがある。けれど自分の信仰に迷いが生まれるような時代には、必ず、詞神《ししん》の教えこそを拠《よ》り所《どころ》にしている信徒もいるんだ。俺達は、常にそっち側の味方でいないといけない。正しいことだと思えなくても」

「……俺も、ロゼルハ先生の言うような神官になれるかな」

クゼの人生は不幸ではなかったと思う。貧民街に捨てられた、どこの生まれかすら定かではない孤児だったのだとしても、周囲には〝教団〟の仲間や先生達がいた。

そして彼にしか見えない天使が、いつも彼の行いを見ていてくれた。

〝本物の魔王〟の時代に、クゼのような境遇の子供達がもっと増えていくのだとすれば、かつて詞神《ししん》の教えに救われたクゼが、その教えの通りに子供達を助けたい。

「俺も〝本物の魔王〟が怖いよ」

クゼは弱々しく笑った。

「皆みたいに……いつか教えに背くかもしれないことが、近頃、怖くてたまらない」

「へへ。クゼは優しいからな」

「ロゼルハ先生。俺は殺される勇気も、殺す勇気もないんだ。討伐隊に行った連中は皆、俺よりも立派な奴だった。いつか皆〝教団〟に戻ってきて……昔のように、やれないかな」

「……やれるさ。その日のために、教えを守り続けるんだ。世界がどうなったって、心を救う善なるものは変わったりしないんだからな」

その不変を体現すべき存在が神官なのだと――ロゼルハは、きっとそういうことを言いたかったのだろう。〝教団〟において、自ら望んで戒律を破った者は神官となることはできない。

「クゼ。〝教団〟を離れた奴らが誰よりも辛《つら》い思いをしているのは、俺もよく知ってる。そいつらは、詞神《ししん》の教えを捨ててまで取った正しさを――誰かを傷つけて殺す決断を、自分で信じないといけないからだ。もしかしたら最後までその正義を貫く生き方をしなきゃならんのかもしれない。それは本当に苦しいことだ。だから俺達は待つ」

「……」

それでも一人の信徒として彼らが戻ってくるのであれば、詞神《ししん》の教えにはこうある。

それ以前の過ちと罪を赦《ゆる》すようにと。

「最近、夢を見るんだ。俺は……昔みたいに、クノーディ先生の孤児院にいて……本当に昔みたいに、ノーフェルトと一緒にバカやったり、アイナをからかったり……イモスも生きてててさ」

クゼにとっての詞神《ししん》への信仰は、そんな幸せな日々の思い出に等しかった。

一緒に暮らした仲間達も、大半が〝教団〟からは離れてしまった。二度と戻らない者達もいる。

「俺は……皆のことを、待っててやりたいよ」

「……ああ。信仰っていうのは、そういう気持ちだ。きっと大丈夫だ。クゼ」

グラスを置いて、ロゼルハは笑った。

「幸せになれるさ」

ただの神官志望の孤児だったクゼは、〝本物の魔王〟が生み出した殺戮《さつりく》の螺旋《らせん》が世界を包み込んでしまうまで、誰かから本気の殺意を向けられることもなかった。

故に全ての敵対者を自動的に即死させるナスティークの異能を、その時はまだ知る由もなかった。

◆

長い時が経《た》つ。

クゼは、雨の降りしきる教会を見ている。

かつてロゼルハと交わした会話から二十年近く、〝本物の魔王〟の恐怖は世界に在り続けていた。

「……なんなんだかな」

雨に濡《ぬ》れながら、クゼは疲れたように笑った。自嘲の笑いだった。

彼の周囲には六つの死体が転がっていた。全員が武装している。

「俺もすっかり人殺しだよ。ロゼルハ先生」

通《とお》り禍《か》のクゼは、神官服によく似た、しかし黒い衣服を纏《まと》っている。本当の神官ではなかった。青年の頃から時が経ち、瞳の覇気は失《う》せて、顎には無精髭《ぶしょうひげ》が生えている。

——長い間、〝教団〟では聖騎士の位階が廃止されていた。

他のどの勢力の庇護《ひご》も受けることができず、暴力で自らの身を守らざるを得なかった〝本物の魔王〟の時代に、再び一人のために割り当てられた戦士階級。〝教団〟の始末屋。

この日教会を襲った武装集団の中には、クゼの二倍以上の身長の大鬼《オーガ》すら交じっていた。その大鬼《オーガ》も、壁にもたれるように倒れている。この教会を襲い、何人もの子供を喰《く》らっていたはずなのに、まるで眠るように安らかな死に顔だった。

略奪を目的に〝教団〟を襲撃する者もいるが、大半はそうでないことをクゼは知っている。彼らは憎んでいるのだ。自分達を救わなかった〝教団〟と、その教えを。

クゼは、屋根の上を見上げる。

子供の頃から、いつでもクゼを見守っている存在がいる。

「——や。ナスティーク。今日はそこにいたのか」

冷たい雨に濡れる屋根の上で、淡く光るその姿だけは、決して濡れない。

純白の髪。純白の衣服。純白の翼。

柔らかな短髪と細い体躯《たいく》はまるで少年のようだが、彼女の佇《たたず》まいはいつもしなやかで、軽い。

クゼがナスティークの存在に気付くと、彼女はかすかな笑顔で応える。

彼女が口角を緩める時は、笑いだ。クゼにそれが分かるまで長い時がかかったほど、その天使は表情が薄い。人とは全く違う存在のように見える。

『大丈夫？』。きっと、そう呼びかけてくれている。


「大丈夫だって。こんな程度、挨拶みたいなもんさ」

クゼは、そう言って強がってみせる。

教会の扉を叩《たた》く。ナスティークが見ていなかったなら、まだ迷っていたかもしれない。

「すみません。雨に濡れちゃいまして」

中にいる神官や子供達が無事で、その声に答えてくれる。そんな想像をする。

「少し屋根貸していただけませんかね？」

沈黙。だが返答はある。弩《いしゆみ》を引く音。

クゼは大盾を構える。強く、持ち手を捻《ひね》るように握りしめて、衝撃に備える。

戸口を突き破った矢の激流が、鋼鉄の盾へと押し寄せる。腰を落とす。耐える。恐れれば弾《はじ》かれ、恐れは現実になる。盾を隔てて、無数の死が突き刺さっている。

「あーあ……不親切だね」

聖騎士は戦闘のための位階でありながら、剣も弓も帯びることはできない。持ち歩くのは、敵の暴力を防ぐ大盾のみである。

教会の中へと踏み込みながら、話し続けようとする。

「いるならいるって言ってくれなきゃ……」

天井から吊《つ》り下《さ》げられている肉塊を見て、クゼは目を閉じた。見たくはなかった。

もういない。彼がいてほしいと望んでいる誰かは。

「……ああ、ロゼルハ先生……。そっか、ふへへ……あんたもここまでか」

教会を占拠した暴徒達が、クゼに矢を向けている。

そして、一番奥の長椅子に、背を向けて座っている者がいる。入口に視線を向けたその顔と目が合う。醜《みにく》い火傷《やけど》を負った顔を、乱雑に包帯で覆っていた。

「……君、僕の顔を見て」

クゼが想像しているより、ずっと若い声だ。少年のようにすら思えた。

「怖がらないね」

「……ふへへ。あんたが今、ここの責任者ってこと？」

クゼは命乞いをするでもなく、ただ弱々しく笑った。死に取り囲まれている状況で、正常な態度ではない。自分自身でもそう思っている。

――語り合いましょう。誰しもに言葉の通ずる詞術《しじゅつ》を、詞神《ししん》様は与えてくださったのですから。

「ここの教会がちょいと騒がしいってんでね。〝教団〟の方から、あー……おじさんが寄越されてきたわけだけどさ。とりあえず穏便に行こうって思うんだよな。俺は通《とお》り禍《か》のクゼっていって」

ジャリ。

金属を裂く音が響いた。長椅子の男が振るった鎖の先端が、大盾を傷つけている。

「……」

攻撃は一瞬。相手は教会の奥で背を向けて、長椅子に座ったままだ。

その体勢からでも、遥《はる》か後方の入口付近にまで攻撃が届く。クゼの大盾が一瞬でも遅れていたなら、骨肉ごと断裂されていたであろう。

「――続けていいよ。僕の名前はゆらめく藍玉《あいぎょく》のハイネ。ずっと昔は……〝黒曜の瞳〟の一陣後衛だった」

さらに右方、盾を構えていない死角から斬撃が襲った。クゼは籠手《こて》で辛うじて弾く。

長くしなやかな鎖に、指先だけで速度を与えている。ゆらめく藍玉《あいぎょく》のハイネのそれは、生きた蛇がのたうつが如《ごと》く予測外の軌道と化して、超高速の斬撃となる。

その部下達も続けざまに矢を装填し、侵入者へと浴びせかけはじめる。

大盾の防御力のみでは到底間に合わぬ、全方位からの飽和攻撃。

「いやいや、参った、降参……」

盾の丸みで矢を逸《そ》らす。跳ね上がろうとする鎖をその寸前で踏みつける。

「落ち着いて！　うわっ、おっ、やべぇってもう！」

弓矢の嵐を、長椅子を潜って躱《かわ》す。見知った教会だ。子供達と追いかけっこをして、年長の神官に叱られたこともあった。

僅かな活路を見出《みいだ》す。見出し続ける。

それはか細い光で、必死にしがみついていなければ、永遠に見失ってしまう。

クゼにとっての戦いは、いつもそのようなものだった。

大盾を屋根のように掲げ、矢の連射を防ぐ。彼は結局、誰かを倒すことはできない。

あの日、〝本物の魔王〟を倒しに行く決断をすることもできなかった。

――すばらしい奇跡のために、私達はもう、孤独ではありません。心持つ生き物の全てが、皆の家族なのです。

「……距離。取っておいてね」

ハイネが低く呟《つぶや》く。無抵抗のクゼのことを警戒でもしているのか。

「盾で殴ってくるかもしれないから。それとも、詞術《しじゅつ》でも仕込んでるかな？」

（……俺にそんなことはできないさ）

嵐のような攻撃は継続している。上下左右、弓矢の包囲の隙間を埋めるかの如《ごと》く的確に、ハイネの鎖の斬撃が襲いかかり続ける。

（殺さないでくれ）

ゆらめく藍玉《あいぎょく》のハイネ。これほどの技術に至るまでに、どれだけの研鑽《けんさん》を積んだのだろう。

そしてその研鑽すらも、〝教団〟への憎悪を消すことはできなかった。

血が。切り落とされた腕が脚が、目玉が、内臓が、この教会で行われた惨劇の痕ばかりが、生き残り続けるクゼの目にはどうしても映る。

（頼む。殺そうとしないでくれ）

誰もが死んでいく中で、クゼだけが意地汚く生き残ろうとしている。

クゼの隠れる長椅子が、鉄の骨組みごと両断された。ハイネの鎖の速度が上がっている。クゼは鎖の斬撃軌道に備えて、盾を構え直した。

（……。しまった）

死角から迫っていた暴徒が、弓を放とうとしている。

遮蔽物の破壊で計算を乱された。腕や足の鎧《よろい》で受けることもできない。そのような一瞬だった。

クゼは、死を覚悟する。

襲撃者の足がもつれて、倒れた。

（……）

首領のハイネも、その明らかな異変に気付く。

「……今、何をした」

クゼは答えない。彼は死を覚悟しただけだ。

敵の死を。


クゼにだけは、それが認識できる。

彼に殺意を向けた者の背後にナスティークが転移して、短剣を突き立てる姿が。

それは、創世の時——詞神《ししん》が数多《あまた》の〝客人《まろうど》〟を集めて、この世界を始めた時、世界の法則を定める者として、詞神《ししん》から分かたれた存在だったのだという。

創世を終えた時、彼女達の仕事は終わった。だから時代が下るに従い、天使は消えていって……

もしかしたら人々が見ようとしなくなって、〝教団〟でも、その存在を語られるだけの伝説になった。今はもう、ナスティークしか残っていないのだろう。

彼女が司《つかさど》っているものは、死だ。

白くしなやかな体に不釣り合いな赤く禍々《まがまが》しい短剣を、クゼは〝死の牙〟と呼んでいる。

――憎んではいけません。傷つけてはいけません。殺めてはいけません。あなたが、あなたの家族に対してそうであるように。

不可解な突然死に暴徒達の注意が逸れた隙をついて、クゼは壁際へと飛ぶ。

新たな暴徒が、短槍を構えて突撃してくる。盾越しに衝撃が伝わる。穂先が突き込まれる動きに合わせて盾を引く。体勢を崩した暴徒を引きずり倒し、押さえつける。

「……フーッ……」

壁際に暴徒を押さえつけたまま、反対側を盾で覆い、強引に安全地帯を作った。ようやく深く呼吸することができる。

ナスティークは、クゼのすぐ傍らに浮かんで、天井に吊《つ》られた肉塊をじっと見つめている。『この人は、誰なの？』。

「……ロゼルハ先生には、昔からよくしてもらっててさ」

ナスティークは無慈悲な天使ではない。

人を悼み、悲しみ、善を為《な》そうとする心が、きっとあるのだと信じている。

だからクゼは彼女に話しかけ続けている。そこに言葉が返ってこなくとも。

「芋のスープ作るのが凄《すご》く上手《うま》かったんだよ。救貧院の子は、皆あの味が好きでさ……まー神官にしちゃだらしないし、愛人作ってたりもしてたけどさ、優しいんだよな。皆のこと大事に思っててくれて……」

「てめえ、このッ……！　誰だそいつ！　知らねーよ！」

押さえ込まれ続けている暴徒が喚《わめ》いた。自分に話しかけられたのだと思ったはずだ。

「やー……あ、そう。知らないんだ？　恨みとかないのに、やっちゃったか」

殺さないでくれ、と願う。けれど、いつもそうできない。

人を一人殺すたびにクゼの信仰は淀《よど》んで、いつかの幸せからは遠ざかっていく。

「——そこに吊るされてる人なんだ。俺の……先生だった」

短槍の暴徒は、その答えを待たずにクゼを攻撃しようとしたはずだ。組み伏せられた状態からでも使えるような暗器か、あるいは詞術《しじゅつ》だったかもしれない。

だが、それは発動しない。天使は音もなく、暴徒の脇腹を短剣で切り裂いた。

〝死の牙〟の一撃は例外なく致命傷となる。どれほど小さなかすり傷であっても。

矢と鎖の殺戮の嵐も、この世界に実体を持たないナスティークには意味を成さない。誰にも認識されることなく、クゼを守るナスティークだけが、いつも一方的に生命を奪い続ける。

『平気だった？』。きっと、心配をしてくれている。

ナスティークに向けて、クゼは笑った。疲れたように。

「……ふへへ。死んじゃった」

分かっていた。彼らが武器を下ろすことは、きっと、決してないのだろう。

それだけの理由があるのだろう。それなのにクゼは、殺さぬように、殺されぬように、無意味に足掻《あが》いている。天使にすら罪を重ねさせたくない。

彼は叫んだ。

「言い忘れてたけどなあ！　俺はあんたらを殺しに来たんだ！」

一度認めてしまえば、最後までそうするしかない。

「悪いけど……死んでもらうぜ。全員だ」

「誰も救えなかった〝教団〟に……今更そんな権利があるとでも思うか……！」

「思わないね。もしかしたらもう少し、話ができれば良かった……本当に。でもね」

床に大盾を突き立てる。そこには翼を広げる天使の図像がある。

通《とお》り禍《か》のクゼの背後では、他の誰にも見えない死の天使が、純白の翼を広げている。

「天使サマが……あんたらのこと、許さないんだってさ」

最奥の長椅子に座るハイネへと、まっすぐに歩を進めていく。

長剣を抜いた暴徒が、横合いから斬りかかる。ナスティークの短剣がその男の首元を撫《な》でた。それだけで暴徒は力を失って倒れる。

「なんだ、こいつは……！」

包帯に覆われた顔面を歪《ゆが》めて、ハイネは叫んだ。回り込もうとした一人。短槍で迎撃した一人。そして今、長剣を抜いた一人。全員が死んだ。

彼らの側は何一つとして攻撃を受けていないのに、クゼはただ攻撃を防いでいるだけなのに……一方的に、彼らだけが命を奪われている。そのように見える。

「……全員下がれ！　今殺《や》る！　【ハイネよりクケククの紐へ《haineioquqiciku》！　走る黄道《hamn nagre》、軸は右肘《meg gfran》、天光に触れ《orped borg》、五《5》、一《1》、八《8》、六《6》！　刻め《zaidolebehe》！】」

細い鎖が赤熱し、暴れ狂い、教会の床から天井までを四条の曲線で裂いた。

熱術《ねつじゅつ》、力術《りきじゅつ》、そして両指を用いた鉄鎖術《てっさじゅつ》の複合。それは、〝黒曜の瞳〟の戦士として鍛え上げられた、ゆらめく藍玉《あいぎょく》のハイネの持ち得る戦闘技術の結晶であったが――

「……！」

ハイネの技は長椅子を、祭壇を、生き残っていた彼の部下達を切断し、ついには根本にあたるハイネ自身の指をもねじ折った。

「そんな」

そのハイネの指も、今や彼の足元に転がっている。ハイネの両手首には、赤い切断面が。

必殺の奥義は放たれた瞬間に手首ごと切り離されて、使い手の制御を離れていた。

「そんな。あるわけがない」

「あるさ。こういうこともある」

姿の見えぬ何者かに切断された自身の腕を、ハイネは呆然《ぼうぜん》と眺めていた。

「ど、どうして……ずっと、こんな。理不尽ばかりなんだ」

彼は呻《うめ》いた。

もはや死ぬ。ナスティークの一撃を受けたのならば、その運命が確定している。

クゼの恩師を、孤児の子供達を虐殺した暴徒であるはずなのに、泣きじゃくる子供のような表情だった。包帯の奥の酷い火傷が、彼の生きてきた人生の有様《ありさま》を物語っているようだった。

「こんなことばかりだ」

「……死ぬんだ。ゆらめく藍玉《あいぎょく》のハイネ。あんたにも死ぬ時が来た。他の皆と同じようにだ」

「そ……そんなこと、誰が決めるんだ？　なんで、こんなことが起こるんだ。……なあ。詞神《ししん》がそう決めたっていうのか……？」

クゼはゆっくりと歩いて、ハイネの前で足を止めた。

「……誰だってそうだ。なんでもかんでも、詞神《ししん》サマの責任じゃない」

「違う。違うね……！」

ハイネの包帯の奥は、憎悪に歪んでいる。

癒えぬ火傷を負ったその日から、見る者全てを恐れさせる醜貌のままだ。

「全部、詞神《ししん》と、お前ら〝教団〟のせいだ。……世界を創って、全能を謳《うた》っているのに、それなのに詞神《ししん》は、自分の世界に責任を持たないのか!?」

――〝本物の魔王〟の恐怖も、必ず終息する。クゼもその言葉を信じていた。

殺されてしまった神官長の言葉の通りになった。それでも、全てが遅すぎたのだ。

〝本物の魔王〟が世を脅かし続けて、二十五年もの時間が経った。〝教団〟はその絶望の中から何を救い上げてくれたというのか。

「……ああ。皆、十分すぎるくらい苦しんだ。この世界の……詞神《ししん》サマの救いの話をしよう」

半壊した長椅子に、クゼは座った。

血の海に沈んだ、酸鼻の坩堝《るつぼ》と化した教会。

けれどクゼが最初に見た時、ハイネはこの長椅子に座って、祭壇の方を見ていた。

心の底から詞神《ししん》の救いを求めていた者ほど……その失望も深いのだと、クゼは知っている。

「これでも聖職者だしさ。あんたが死ぬまで、聞くよ。告解だ。そういう積み重ねだけが、人を救うんだ……」

「なら。どうして、詞神《ししん》は助けてくれなかった。僕は……皆は、見捨てられたのか」

「……そりゃ、違うさ。これまで、あんたの命を助けてくれたもののことを思い出すんだ。それは偶然の機会だとか、幸運だってあったかもしれない。けれど……人に与えられる救いはさ。そういう形のない運命とかじゃないって、俺は思うんだよ……」

切り落とされたハイネの両腕から、命がとめどなく流れていく。

それを眺めながら、クゼには何もできない。

「……誰も見捨てちゃいない。あんたを虐げたのも人なら、助けてくれたのも、いつも人の善意だったはずだ。人が人を助ける良心。その一つ一つに、詞神《ししん》サマがいたんだ。世界全部を作った神サマならさ。一つの種族だけを贔屓《ひいき》するわけないだろ？　だから、人が人を救うようにしてくれた。

それが全能の詞神《しん》サマの……与えてくれた救いなんだ」

「そ、それなら……それならどうして……僕を助けてくれた奴らは、皆、死んだんだ……」

「人だからだ。人の力で救える悲劇じゃないと……人は、救えないんだよ」

「違う……違う違う……もっと、皆を救う力があったはずだ……！　許せない……詞神《しん》様も……魔王も、僕は……」

彼らが何故絶望するのか、クゼは知っている。

人の手の届かぬ絶望の中にも、希望があると信じたかったからだ。

誰か、正しい何者かが、全てを救い上《あ》げて、世界をあるべき姿に正してくれるのだと。

「……ちく……しょう……怖がらな……この顔…………」

〝本物の魔王〟の残した傷跡は、この時代の誰をも苛《さいな》み続けている。

「…………ああ。終わったよ」

ハイネの死を見届けて、クゼは虚空に語りかけた。そこには見えざる天使がいる。

白い少女が、薄く微笑《ほほえ》む。

『良かったね』

彼女はきっと、心からクゼの命を案じてくれている。それが分かる。

『生きていられて良かったね』

二　路地

そして現在。通《とお》り禍《か》のクゼは六合上覧《りくごうじょうらん》の勇者候補である。

クゼを擁立した黄都《こうと》第十一卿《きょう》。暮鐘《ぼしょう》のノフトクは黄都《こうと》二十九官の中でも古参であるが、二十九官らしさからは最もかけ離れた老人であるかもしれない。

特段に大きな野心もなく、才覚を発揮することもなく、唯々諾々と割り当てられた仕事だけをこなし、鳩《はと》の歩みのようにゆっくりと、議場と自宅の間を行き、帰る。

だが六合上覧《りくごうじょうらん》を間近に控えたその日、ノフトクは足を止めた。

「……もし、そこの君」

表通りを行く者の視線から隠れた細い路地に、小さな少女が蹲《うずくま》っている。

身に纏う衣服こそ真新しかったが、恐らくは盗品なのだろう。手足はひどく痩せこけていて、劣悪な健康状態にあることは明らかだった。

「大丈夫かね」

「……うん」

少女は無表情で頷《うなず》く。最初から善意や助けを期待していない者の目であった。

「少ししかないが、食べなさい」

固いパンを差し出す。自分の昼食用に持ち歩いていたものだった。

施しを受ける術に慣れた物乞いであれば、そもそも人目から隠れたりはしない。微塵嵐《みじんあらし》やリチア戦争のような動乱で故郷を失い、つい最近になって黄都《こうと》に流れ着いた子供かもしれないと思う。

「……」

「口が乾いてしまうかね。水筒もあるが」

少女がパンを受け取り、食べはじめるのを見て、むしろノフトクの方が安堵《あんど》の溜息をついた。

「……あ、ありがとう……知らないおじいさん……」

「そうか。知らないか。そうか」

ノフトクは、分厚い白い眉に隠れた目で笑った。黄都《こうと》二十九官の中にあって、第十一卿ノフトクの存在感は薄い。彼は名目上〝教団〟管轄部門の長ではあるが、〝教団〟の若い世代の中にはノフトクの名前すら知らぬ者も多いだろう。

「あっちに大通りがある。分かるかね」

「……うん」

「そこを渡って、黄色い屋根の雑貨店の方向に行けば、教会が見える。どこにも行くあてがないなら、〝教団〟に保護してもらいなさい。こんな道端で寝泊まりするよりは、ずっと良《よ》い」

「〝教団〟は……」

痩せこけた顔に収まった大きな眼球が、ノフトクを見た。

「嘘《うそ》つきだから」

「……。そうか」

「祠神様《ししん》なんていないのに、嘘をついて……寄付を集めて。悪いことばかりしてるんだって……」

「それは、良くないな」

誰からそう教わったのか、尋ねる気にはなれなかった。

人族《じんぞく》の生存圏の九割を滅ぼした大量殺戮すら、〝本物の魔王〟がもたらした真の絶望の一側面に過ぎない。〝本物の魔王〟がこの世界に与えた最も取り返しのつかない破壊は、世界の始まりからあった祠神《ししん》への信仰を殺し尽くしたことだ。

「……私が助けてやれればいいのだがな。……すまない」

「大丈夫。食べ物をくれてありがとう、おじいさん……」

「大変な時には、また誰かから食べ物を分けてもらいなさい。助けを求める勇気を持ちなさい。盗んではいけない。分かったね」

「……うん」

ノフトクはその場を離れ、再びいつも通りの道を歩いていく。

（――〝教団〟は、もはや福祉組織としての機能を担えない。人を救えぬ組織を、生き永らえさせ続けるべきだろうか……）

〝教団〟の困窮は、黄都《こうと》からの支援が滞っていることだけが理由ではない。信徒からの寄進は減少の一途を辿《たど》り、〝本物の魔王〟が世界にもたらした悪夢は、今なお救われぬ者を生み出し続けている。その数に対する活動資金の不足のために、社会から落伍《らくご》した者を掬い上げて教育し、社会へと復帰させることも困難になってきているのだ。

二年前、ゆらめく藍玉《あいぎょく》のハイネという男が引き起こした事件を、ノフトクは忘れられずにいる。彼は〝教団〟で育った孤児であったが、結局は〝黒曜の瞳〟のような裏社会に取り込まれてしまった者の一人であった。

「ノフトク先生」

別の通りに入ると、帽子を被《かぶ》った男が音もなく近づき、ノフトクに話しかけた。

市井の人々に紛れる装いをしているが、その瞳は剣呑《けんのん》な気配を放っている。

「……あぁ。君ですか。こんにちは」

「通《とお》り禍《か》のクゼへの攻撃は失敗しました」

ノフトクが指示した襲撃である。六合上覧《りくごうじょうらん》が開始し対戦表が決定する前に、通《とお》り禍《か》のクゼの戦力を正確に評価する必要があった。

「就寝時に攻撃を仕掛けたのは二度目ですが、やはり返り討ちに。本人の意識の有無に関わらず、不可解な死の反撃を行えるということになります」

「……ならばさらに暗殺者を送り込んでも、これ以上の情報は出ないでしょうなぁ」

ノフトク自身は、野心も才覚も持たないただの老人だ。特段に目立った功績も挙げず、かといって不祥事も起こさず、黄都《こうと》議会を動かすほどの力もない、存在意義を疑われる第十一卿。

——無論、そのように見せている。

近年の〝教団〟の凋落《ちょうらく》は、その管轄者であるノフトクが手続きや連絡を目に見えぬ範囲で遅らせ、市民の間に伝播《でんぱ》する悪評や虚偽報道に対処しなかったことが一因でもある。

〝教団〟の管轄者である暮鐘《ぼしょう》のノフトクは、決して〝教団〟の味方ではない。彼は送り込まれた組織に聞こえぬ暮鐘を鳴らす、懈怠《けたい》による破壊工作員である。

答えは既に出ている。人を救えぬ組織を、生き永らえさせ続けるべきではないのだ。

〝教団〟の善意の有無の問題ではない。代替となる福祉機関を設立しない限り、取りこぼされていく民は増え続ける一方だ。あの少女のように。

「……また手助けできることがありましたら、言ってください。黄都《こうと》とは無関係に動けるのが、俺みたいなならず者の唯一の強みですから」

「はぁ。ありがとうございます。お金以外に、与えてやれるものもありませんが」

「俺も〝教団〟で育ったんです。〝教団〟はあのままじゃ駄目だ。昔からの教義を曲げて……今じゃ殺し屋まで使うようになった」

「……」

「〝教団〟を正しくするための手助けなら、何でもしますよ」

ノフトクとの短い会話を終えて、男は別方向の分かれ道を去っていく。

〝教団〟と関わりが深い暮鐘《ぼしょう》のノフトクの人脈を以《もっ》てすれば、黄都《こうと》に直接的な繋がりを持たぬ裏社会の住人を自由に動かすこともできる。だがそうした者達は即《すなわ》ち、〝教団〟の救いの手から漏れてしまった落伍者に他ならない。

それは弱者同士が喰らい合う、この世界の救い難《がた》い皮肉だ。

六合上覧《りくごうじょうらん》によって〝本物の勇者〟が確立すれば、黄都《こうと》の民主化が成る。機能不全に陥った〝教団〟ではなく、新たな制度によって運営される福祉機関が、この国を支えることができる。

暮鐘《ぼしょう》のノフトクは、通り禍《とおか》のクゼの擁立者だ。その目的は、〝教団〟側の最大戦力である彼を六合上覧《りくごうじょうらん》の場へと引きずり出し、公衆の面前で始末することに他ならない。リチア新公国をも陥落させた、一国の軍事力に値する暗殺者。彼を消し去ることで初めて、数千年もの間続いた〝教団〟の解体という大事業に着手することができる。

ノフトクは、長く生きた。自分自身の命にも執着はない。名誉のない役割であっても、汚れ仕事に手を染めようとも、いつも穏やかな心のままだ。

だがこの世界はそうではない。心の礎になる英雄が必要なのだ。

「——やはり、勝ってもらわなくてはいけませんなぁ。第二将には」

◆

「休憩中にすまない、ロスクレイ。話をしても構わないか」

黄都《こうと》中枢議事堂の中庭で、第三卿ジェルキは第二将ロスクレイの隣に座った。

ロスクレイは微塵《みじん》嵐《あらし》の被災地をはじめとした各地への慰問から帰って、短い休息を取っていたところである。

「……構いませんよ。今日は忙しいですね」

「会議の席では出せない話だ。他の誰かには、あまり聞かれたくない」

ジェルキは薄い眼鏡に指を当てる。いつもと同じ硬質な、神経質そうな表情である。

「……女王の処遇について、君自身はどう思っている」

「私が……六合上覧《りくごうじょうらん》で、勇者になった後の話ですか」

「六合上覧《りくごうじょうらん》開催の流れを円滑に運ぶことができたのは、君の協力によるところも大きい。そのための勇者候補として名乗りを上げてくれたことにも感謝している。だが、勇者としてこの国を変えた後、セフィト女王をどうするつもりなのか……君の口から聞いたことはなかった」

「そうですね。セフィト様はまだ若い。新政権の転覆を目論《もくろ》む輩《やから》が退位した彼女を担ぎ出す可能性について考える必要があります」

「……ロスクレイ」

ジェルキはロスクレイの表情を見た。

民を安心させる、美しく涼しげな表情のままだ。

「――無論、処刑まではしたくない。罪もないセフィト様が、そのような末路を辿るべきではない……あくまで女王自らが新政権を認めるかたちで、政治に関与しない象徴的な位として我々の手元に置き続けることが最善策でしょう。長きに渡る王族の歴史を我々が途絶えさせたとなれば、彼女を生かし続ける以上の反発が民からあると考えるべきです」

「君もそういう考えならば、ひとまずは……安心できるが」

六合上覧《りくごうじょうらん》。この史上最大の事業を発案した速《はや》き墨《すみ》ジェルキの目論見《もくろみ》は、王族制度及び黄都《こうと》二十九官の完全な撤廃と、議会の民主化だ。

（だが血を流すのは、六合上覧《りくごうじょうらん》の勇者候補だけでいい。女王や民には、血を流させることなく。理想主義にすぎる、甘い考えかもしれんが……）

それが最善の道だと信じている。

王族にただ一人残ったセフィトを傀儡《かいらい》として奪い合う内乱の時代を防ぐためには——民も、セフィト自身も戦乱に巻き込まれる未来を避けるためには、今の時代の誰もが求める、新たなる象徴を擁立しなければならない。本物の勇者を。

「……今から勝ち進んだ後の心配をするというのは、少し気が早いと思いますが。まだ対戦表も決まってはいないでしょう」

「それでも、君は勝つべくして勝つ。そうだろう」

「そうしなければ、恐ろしくてとても戦えないからですよ」

公正な試合をしているかのように見せかけ、真の危険を避ける。ロスクレイ陣営は、既に他の二十九官をも取り込み、最大の派閥としてその手を広げつつある。

「……少なくとも、最初の試合に関しては」

星馳《ほしは》せアルスの擁立者、鎹《かすがい》のヒドウ。

通《とお》り禍《か》のクゼの擁立者、暮鐘《ぼしょう》のノフトク。

六合上覧《りくごうじょうらん》の運営者——絶対《ぜったい》なるロスクレイと手を結んでいるのは、彼ら二人だけではない。

「既に話がついている勇者候補と、試合を組む可能性が高いでしょう」

地上に蔓延《はびこ》る脅威は互いに潰し合い、最後に立つべきは人間《ミニア》の英雄である。

策謀と暴力が複雑怪奇に絡み合う、人族《じんぞく》史上最大の事業。それこそが六合上覧《りくごうじょうらん》。

三　黄都西外郭教会

坂道に立ち並んだ住宅の切妻屋根《きりづま》の上を、少女が歩いている。転落してしまえば負傷を免れないような高さであったが、少女は靴すら履いておらず、長い両脚を晒《さら》していた。

栗色《くりいろ》の長い三つ編みが、歩みに合わせて尻尾のように揺れる。名前は魔法《まほう》のツーという。

「ねえリッケ。聞きたいことがあるんだけど」

屋根の棟に沿って歩きながら、彼女は眼下の同行者に尋ねた。

「そんな所歩くなよ」

厄運《やくうん》のリッケは呆《あき》れながら言う。山人《ドワーフ》である彼は名うての傭兵《ようへい》であるが、黄都《こうと》の市街においては弓を帯びておらず、軽装だ。

「ツーは落ちても平気かもしれないけど、人が見たらびっくりする」

「ねえ。なんで、屋根が綺麗《きれい》な家とボロボロな家があるのかな？」

ツーが高所を歩きたがるのは、その方が遠くの景色までよく見えるからだ。ずっと〝最後の地〟の不毛の景色の中で暮らしてきたツーにとっては、黄都《こうと》の町並みは全てが物珍しいのだろう。

「それは、屋根を直す金があるかどうかだろ。人それぞれに事情は違うだろうけど、貴族が住んでるような区画にはボロボロの屋根なんてないからな」

「フリンスダみたいなのが貴族なんだよね？」

魔法《まほう》のツーは六合上覧《りくごうじょうらん》に参戦する勇者候補でもあった。身寄りがないどころか、そもそも人族《じんぞく》であるかどうかすらも怪しい〝魔王の落とし子〟である彼女は、擁立者であるフリンスダの援助によって、この黄都《こうと》においても何不自由なく暮らすことができている。

「第七卿は……フリンスダは、貴族の中でもすごく特別だよ。あの人は黄都《こうと》議会の医療部門の長だ。この国の中だと、もしかしたら女王の次くらいに金持ちかもな」

「それくらいお金持ちになったら、セフィトにだって自由に会えるのかな？」

ツーは、かつて出会った女王セフィトともう一度会うために、勇者候補としての参戦を決めたのだという。そうした成り行きも、七割がたは本来フリンスダが立てるつもりであった勇者候補――クラフニルに誘導されたものかもしれない。

ツーは裏表のない少女だ。少なくとも、彼女が語る動機に嘘はないのだろう。

（……だが、どうしてなんだ？）

リッケもクラフニルも、理由を知らない。天真爛漫《てんしんらんまん》で、何事も隠し立てしないように見えるツーも、その一点だけは語ろうとしない。

素性不明の、それも絶大な個人戦力を有した者が、他者に言えない理由で女王への謁見を望む。だが、このツーが女王の暗殺を目論んでいるとは、リッケにはとても思えない。

「女王に自由に会う方法なら、なくもない。ツー。今日の俺の行き先を知っているか？」

「ううん！　全然」

「知らないでついてきたのか」

魔法《まほう》のツーは、リッケが傭兵として見てきたどのような怪物よりも強大な存在だが、中身はまるで幼い子供だ。だからリッケやクラフニルの如《ごと》き清廉潔白とは到底言えないような者にも、雛鳥《ひなどり》のように懐いているのかもしれない。

「〝教団〟の救貧院だ。孤児や……子供を育てられない家の子供だったりを引き取って、勉強を教えている。歴史だとか、文字だとか、詞術《しじゅつ》や算術《さんじゅつ》の計算とかだ」

「むずかしそう」

「今はもっと難しいことを教えてるところもあるさ。黄都《こうと》の国営の学校だと、もっと複雑な……それこそ自然科学やら経済学みたいなことまで勉強してる子供達もいる。セフィト女王も学校に通っている。まだ十一歳だからな」

「じゃあ、その学校っていうのに入れば、ぼくもセフィトに会えるんだ」

「すごく難しい試験に合格しなきゃいけないぞ。それも、勉強の試験だ」

「…………や、やっぱり、六合上覧《りくごうじょうらん》のほうがいいかも……」

「もしかしたら、そうかもしれないな。少なくとも二回戦からは、女王に試合を見てもらえる。ツーが女王と知り合いなら、向こうが気付いてくれるかも」

女王が通う学校ともなれば、身分の問題が大きく関わってくる。仮に黄都《こうと》二十九官からの推薦があったとして、通えるのはせいぜい平民の子供程度までだ。

ナガン迷宮都市の大学校が滅びてしまった今となっては、リッケのような暴力の世界の住人や、ツーのような人族《じんぞく》かどうかも疑わしい存在が高度な教育を受けることは不可能だろう。

――この地平で最強の存在を決める六合上覧《りくごうじょうらん》。その戦いで勝利することの方が現実的なほどに、世界の光と陰は大きく隔たっているのだ。

「ツー。そっちの道じゃないぞ」

「あっ」

ツーは、住宅の屋根沿いに別の分岐路に向かいつつあった。だが、すぐに三階の屋根を蹴って、くるくると二度回って片足立ちで石畳に着地する。

曲芸師でも不可能な芸当だが、ツーは無傷だ。

無敵。それが六合上覧《りくごうじょうらん》の勇者候補、魔法《まほう》のツーが有する最大の特性である。三階からの墜落衝撃どころか、攻城砲弾の直撃を受けたとしても、かすり傷も負うことはないだろう。

「あはは。はぐれちゃうとこだった」

「そもそもツーがついてくる必要はないけどな。元々俺の用事だ」

「リッケにも会いたい人がいるんだよね？」

「世話になった仲間に挨拶するだけだよ。昔は〝教団〟関係の護衛も請け負っていたからな……」

「そういえばリッケの仕事の話って、護衛とか警備のことばっかりだね？」

「大体はそうかな。生まれつき危険を察知するのが得意なんだ」

リッケは傭兵の一家の出である。祖父と母も傭兵だった。そうした由緒を持つ者であるからこそ、彼なりの基準で、人を助ける仕事を選んで受けてきたつもりだ。

勿論《もちろん》今の世の中においては、オカフ自由都市の傭兵達がそうであるように、金銭のみを尺度として善悪を問わず依頼を遂行する者の方が多い。

敵味方や正義の在《あ》り処《か》すら変わり続ける時代である以上、それもまた仕事人として尊敬に値する姿勢だとリッケは思っている。それでも、自分の仕事が誇れるものだと信じられなければ、子供や孫にまで傭兵としての技術や知恵を伝えていくことはできないだろう。

この日会いに行く相手は、そうしたリッケの信念を構成してくれた恩人の一人でもある。

「ついたぞ。この建物だ」

ツーも、リッケの視線の先を見た。

「屋根がオンボロだね」

「……そうだな。気付かなかった」

努めて、気にしていない風に答える。

戸口の呼び鈴を鳴らすと、神官見習いじみた若い男が二人を迎えた。

「ええと、おはようございます。礼拝堂はあちらですが、こっちにご用です？」

「突然の訪問で失礼する。俺は厄運《やくうん》のリッケという。黄都《こうと》に立ち寄ったついでに、木燿《もっかい》のエイテンさんに挨拶をしたいと思って……」

「あっ、ぼくは魔法《まほう》のツー！」

後ろのツーが存在を主張するように跳ねたが、彼女は元々そうする必要性のない長身である。

「エイテンさんかぁ……あの人は、随分前に黄都《こうと》を出ちゃいましたよ」

「そうだったのか。別の市に派遣されたのか？」

「いえ。〝教団〟をやめたんです。これからはもう、商売をやってかないと駄目だって……でも、確かリチアに行ったって話ですから……大火災の後でどうなっちゃったかまでは」

「……そうか。あの人も信仰を捨てるほどなのか……」

リッケ自身は、詞神《ししん》の教えを信じているわけではない。それでも、〝教団〟で育った者にとって、自らの人生を形作ってきた信仰がどれだけ重いものなのかは理解しているつもりだ。

「今はもう神官に適当な人もいなくなっちゃったんで、僕がこの救貧院を任されてます。菱結《ひしむす》びのナイジといいます」

「……そんな年で？」

「ええ。教典もうろ覚えなので、まったく自信はないですけど……」

若者は、困ったように後ろ頭を掻《か》く。善良な青年ではあるのだろう。だが――

（〝教団〟はこの有様で、福祉や教育を持続できるのか？）

リッケは後ろのツーを振り返る。ツーは一度まばたきをした。

「他にお世話になった人はいないの？」

「ここにはいないかな。エイテンさんとも、黄都《こうと》の外での仕事で知り合ったんだ。黄都《こうと》西外郭で神官をやっているって話も、その時聞いただけでさ」

「そっかぁ……」

「なんか、すみません。わざわざお立ち寄りいただいたのに」

「いいや。俺達のほうこそ迷惑だったかもしれない。気持ちばかりの額だけど、中で寄進をさせてもらっても構わないかな」

「えっ!? そ、それはもう、ぜひ！」

急に元気を取り戻した青年に建物内を案内されていく中、リッケの後に続くツーが、ひそひそと耳打ちをして相談する。

「ぼくも何かあげたほうがいいかな」

「やめとけ」

「虫の抜け殻とか」

「やめとけ」

子供達が学んでいる教室の横を通り過ぎる。人族《じんぞく》最大の都市の〝教団〟施設の一つにしては、とても数が少ないと思った。世の中に孤児や貧民の子が少なくなっているのであれば喜ばしいことかもしれないが、そうではないはずだ。

そして、廊下の向こうからこちらに向かって歩いてくる男がいた。

リッケは息を呑《の》んだ。

「……っ、お前は」

「おう。厄運《やくうん》のリッケじゃねぇか。いい女を連れてるなぁ！」

リッケは、咄嗟《とっさ》に懐の短剣の位置を意識している。

「おいおい、身構えんなよ」

相手は肩をすくめた。髪を後ろに撫《な》でつけた、口の大きな男である。

「ハハ！　どっちにしろ、弓がなけりゃ雑魚同然だろうが、お前」

「……そうかもな。雑魚同然だとしても、お前程度が相手なら十分だって思うが」

突如険悪な空気を漂わせた二人を見て、案内の青年は恐る恐る尋ねた。

「あ、あの……リッケさん。灰境《かいきょう》ジヴラート様とお知り合いでしたか？」

「『様』？」

リッケは、青年の言葉尻に眉をひそめた。

灰境《かいきょう》ジヴラート。ギルド〝日《ひ》の大樹《たいじゅ》〟首領。リッケはこの男を知っている。

「こいつらは……田舎町の、くだらないゴロツキだ。二年前の仕事以来、〝日の大樹〟の連中は一切信用しないと決めてる。それがどうして『様』だ？　ジヴラート」

「人の大切な故郷を……ハハ！　田舎町呼ばわりするなんざ、随分なご挨拶だ」

ジヴラートはずかずかと歩んで、至近距離からリッケを見下ろした。身なりこそ上流階級らしく整えていても、特有の粗暴な気配は、かつてリッケが見た時から一切変わっていない。

「ま、その通りだけどよ」

辺境の村で興り、近年急速に頭角を表した〝日の大樹〟は、ギルドを自称している。腕利きの傭兵集団であるかのように振る舞っており、市民の多くもそれを信じている。

しかし実際にその暴力の矛先が向けられるのは、彼らが搾取できる範囲の弱者にだけだ。

「あの、リッケさん……」

「あんたもここの責任者なら、聞け。俺は昔、ある豪農の娘の護衛を引き受けたことがある。嫁入り先への護送任務だった。現地の引受人として依頼主が雇っていたのが、〝日の大樹〟だ。俺は護送を完遂し、こいつらに娘を引き渡した。だが」

ごく短い間の関わりしかなかったが、世間話を好む、明るい娘だった。嫁いだ先でも幸せに暮らしていけるだろうと思った。

「何故かその娘の指が豪農の家に送られてきた。俺が確かに護衛したはずの娘は、野盗に攫《さら》われていたことになった。財産と引き換えに戻ってきた娘は、もはや婚約者に見せられるような姿ではなくなっていて……やがて、死んだ」

「ハハ！　不ッ思議な話もあるもんだな？　昔の仕事のヘマを押しつけようとしている雑魚傭兵と、どっちが不思議なのかねぇ」

「子供が暮らしている家を」

リッケは、目深にフードを被り直した。

「――血で汚そうとは思わない。表に出ろ。お前らの仕事の責任は首領のお前に果たしてもらう」

「なんで毎回似てくるんだろうな。イキがった野郎の口ぶりってのは」

ジヴラートは笑みを消して、長剣の柄に手を当てた。

「ここ、ここでやるくらい言ってみろ」

「待ってよ」

その一触即発の空間に割り込んだ者がいる。魔法《まほう》のツーである。

「中でも外でもだめに決まってるだろ。それにリッケ！」

ツーは、出し抜けにリッケを指差す。

「事情も聞かずに斬りかかろうとするなよ！」

「いや、ツー……君がそれを言うのか！」

かつてツーとリッケが相争った〝最後の地〟での戦闘は、〝魔王の落とし子〟である魔法《まほう》のツーが彼らの事情を聞いていたなら、全く不要な争いであったが。

「学習！　ぼくは学習したんだ！　だからリッケもそうして！」

「そういう開き直りはずるいぞ！」

「……あの」

状況に怯《おび》えていた神官見習いの青年が、二人の後ろからおずおずと声をかける。

「ジヴラート様は、この施設に寄進をしてくださっています。今の状況で僕一人で運営ができているのも、殆《ほとん》どジヴラート様のお陰みたいなもので……」

「……なんだと？」

「ですので、お互いに何か誤解があるのだとしたら……どうか、剣を収めてほしいです。す、少なくともこの場では、詞神《ししん》様の教えを重んじてもらえないでしょうか……」

リッケはもう一度ジヴラートを見た。

到底、信用はできない。かつての護衛任務のように、何かしらの卑劣な目論見を抱いている可能性もある。だが、弱体化した〝教団〟にわざわざ取り入ることの利も、今のところ見えない。

「目的はなんだ」

「目的？　寄進に目的なんてあんのか？」

ジヴラートは、挑発するように舌を出してみせた。

「——俺は子供には優しいのさ。ここの子供は素直でいいぜ？　ちょっとは小遣いだってあげたくなるもんだろうが」

「……」

「その目だよ。お前みたいなのはそうやって……人のやることなすこと、お好きなように決めつけるもんだよなぁ？　お正しく育ったお正しいクソ野郎がよ。お前に俺の何が分かるんだ？　昔の恨みを引っ張り出して、関係ねェ連中にまで迷惑を振りまきやがって」

「ねえ、ジヴラートも！」

ツーが口を挟む。暴力の気配に気圧《けお》される彼女ではない。

「言いすぎだよ。いくらリッケのことが気に入らなくたって、それも〝教団〟とは関係ないだろ！　自分の方に言い分があるっていうなら、それを話せばいい！」

「……お前、なんだ？」

「魔法《まほう》のツー」

淡く光を放つ緑色の目が、ジヴラートを見据える。人族《じんぞく》の虹彩《こうさい》ではない。

灰境《かいきょう》ジヴラートは再び、ゆっくりと長剣の柄に手をかけた。

威圧的な動きである。暴力を誇示する技量に限れば、あるいはリッケ達のような本物の傭兵よりも長《た》けているかもしれない。

「……。俺は灰境《かいきょう》ジヴラート。勇者候補だ。六合上覧《りくごうじょうらん》に招かれて黄都《こうと》にまで来てる」

ツーがその構えに動じる様子はない。気付いてすらいないように見える。

「そうなんだ！　じゃあ一緒だね。ぼくも勇者候補なんだよ」

ツーは花のような笑顔で、片手を差し出した。

「もしかしたら戦うかも！　よろしく！」

「……そんなわけがないだろうが」

ジヴラートは、手を握り返すことができずにいる。柄に指をかけたままだ。

「お前みたいな女が、勇者候補？」

「本当のことだ」

リッケが低く呟く。

「どちらにしろ、対戦組み合わせが発表されれば分かる。ツーは第七卿フリンスダからの擁立を受けている、正式な勇者候補だよ」

「ハハ！　この女がお前より強いのか？　卑屈も極まると笑えるぜ、厄運《やくうん》のリッケ」

「フ、フフフフ……俺より強いだと？　――違うね」

リッケは笑った。ジヴラートを前に笑えることがあるなどとは思っていなかった。

「俺と真理《しんり》の蓋《ふた》のクラフニルを合わせたより強い」

「……」

「え、えっと……」

沈黙が続いた。ジヴラートは不可解な少女を前に動けず、一方でツーも、ジヴラートに差し出したままの手をどのようにしたものか迷った。

「気分が悪ィな」

ジヴラートが退いた。柄に添えていた指をポケットに突っ込み、これ見よがしに首を鳴らす。

「また来るぜ」

「あ、は、はい……よろしくお願いします」

何度も頭を下げて見送る神官見習いには会釈を返すこともなく、立ち去っていく。

ツーは手を差し出したままの姿勢で固まっていた。

「ね、ねえ、リッケ……」

「ツー。止めてくれて助かった」

リッケが代わりに手を握ってやる。ツーは嬉《うれ》しそうに手をぶんぶんと振った。

「……俺も、確かに冷静じゃなかった。……嫌いな奴だからって、何をしているのか知ろうともしないのは、正しさじゃないよな」

「ね。もしかしたら、ジヴラートもいいやつかな？」

「そうかもな」

——ツーはそう信じたいのだろう。

きっとツーは、あの日の成功体験が嬉しくてたまらないのだ。〝魔王の落とし子〟である自分を討伐に現れたリッケやクラフニルと、話し合いで分かり合えたという体験が。

だから今でもリッケに懐いているし、この黄都《こうと》で出会う相手にもそれを求めてしまっている。

長く傭兵を続けてきたリッケは、世界がそうでないことを知っている。〝最後の地〟でツーが撃退してきた者達も同様に、話し合ったとして無意味な輩がその大半を占めていたはずだ。

リッケはその日恩人に出会うことはできなかったが、当初の予定よりも多くの寄進をした。同行者のツーを無理に帰らせることなく、日が沈むまでそこに留まっていた。

子供達に交じって遊ぶツーの後ろ姿を見ながら思う。

（……もしかしたら、か）

ジヴラートの〝日の大樹〟は、辺境の村から急速に功績を挙げ、成り上がってきた組織だ。学も家柄もない、貧民の若者達が組織したギルドであるという。後ろ盾を持たない彼らが成功を摑《つか》むためには、例えばかつて〝黒曜の瞳〟が担っていたような、後ろ暗い仕事に手を染める以外の手段はなかったのかもしれない。

汚れた生まれの者がさらに汚れた手段に手を染めなければならないほど、光と陰の世界はひどく隔たっている。

黄都《こうと》で暮らす者が目を向けることもない、〝教団〟の困窮者がいる。その〝教団〟にすら取りこぼされた子供達がいる。暴力しか手段を持てなかった辺境の貧民がいる。あるいはツーが守り続けてきたような、〝最後の地〟に取り残された犠牲者達が。
(俺はジヴラートを許すことはできないと思う。けれど)
リッケは傭兵だ。誇りある仕事を選んできた。
彼は、そうした者達を誰か一人でも救うことができただろうか。
(――誰にだって救いがあるって、信じたいよな。ツー)

四　焦燥

レーシャは、通《とお》り禍《か》のクゼを真剣に愛していた。

いつも地方への巡回で忙しくしていて、年に三度くらいしか彼女の暮らす救貧院に顔を出せないのだとしても、彼女の歳《とし》がまだ十を数えたばかりだとしても、淑女として真剣にクゼに恋をしていた。

けれどレーシャがそんな気持ちを包み隠さず先生や友人に表明しても——それどころかクゼ本人に伝えても、何故だか冗談みたいにあしらわれてしまうのだ。

「本当に愛してるのよ。クゼ先生」

大きな背中に寄りかかりながら、愛の言葉を囁《ささや》く。クゼは小さな子供を膝に乗せて、教団文字を教えているところだった。いつも黒い服で、いつもボサボサの髪で、いつも無精髭だ。

「全部好き。ヒゲまで好き」

「だから先生はやめなさいって」

クゼは困ったように笑う。

困らせているつもりなんかないし、大事なところは呼び方なんかではないのに。

「それに、おじさんが黄都《こうと》にいるのなんて今だけなんだから。こんな、いい年してフラフラしてる男じゃなくて、もっと素敵なお婿さんを探そうね」

「わたし、とっても美人だと思うけど」

「うんうん。おじさん色んな町を行ったりきたりだけど、十くらいの子でレーシャ以上の美人さんには会ったことがないかもなあ」

「十くらい、じゃなくて」

レーシャはしなだれかかった姿勢から立ち上がって、自分の腰に手を当てた。

「大人と比べても、美人だって言って」

「ふへへ、そうだなあー……」

髪はいつも綺麗に梳《と》かしているし、肌の手入れにだって気を使っている。前にいた神官から習った、黄柳草の茎の液を使った化粧水だ。他の子供は乱暴な遊びですぐに服をだめにしてしまうけれど、レーシャはそうしない。ごくたまに貴族から寄付される、いい生地の古着を選んで、クゼが訪れる時にはいつだってそれを着ている。

美しいから、引き受け先も同い年の誰よりも早く決まった。

「おっぱいだって育ってるし、料理当番も一人でできるからすぐ奥さんになれるわ。礼儀作法だって、そのうち完璧にするの」

「レーシャなんて全然ちんちくりんじゃん！」

羽根独楽《こま》で遊んでいた男子が囃《はや》し立《た》てる。

「今日来たお姉さんの方が美人だったよな！」

「大人だっていうならあれくらい育て！」

「ばか！　ばかじゃないの！　変態！　黙れ！」

男子はいつまでも子供の気分で、何も考えていないのだ。

レーシャの想《おも》いは真剣なのに、許せない。

「そっか。お客さんの女の子に遊んでもらったんだねえ。どんな子だったんだい？」

「知らない。魔法《まほう》のツーとかいって……許されないわ。あんなに脚を出して、胸も……もう、いやらしい！　最悪！　考えたくない！」

「……魔法《まほう》のツー」

クゼが小さく呟く。

「フリンスダのところの候補者か」

「？　クゼ先生、知り合いなの？」

「ああ、まあ、そうだね。知り合い、い、いから話は聞いてるよ。優しい子だった？」

レーシャ以外の子供が口々に答える。

「優しかったよー」

「木の幹をぱあって駆け上がって球を取ったの！　すごい！」

「文字は僕の方が得意でしたよ」

「すげえおっぱいだったよな」

「最悪！」

レーシャは男子の一人に蹴りを入れる。お淑《しと》やかでいなければならない。

「教団文字を書けるのか。誰かから習ったことがあるのかな？」

「えー」

「……確か、話してたわ」

レーシャは記憶力もいいので、ツーの話を覚えていた。

「お父さんから習ったことがあるんだって」

「ふーん……」

「すごいでしょ？　いま、わたしが一番に答えたのよ」

再びクゼにくっつきながら言う。

クゼは他の大人達とは違って、なぜか暖炉の灰のような匂いがする。レーシャにとっては、安心する匂いだった。

「そうだなあ。レーシャは皆のことをよく見てる。お姉さんだからな」

レーシャの自慢の髪を撫でて、クゼはそう言ってくれる。その一言で心が温かくなるのは、クゼが彼女のことを愛しているからだと思う。

「あのね。クゼ先生。わたしが奥さんになったら、いいことがたくさんあるのよ」

近いうちに、レーシャは遠くに引き取られていってしまう。跡継ぎのいない、辺境の裕福な家に。

それはレーシャが美しいからだし、彼女はそれを誇りに思っている。

けれど〝教団〟を巡回するクゼとは出会えなくなってしまうだろうか。

「お花の匂いがする卵料理を、毎日作ってあげるわ」

「ふへへ。毎日卵料理かあ……」

「高いお化粧をして……誰にだって自慢できる、綺麗な奥さんになるの」

「きっと、そうなると思うよ」

今度はレーシャが膝の上に乗る。子供の頃、今みたいにクゼが忙しくなる前は、毎日飽きもせずにそうしてもらっていたように。

膝の上に座ったレーシャの頭とクゼの頭は、今はもう同じくらいの高さになった。大人だ。

「ヒゲだってわたしが手入れしてあげるわね」

「いやあ、昔は触って喜んでくれてたのになあ」

「素敵な奥さんをもらうんだから、いつまでもだらしなくしてちゃだめなの」

本当は今でもクゼの無精髭が好きだ。

「小さい家も……わたしたちの家も建てるの。壁紙がはがれたりヒビができたりしないように、妻のわたしが見張ってるわ。寒い日には、昼間から暖炉をたけるのよ」

「そりゃあ、最高だ」

「それで、クゼ先生。ああ……」

どんなに素敵な結婚生活を想像しても足りないくらい、愛している。

もしかしたら、それがレーシャには手に入れることのできない未来なのだとしても。

「クゼ先生は、とっても幸せになるのよ」

同じ高さにある顔を撫でて、微笑んでみせる。

誰よりも美しく、誰よりも幸せな奥さんのように。

「とっても。世界中の誰よりも」

「ふへへ。いやあ、レーシャさぁ……ごめん……」

クゼは目を逸らして、目頭を押さえた。

「ごめんな」

「ああ！　レーシャがクゼ先生泣かした！」

「困らせるからー！」

「レーシャ、いっつもそうじゃん！」

「もう！　うるさい！　わたし……わたしは真剣なのに！　ばか！」

再び囃し立てた男子達の幼さに、レーシャはほんの少しだけ感謝をした。

もしかしたら自分が涙目になっていても、それが彼らへの怒りのためだと、そう思い込むことができるのだから。

◆

黄都《こうと》の夜。

地上の通りはガス灯の光に照らされていても、橋の下に張り巡らされた水路は、ひどく暗い。

故に重傷者がそこに倒れていたとしても、声が誰かに届くことは滅多にない。

「――なあ」

水路の端で横たわり、拘束されている男のすぐ隣に、通《とお》り禍《か》のクゼは屈《かが》み込んだ。

無力な、善良な中年男のように見える。

「レーシャは、あんたに引き取られるのを誇りに思ってたんだよ」

跡継ぎのいない、辺境の裕福な家の当主なのだという。

全て嘘だった。

身分を偽り、容姿に優れた子供を引き取り、おぞましい目的のために売買する。

〝教団〟の権威が消え失《き》せ《う》、調査に費やせる力も足りぬ現状では、そうした目的で接触する犯罪者を見抜くことも難しい。監督役の青年を責めることはできないだろう。

数年前から、〝教団〟の子供が裏の世界に流れてしまった悲劇の話を、とても多く聞くようになった。それが世に蔓延る〝教団〟迫害や貧民排斥の風潮を煽《あお》り、その結果として〝教団〟からは人を救う力が奪われていく。悪循環だ。

「自分がもらわれるのは、一番美人だからだってさ……」

橋の上のガス灯に腰掛けて、白い天使がクゼを見ている。

男は意識を失っていて、クゼの言葉を聞くこともできない。

「どうして救われないんだろうな」

レーシャには幸せになる権利があった。そしてその幸せは、永遠に奪われてしまう寸前だった。

人の心には、人を救う意思がある。

それは詞神《ししん》が与えてくれた祝福だ。それだけは確かに実在するのだと、クゼは信じている。

「レーシャは、本当にいい子なのにさ……」

この男も、ありふれた小悪党なのだ。このような罪など昔からあって、クゼが見ることができているのは、この世界の当たり前の営みのほんの一握りだ。

力を持つ者が、最も弱い者から奪おうとする。

暴徒は救貧院を襲い、奴隷商が孤児を狙っている。

黄都《こうと》は民の非難を〝教団〟へと仕向けていて、罪を犯すことなく敬虔《けいけん》に生きている者達全員が、不自由なく生きている者達の秩序のために、殉教させられようとしている。

クゼは、力なく笑った。

「……ふへへ」

——『殺してしまうの？』。そんな声が聞こえたように思う。

橋の上のガス灯を振り向く。静《しず》かに歌《うた》うナスティークが、彼のことを見つめている。

「大丈夫だよ」

溜息をつくように、答える。殺したくない。いつもそうだ。

通《とお》り禍《か》のクゼは無敵だ。この世界でクゼ一人だけが、遍《あまね》く存在に死をもたらす絶対の権能に護《まも》られている。それは敵を殺すばかりで、本当に救いたい誰かのためには間に合わない力だ。

「俺は間に合ったんだ。誰も死なせたりせずに……」

心を落ち着けようとする。もうレーシャは無事だ。それでいい。

クノーディが死んだ時も、ロゼルハが死んだ時も、クゼは諦めることができた。既に起こってしまった悲劇は仕方がないと受け入れることができた。

死んでしまった誰もが、レーシャと同じように大切な人達だった。ならば救うことができた今こそ、喜ぶべきはずなのに。

「ふへへ。笑わなきゃいけないのにな……なんでだろうな……」

「——それは、恐れですよ。クゼさん」

水路が通う橋の真下。暗闇の奥底から、別の声があった。

声の主は、灰色の髪をした子供だ。見た目はまるで孤児達と同じような年齢にも見える。

逆理《ぎゃくり》のヒロトという。

「私にはクゼさんが恐れているように見えます。人の力で変えうる未来の可能性というものは時に、変えようのない過去よりも恐ろしく感じるものです。もしかしたら、あと少し遅れていたなら……と」

橋の下で男を捕らえ拘束したのは、ヒロトの軍勢であった。

クゼは、後から到着しただけだ。

「間に合って良かった。あなたが諦めずにいられる内に」

「……ああ。言う通りだ。本当に、そう思うよ」

「そして、クゼさんの恐れの理由はそれだけではないはずです。目に見えていないだけで……こうしたことが、今も〝教団〟のそこかしこで起こっているのでは？　自分がまだ手を伸ばせるはずの……救えるはずの子供達を、自分は見殺しにしてしまっているのでは？　……と」

「ふへへ。あんたも人が悪いね。ヒロト先生」

仮にも始末屋として裏社会に関わってきた中で、クゼが〝灰髪の子供〟の名を聞いたのは一度や二度ではない。その彼が六合上覧《りくごうじょうらん》の対戦相手が決まるよりも先にこうして接触してきた以上、その目的についても分かりきっている。

「こいつの情報をただでくれたのは、そういう理由ってわけかい」

「――我々の力ならば、地平全土の、〝教団〟の子供達の行方を追跡可能です。既に把握している組織の情報もいくつかあります」

クゼは立ち尽くしたまま、血塗《まみ》れの男を見下ろしている。

今日間に合わなかったのなら、レーシャはどうなってしまっただろう。この時代においては明日にも、クゼが大切に思う子供達のうちの誰が犠牲になってしまってもおかしくはない。

「……足りない。それだけじゃ、足りないんだ」

白い天使が見守る中、クゼはヒロトの佇《たたず》む橋の影へと踏み込む。

「もっと条件がある。それだけの力があるなら、〝教団〟の皆を救ってくれ。六合上覧《りくごうじょうらん》が終わった後。もしも、あんた達が勝った後。俺達の……俺達を救ってくれた詞神《ししん》サマの教えが終わらずに続いて、子供達が皆、安全に巣立てるようにしてやってくれ」

「文明社会の維持のためには、人民の教育と福祉は絶対不可欠です」

ヒロトも真剣にそれに答える。

相手が真に欲するものを看破し、その実現の未来を信じさせることが、政治家の異能である。

「黄都《こうと》は新たな行政機関でその機能を代替するつもりかもしれませんが、信仰者ではない私の視点からしても、既に存在する〝教団〟という地盤を基にその機関を作り上げる方が、遥かに効率が良いと考えています。我々にとっては、それが〝教団〟を存続させたい理由です」

「……ふへへ。できるのかい？」

「私は弁論の力でオカフ自由都市すら動かしました。〝教団〟を厚く保護し、現状の迫害を必ず取り除くと、お約束しましょう」

「もしも……もしもそうなったら、いいことだよな。本当に……」

「我々は十六の出場権のうち、既に二枠を確保しています。あなたが三枠目です」

信じると信じないとに関わらず、クゼはヒロトと結託する他にないのだろう。〝教団〟の全てを現実的に救うためには、少なくとも国家規模の、非現実的なほどの力が必要になる。

そして、何よりも。

（……なあ。計画を立ててるのは、あんた達みたいな強者だけじゃないんだぜ。逆理《ぎゃくり》のヒロト）

――クゼが六合上覧《りくごうじょうらん》に挑む真の理由のためにも、彼らの力が必要となる。

〝教団〟の信徒達と、その信仰を救う。クゼの望みはそれだけだ。

何を犠牲にしてでも。

「――手を組みましょう。通《とお》り禍《か》のクゼさん」

「わかった。話に乗らせてもらう」

差し出された手を取る。ヒロトの手は小さい。クゼの知る孤児達のような、小さな手だった。

五　ギミナ市

第三試合開始の十二日前。おぞましきトロアや星馳《ほしは》せアルス、冬《ふゆ》のルクノカなどの誰もが知る伝説が姿を表すそれまでの二試合とは異なり、この第三試合を戦う勇者候補の名を知る者は少ない。

――〝客人《まろうど》〟の剣士、柳《やなぎ》の剣《つるぎ》のソウジロウ。出自不明の混獣《キメラ》、移《うつ》り気《ぎ》なオゾネズマ。

不可解な、無名の強者である。

オゾネズマに至っては、黄都《こうと》市民がその姿を見る機会すらなかった。彼はまるで自身の全ての情報を秘匿するかのように、黄都《こうと》に程近いギミナ市に身を寄せていた。

ギミナ市。黄都《こうと》とはその様相を大きく異にする大都市である。

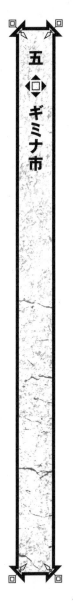

煉瓦《れんが》造りの建物の合間には田畑が広がり、馬車の行き交う車道には等間隔で街路樹が並ぶ。管理された自然が文明の中へと静かに溶け込んでいる様子は、忙《せわ》しなく華やかな黄都《こうと》の町並みとは、殆ど正反対の雰囲気でもある。

このギミナ市も黄都《こうと》議会に属する都市の一つであり、この市内に巨大な邸宅を所有する二十九官も存在していた。丸々と肥えた、しかし人懐こい印象を与える巨漢。第十四将、光暈牢《こううんろう》のユカという。

彼の大邸宅には、数日前から奇妙な獣が存在していた。

「イツモ忙シクシテイルヨウダナ、ユカ」

「まあ、反乱鎮圧っていうとただ正面切って戦うだけじゃ済まないからね。何しろ今は、旧王国主義者をどうにか抑えとかないといけないから」

流線型をした狼《おおかみ》の如き印象を与える、蒼銀《そうぎん》の毛並みを持つ八足獣である。移《うつ》り気《ぎ》なオゾネズマ。

政治的駆け引きに疎いユカはそれすら自覚していないが、彼は逆理《ぎゃくり》のヒロトの裏工作に巻き込まれた結果、オゾネズマを擁立するよう誘導されている。

「他の武官は戦争の時に働ければそれでいいけど、俺の仕事だとどうしても大変なんだよなあ」

「苦労ハ察スル」

「いや。オゾネズマは手がかからなくて助かるよ。ヒドウとかハーディは大変みたいだね」

擁立経緯やオゾネズマ自身の気質を差し引いたとしても、オゾネズマとユカの相性は、思いの外良好であった。

オゾネズマは温厚かつ度量の広いユカの人格については好ましく思っており、一方でユカも、異形の体を持ちながら過剰な要求をすることなく、このギミナ市から動かずにいるオゾネズマに感謝していた。

ユカはオゾネズマが有する広範な知識に興味を示すこともあり、オゾネズマが語る話の全ては理解できずとも、内容について素直な感心や驚きを表明できる優れた聞き手でもあった。

「なんだかんだ言って、大きな暴動は未然に防いでる。六合上覧《りくごうじょうらん》も開催できるんじゃないかな」

二十九官内でのユカの担当は、国家公安部門の管轄である。

外の敵ではなく内の敵へと備え、反乱や暴動に対しては先頭に立って鎮圧し、場合によっては自国民をも粛清する。国家安全のために必要不可欠な存在でありながら、決して光の当たる英雄とはなり得ない仕事だ。

だが光暈牢《こううんろう》のユカは、自身の穏やかな気性とは正反対に位置するその仕事を、不平を漏らすこともなくこなしている。

「私ノヨウナ混獣《キメラ》ヲ擁立シタノモ含メテダガ……損ナ役割ヲ押シツケラレテハイナイカ？」

オゾネズマはユカの人格については信頼を置いているが、そうした一抹の不安はあった。

頼みを断ることができない優しさが災いして、内心では不満を募らせてはいないか。いざという局面で、それがオゾネズマにとって予想外の綻びとなる可能性がある。

「そんなんじゃないって。俺は自分から志願したから。意外と俺みたいなのが向いてるんだよね、何も考えないのが得意だから。考えちゃう奴がこの仕事になっちゃうと、最初はよくたってどんどん辛くなってくると思うからさあ」

肥満体を大きな椅子に沈めて、ユカは独りごちる。

「反乱とか暴動みたいな手段に出なきゃいけないのって、大体は弱い連中なんだよ」

「……ソウダロウナ。背後関係ニドノヨウナ陰謀ガアロウト……ソウシタ動キノ矢面ニ立タサレルノハ常ニ、追イ詰メラレタ弱者ダ」

その搾取の構造を熟知していてなお、役割のために割り切って刃を振るうことができる。他の誰かにそうした罪悪感を背負わせないために、自分自身の強さを使うことができる。

オゾネズマは、ユカの気質をそのように理解している。

「ナラバ〝教団〟ニツイテハ、ドウ考エテイル」

「旧王国主義者の話じゃなくて？　〝教団〟は……そうだなあ。今の状況をひっくり返したいって考えてる奴らは、そりゃたくさんいるんだと思うよ。でも旧王国主義者とかリチア残党とは違って、あまり警戒の比重は高いわけじゃあないかな」

「組織力デハ、相応ノ力ハアルトハ思ウガ」

「組織力ではね。でも現状、暴力に訴えられるだけの戦士ってのは今の〝教団〟には殆どいないんだよ。そりゃ歴史上だと聖騎士階級とかがたくさんいて、軍事力でも当時の王国と対等だった時代なんかもあったっていうけど、今は全然いない。詞神《ししん》の教義上そうなってるんだよね」

「教義ニ従ワセルコトデ……長イ時ヲカケテ、牙ヲ抜イテキタトイウコトダナ」

「まさか今みたいな情勢に備えてのことじゃあなかったんだろうけどね。王国が武力面で〝教団〟をずっと庇護してきたのも、そっちは国が担ってあげますから、君達は教義に専念しなさいって部分もあったと思うよ。でも、いざという時に国の方が手綱を握れるようにしてたってのも本音だったんじゃないかなあ」

しかし〝本物の魔王〟によって、彼らの庇護のために割くべき力は失われた。誰にも救いようのなかった災厄への怒りと悲しみの矛先を向けられて、〝教団〟の命は消えようとしている。

本来手綱の先を握るべきだった王国が崩壊した今となっては、彼らは小屋に繋がれたまま餓死する家畜だ。国家に反抗する力はもはや残っていない。

「アリガトウ。現在ノ情勢ニツイテ理解ヲ深メラレタ」

「そんな大した話じゃないのに、いつもそう改まるからなあ。オゾネズマは勇者候補なんだから、もうちょっと偉そうにしていたっていいのに」

ユカは冗談めかして言う。

「私ト君ハ、対等ナ協力関係ニアル」

「あはは。そうだったね」

対等だ。逆理《ぎゃくり》のヒロトに対しても、オゾネズマは指示を仰ぐ側ではない。オゾネズマはこのギミナ市を一歩も動かずにいながら、自分と対戦する可能性のある黄都《こうと》の勇者候補について……あるいは協力者である者の情報を、ラヂオ通信を介して受け取り続けている。

〝教団〟の状況についても、知る必要があった。

（〝教団〟ノ勇者候補ハ、通《とお》リ禍《か》ノクゼ。彼ヲ攻撃スル全生命ニ対スル、自動的ナ即死反撃能力）

本当にそのような力があるというなら、確かに最強の勇者候補の一角であろう。

逆理《ぎゃくり》のヒロトが状況を操作する限り、恐らくクゼとオゾネズマが対戦する対戦表が組まれることはないだろうが――オゾネズマが隠し持っている切り札を以てしても、事前にその性質を知っていなければ、苦戦していた可能性があったほどには強力だ。

（――確カニ、〝教団〟ノ現状ヲ覆セル類ノ強サデハナイ。ヤハリ、ヒロトハ……彼ノ力ヲ必要ト

スル者ヲ見抜キ接触スル、際立ッタ才覚ガアル）

あるいはそれは、未来に起こる事象の予兆を察知し、運命的な出会いすら左右する無意識な異能であるのかもしれない。少なくとも、一切の後ろ盾を持たぬ混獣《キメラ》に過ぎないオゾネズマがこの戦いへと食い込むためには、彼との出会いと協力関係こそが不可欠なものであった。

ヒロトとオゾネズマは、対等だ。オゾネズマは彼の陣営のために戦うのではない。ユカのためでもない。オゾネズマが六合上覧《りくごうじょうらん》に身を投じる目的は一つ。

「でもオゾネズマ。ずっとこの屋敷《やしき》にいて、退屈したりしない？　混獣《キメラ》だってそういう気持ちは人とあんまり変わんないと思うけどなあ」

オゾネズマは勇者候補でありながら黄都《こうと》に姿を晒さず、このギミナ市内に留まり続けている。ヒロト陣営や黄都《こうと》以外にも、勇者候補の戦力を探っている組織があるという情報もある。仮にそうした襲撃者との交戦が起こった時、万が一にも彼の切り札を晒してはならないのだ。

「……ソウダナ。偉ソウニスルワケデハナイガ……コノギミナ市カラ黄都《こうと》ニ発ツ時ニハ、一ツダケ頼ミタイコトガアル」

故に、これは戦略や目的と無関係な、オゾネズマの純然たる興味による要求であった。

「魔法《まほう》ノツー。ソウ名乗ッテイル候補者ニ、会ワセテモライタイ」

◆

……そして、第三試合開始まで五日。真昼のギミナ市の街道は、静かだった。

だが同時に、街道を埋め尽くすほどの人々が存在していた。無言の群衆は不気味な威圧感となって、街全体を静寂に沈めている。

山沿いに設《しつら》えられた邸宅の窓からは、その外の様子が見えた。

「んー、まずいことになっちゃったよなあ」

邸宅の一階にあたる大食堂。窓の外を確認するユカのぼやきに、オゾネズマが答える。

「止マル気配ハナイカ」

この群衆の正体について、オゾネズマは推測することができる。

「――旧王国主義者ダナ」

「多分ね」

ギミナ市に詰めかけている旧王国主義者の標的は、光暈牢《こううんろう》のユカだ。

平時は商店からの声に賑《にぎ》わう街道は静まり返り、武器を携えた群衆が、時を経るごとに集いつつある。この日の朝から、そうした波は強まり続けている。

「大体、こういうのって気配があるんだけどさ。うん。こういう時って、割りかし本気のやつなんだよね。怒鳴り声とか演説みたいなのが、聞こえないじゃん？　……って、オゾネズマに言っても分かんないかなあ」

「……イイヤ。理解ハデキル。既ニ行動ノ決意ヲ固メタ者ハ、自ラヲ鼓舞スル必要ヲ持タナイ。恐怖ヤ憤怒《ふんぬ》ニ突キ動カサレテイナイ、統制サレタ行動ダ」

常に先陣を切って暴徒鎮圧を行い続けてきたユカは、彼らのような反乱勢力の恨みを強く買っている。暴動を指揮する者の立場としても、真っ先に排除したい戦力であろう。

しかし破城《はじょう》のギルネスの処刑に伴って主要構成員を失い、一度は一掃されたはずの旧王国主義者が、第三試合を五日後に控えた今になって、前触れもなく集った。

(黄都《こうと》ノ外ナラバ安全トイウワケデハナイ。真ノ狙イハ、アルイハ私カ)

無論、この程度の烏合《うごう》の衆が何万と押し寄せたところで、移り気《うつぎ》なオゾネズマを倒せるはずもない。だが彼の擁立者であるユカは別だ。

「状況ガ仕組マレテイル。コレハ操作サレタ決起ダ」

「うーん。まあ、そこは理屈で考えてもどうにもならないものだからなあ。まずはこの状況をなんとかしなきゃ。考えるのは後で他の奴がやってくれるから」

「──私ガ出テモ良イ」

「駄目駄目。暴徒鎮圧は俺の管轄だしさ、オゾネズマに借りは作れないよ」

ユカは、既に赤い軽甲冑《かっちゅう》を着込んでいる。急所への矢を通さぬ程度の、ごく簡素な鎧だった。

「ダガ、今ハ脱出ガ先決ダロウ。私ト君ハ、対等ダ。時ヲ稼ガセテホシイ」

「ははは。参ったなあ。俺だけで切り抜けようと思ってたんだけど」

「……コノ屋敷ノ裏手ニハ山ガアルナ。ソチラニ抜ケル裏口モ用意シテイルノデハナイカ」

「よくそこまで分かるなあ」

「推測ダ」

ユカの邸宅は切り立った山を背にしている。今回のような不意の襲撃の際に、守る方角を正面方向に限定するためだ。武官らしい発想ではある。

山へと抜ける裏口の存在を襲撃者が察知しているとしても、入り組んだ山野の中へと配置できる兵力は、正面よりも限られていると判断する。

「山道ニ抜ケルマデ、行動ヲ共ニシヨウ。私ガ背後ノ安全ヲ確保スル。脱出シタ君ガ兵ヲ集メ、改メテ軍勢ヲ叩《たた》ク。互イノ役割ノ分担ダ。ソレデ良イダロウ」

「苦労かけちゃうよね。試合の日まで手の内は見せたくないんじゃなかった？」

「ソレヲ考エルベキハ、私ダ。任セレバ良イ」

「いいね。じゃあ、そういうことにしよっか」

それからの二人の行動は早かった。いずれも、数多くの戦いを潜《くぐ》り抜《ぬ》けた戦士である。

邸宅の地下に隠された裏口から木の通路を抜けると、すぐに山の只中《ただなか》へと出た。茂みに偽装した出入り口を切り裂いて、両者は無駄口を叩くことなく、濡れた岩場を駆ける。

オゾネズマはユカの先を走り、山道の安全を確保していく。背後の邸宅にはいずれ火が放たれるかもしれない。そのような結末になる前に事態を収めることが最善だが。

「我らの手に再び王国を！」

「二十九官を議会から追い出せ！」

「第十四将の首を取る！」

遠方から、民が上げる叫びがまばらに聞こえる。

彼らのような群衆は真の脅威ではない。元々旧王国主義者ですらない者も混じっているはずだ。扇動され、抑圧された不遇や不平を利用されている者達だ。

（動キノ矢面ニ立タサレル者ハ……追イ詰メラレタ、弱者）

これが計画的な襲撃であるのならば、表の軍勢は半ば陽動――

ヒン、と風を切る音が鳴った。同時に三方。木々の間から飛来した矢を、オゾネズマは高速で走行しながら全て摑み取った。

矢を投げ捨て、断言する。

「雑兵」

飛来する矢の柄を異常なまでの精密動作で摑み取った指先は、オゾネズマの獣の八足ではない。背の毛並みの裂け目からぞろぞろと生えた人体の腕だ。

一見して混獣《キメラ》には見えぬオゾネズマの巨体の内部には、悪夢じみた刺胞動物の如く、無数の人の腕が収容されている。

「――敵ノ戦力ハ、コノ程度カ？」

「まあ、結局身を隠して狙撃するくらいしかできることないでしょ。山の真ん中だと、自分も火攻めは使えないからね」

自分が矢に狙われていたというのに、ユカは呑気《のんき》な声色のままだ。

しかも、話しながらオゾネズマの背後から飛び出している。今しがたの狙撃手の射線から判断し、勝手知る山岳を駆け、直線に。

走るユカをめがけて、第二波の狙撃が放たれる。遅すぎる。オゾネズマの機動は矢よりも速い。無数の腕が、壁のように矢の到達を遮る。ユカは狙撃手の至近に到達している。

「光暈牢《こううんろう》の——！」

距離を詰められた弓手が、叫んだ。

三人の内で自分が死ぬとは、それもこれだけ唐突に終わるなどとは、想像もしていなかったのだろう。湾曲した短刀の光が閃《ひらめ》いた。

「うーん」

ユカは一閃《いっせん》で腹部動脈を断ち切った。刃は小腸を掻き、引きずり出している。

「悪いね」

済まなさそうに、しかし淡々と告げて、ユカはさらに山の奥へ。跳躍し、加速し、致命傷を与え、そして離脱するまで、流れるような迅速の手並み。

一連の動きの全てが、外見の肥満体からは考えられぬ技量である。

「……流石《さすが》ハ、二十九官」

その時には当然、オゾネズマの攻撃も完了している。他二人の狙撃手を一瞬にして始末し、一人目からは優れた広背筋を、二人目からは状態の良い肺動脈を採集している。喉笛を裂かれた彼らは、断末魔の呻きすら上げることができなかった。

その場に留まり、遠ざかっていくユカの後ろ姿を見送る。

「サテ。後方カラノ追撃ヲ警戒シツツ……カ」

オゾネズマの体内に収納されていた器械が露《あら》わになる。大型のラヂオ通信機だ。ユカを先に行かせた理由の一つはそれだ。オゾネズマは獣族《じゅうぞく》でありながら、ラヂオすらも人間《ミニア》以上の精度で取り扱うことができる。

「状況ヲ把握シテイルカ、ジギタ・ゾギ。襲撃勢力ハ旧王国主義者ダ」

〈……ようやく連絡が取れましたな、オゾネズマ殿。黄都《こうと》入りをせずに姿を隠していれば、いずれ誰かが無茶をするだろうと踏んではいましたが……これは、なかなか〉

「イズレニセヨ、タダノ暴動デハアルマイ。私デモソウ判断スル」

〈まず、アタシの読みを伝えておきましょう。その連中の背後にいるのは、十中八九、黄都《こうと》第二十七将。弾火源《だんかげん》のハーディでしょうな。オゾネズマ殿の第一回戦のお相手——柳《やなぎ》の剣《つるぎ》のソウジロウを擁立している武官です〉

第三試合は、オゾネズマとソウジロウの対決となる。

ならば事前に対戦相手を排除しようとするのも当然の発想ではある。しかし。

「黄都《こうと》ノ官僚ガ、反黄都《こうと》ノ旧王国主義者ヲ操作デキルモノカ？」

〈破城《はじょう》のギルネスを失い、星図《せいず》のロムゾも失い、各地の旧王国主義者は、首を失った烏合の衆に過ぎませんからなぁ。自分達に指令を下している大元など分かりやしません。『首』の部分をすげ替えて、少しの扇動と方針を与えてやれば、こうして操ることもできるわけです。敗残兵の末路としては、そう珍しくもありませんでしょう〉

「……ソモソモ旧王国主義者ハ、君達ト繋《つな》ガリガアッタハズダガ。ジギタ・ゾギ。君ノ力デモ、旧王国主義者ヲ制御デキテイナイノカ？」

〈それは一時的に組織を動かすことと、長期的に組織を利用することの差異というものですな。むしろ今回の動きで、旧王国主義者内にも黄都《こうと》側から送り込まれた工作員がいると把握できました。真に組織を掌握するとしたら、今回のような行動を待って敵さんの駒を炙《あぶ》り出《だ》した後の方が効率がよろしいでしょう。オゾネズマ殿にはご迷惑をかけましたが〉

「……興味深イ。ナラバ、コノ後ノ筋書キハドウナル」

千一匹目《せんいちひきめ》のジギタ・ゾギ。彼の強さは、個としての強さとは次元が異なる。

それは戦術の読みと知性の強さであり、協力者が多ければ多いほどに、それは共有できる。逆理《ぎゃくり》のヒロトを介して彼と協力関係にあるオゾネズマは、最適の判断に基づく戦術を以て、英雄としての個体戦力を行使できる。

〈敵の本命は、ユカ殿です。事前の情報が不明である以上、素性や戦力のほどが分からぬオゾネズマ殿ではなく、ユカ殿を無力化することにした……といったところでしょうな。黄都《こうと》に姿を晒してもいないということは、そこで擁立者のユカ殿を失ってしまえば、もはやオゾネズマ殿は黄都《こうと》入りする手立てがない。……加えて言えば、ユカ殿はご自身が矢面に立って、反動勢力の暴動鎮圧を行っている。旧王国主義者がユカ殿を襲撃する理由は、十分に揃《そろ》っています〉

「彼ラノ標的トシテ、容易ニ誘導デキルトイウコトカ」

〈……そうして、まずはユカ殿を排除。恐らくですが、生け捕りにしますなあ。しかる後に、旧王国主義者に予《あらかじ》め潜めていた『首』を使って手引きし……ユカ殿の救出という名目で、ハーディ殿が旧王国主義者を鎮圧。一連の経緯を知り得る立場にいる構成員は、それであらかた処分できます。ユカ殿には恩を着せ、軋轢《あつれき》を残すことなく、そして全ては第三試合が終わった後……といった筋書きでしょう。そうだとしたら敵さんは、なかなかおもしろい策を考えますな〉

「『首』ガコノ場ニ出テイルナラ、私ガ刈《か》レルカモシレン。……動イテモ構ワナイカ？」

〈ありがたい話です。敵さんがこの策を動かしているなら、少なくとも、この暴動を煽る役割の者は表通りに混じっていなければなりませんからな。背後はお気になさらず。ユカ殿の撤退経路にいた輩は、こちらの遊撃部隊が既に片付けていますのでね〉

「感謝スル」

ラヂオの通話を切る。

ジギタ・ゾギ。あの逆理《ぎゃくり》のヒロトが認める戦術家だけあり、常に二手三手先を読み、警戒と先手の網を張り巡らせている。彼がユカの安全を保証しているなら、事実そうなのであろう。

それをすぐに証明するかのように、一人の兵が駆け寄ってきた。

「おーい、オゾネズマ！」

幾度か顔を見たことのある、第十四将配下の警備兵である。

「ユカハ無事カ」

「ああ。こっちの部隊はもう暴動鎮圧のために動き始めてる。旧王国主義者どもの動きは、予想よりは遅い。今のうちに、お前も撤退だ」

「表ノ動キハ最初カラ……コノ山ヘト誘イ込ムタメノ、陽動ダッタカラダ。ダカラ遅イ」

そして本命は、ジギタ・ゾギの兵に狩られた。いかに周到に準備された軍勢であろうが、真なる戦術によって動く小鬼《ゴブリン》の群体を前にして、戦闘になるはずもない。

オゾネズマは巨大な首を持ち上げて、山の上から市民の群れを視界に捉える。

一人一人の頭は遠く芥子粒《けしつぶ》のように見えるが、オゾネズマにとってはそれで十分に過ぎる。

「無論、撤退命令ニハ従ウ。ダガソノ前ニ、一ツダケ試サセテモラオウ」

「何を……？」

「【オゾネズマよりギミナの土へ《yagoyurrg yogog》。並ぶ分岐の影《yogm genyeryu》。遊泳する角《yesgef goyuyarg》。白線に映る《yayoymv yuuya》。揃え《yarhatyu》】」

そうして、巨大な前足で土を一掻きする。

薄い土の表層の下からは、銀色の輝きが無数に現れた。オゾネズマが工術《こうじゅつ》で生成する武器は、物理医療用の手術刀である。

「名ノ知ラレタ傭兵ニ……五月雨《さみだれ》ノアルバート、トイウ男ガイタソウダナ」

遠く。……遠く。虫よりも細かい群衆を、観察する。

有象無象の群衆全ての肉体を、オゾネズマは判別できる。その動きも。呼吸すらも。

意識して消そうとしていても、黄都《こうと》軍人の、訓練で染みついた動きの一つ一つを把握できる。

旧王国主義者が表向きに立てている指導者が誰であるかは関係ない。弾火源《だんかげん》のハーディは生粋の軍人であり、ならば彼が送り込んでいる配下もそうだ。三人の対象を特定する。旧王国主義者の中に送り込まれた、ハーディの潜入工作員。組織の内から先導する『首』だ。

背からぞろぞろと生えた人体の腕が、土から生成された刃を取った。

そして。

「精度ノ点デハ、〝五月雨《さみだれ》〟ホドデハナイガ――」

甲高い、笛の如き風切り音。

それで投擲《とうてき》は完了している。オゾネズマが標的に定めた三人は、弾丸以上の速度で飛来した手術刀で、骨ごと十字に裂けて死んだ。

「……威力ニ限レバ、私ノ性能モ中々ノモノダロウ」

「こ、殺したのか？　こんな距離から……信じられない……」

立ちすくんだままの警備兵を残して、オゾネズマは速やかにその場を後にしている。ラヂオ越しに、自らの陣営へと報告を返す。

「『首』ヲ始末シタ」

〈……貴様らのやり取りは聞いていた。ダントだ。もしもこれがハーディの手口ならば、『首』とやらは表に出している分だけで全てではないぞ。貴様の攻撃を見ていた者もいるはずだ〉

第二十四将、荒野《こうや》の轍《わだち》のダント。ジギタ・ゾギの擁立者である。

「ソレデ構ワン。表ニ出テイル者ガ潰レタ以上ハ、ソレデ奴ラハ統制ヲ失ウ。アル程度、鎮圧ノ助ケニモナルダロウ」

〈……貴様にとっては、見せた攻撃だけが全てではないということか。ならば貴様の切り札はなんだ？　貴様がどのように戦うかを、俺はまだ知らされていない〉

「――ダント」

ダントの問いには答えず、オゾネズマは昏《くら》く笑った。

ラヂオ越しには伝わらぬ、獣の浮かべる笑いを。

「感謝シテイル。君ノ選択ハ、正シイ。君ガ用意シテクレタ擁立者……光暈牢《こううんろう》ノユカハ、他ノ官僚カラ警戒サレヌ策ニ頓着セヌ男ダ。ダガ……彼ノ強ミハ、別ニモアル」

彼には目的がある。〝本物の魔王〟の時代が終わったその時から変わらぬ目的が。

「公安部門統括デアルコトダ。他ノ、ドノ将モ持タヌ特権ガアル。自国民ヲ殺戮スル特権。彼ガ認メタ鎮圧デアル限リ……民ヲ殺シタトシテ、コノ私ガ失格スルコトハナイ」

ハーディは、反動勢力の恨みを買うユカの立場を利用して兵力を送り込んできたのだろう。

今のオゾネズマも、それを利用しただけのことだ。

先の狙撃手と、群衆の中に紛れた『首』。彼らは全て、暴動鎮圧の過程で生まれた不幸な犠牲者に過ぎない。そのようになる。

「私ノ特権モ、イズレハ分カル」

◆

黄都《こうと》中央に位置する兵舎で、弾火源《だんかげん》のハーディは襲撃作戦の結果を知った。

乾いた白髪に、長い傷の走る右頬。現存する二十九官の誰よりも壮絶な戦火を潜り抜けてきたこの老将こそが、黄都《こうと》軍部を統括し、ロスクレイに匹敵する派閥を擁する男である。

「ギミナ市の策は鎮圧されました。ユカ将の捕縛は失敗。まさか、ユカ将に襲撃を読まれていたのでしょうか？」

参謀の報告に対して、ハーディは葉巻の煙を吐いた。

「いいや。俺はユカをよく知っている。山側に先回りして伏兵を置いておくようなやり方は、なんというか……らしくねえな。あいつは襲撃に気を張り続けるより、毎日の安眠の方が好きな男だ。もし包囲の気配を読んでいたなら、その時点で逃げることだってできたはずだろう」

「ならば彼の勇者候補——オゾネズマが、事前攻撃に備えて策を巡らせていたと？」

「……恐らくな。獣族の割に切れる奴なのか、切れる奴の力を借りているのか。どちらにせよだ」

優れた智謀《ちぼう》か、あるいはその智《ち》すら味方につける人望であるのか。

協力者が多ければ多いほどに、その類の力は共有することができる。

「しかしハーディ様、朗報も一つ。旧王国者内に送り込んだ三人の〝神経〟は、遠方から飛来した短刀の一撃で殺害されたとあります。大量の群衆の中から〝神経〟の人員を的確に狙撃する——敵はそういった遠距離攻撃能力を持つと」

「罠《わな》だ」

「……え」

葉巻を灰皿へと置く。ハーディはこの結果が意味することを考えている。

オゾネズマが今回の襲撃に備えていたのだとして、彼は敢《あ》えて戦った。それが問題だ。

「俺達に攻撃方法が伝わるように殺したんだ。自分は遠距離の技の使い手だと、そう思い込ませようとしている。そうして……剣の距離で戦うソウジロウに有利な試合条件を、こっちから切り出すように仕向けている。オゾネズマが、ソウジロウの剣で有利に運べる相手であってほしい——俺がそう考えるのは当然のことだからな」

「疑う根拠は、おありなのでしょうか？」

「まあ色々あるが。戦場じゃあ、そうそう都合のいいことは起こらねえもんさ」

少なくとも、近づけば勝てる相手ではない。剣の距離における切り札がある。

短刀の投擲は、暗殺としてはあまりにも明らかな痕跡。その技をハーディからソウジロウへと伝えさせ、誤った先入観を刷り込ませようとしている。それは情報に混ぜ込まれた毒だ。

「……まあ、構うことはねえ。死んだのは所詮、俺とは無関係な旧王国主義者だ。ユカも手柄が増えて良かったじゃねえか」

「次の手を打ちます」

「ああ。少なくとも次の二回戦……ロスクレイとだけは、やり合わなきゃあならんからな」

「はい。一回戦を、確実に突破できるように計らいます」

参謀は立ち去っていく。

ハーディはただ一人で、深く笑った。それは流血の期待に満ちた笑いだ。

「俺は待ちきれねえ。楽しませてくれよ。ロスクレイ」

六◆消防塔前大通り

旧王国主義者の暴動発生から一日。黄都《こうと》の大通りである。

（私は、何をやっているんだろう）

馬車の中で、遠《とお》い鉤爪《かぎづめ》のユノはそんなことを思っていた。

彼女と同乗している者は二人。一人はやや年嵩《としかさ》の男で、第二十七将ハーディの使者だ。もう一人は若い小男で、赤くくすんだ特徴的な衣を身に纏っている。柳《やなぎ》の剣《つるぎ》のソウジロウという。

馬車が向かっている先は、戦後交渉である。オカフと黄都《こうと》との戦争は千一匹目《せんいちひきめ》のジギタ・ゾギが――加えてオカフ自由都市そのものが勇者候補として黄都《こうと》に帰順したことで終戦したが、外交によって戦争を処理するためには、他にも膨大な事柄を取り決めていく必要がある。

窓の外を流れていく景色はユノのよく知る日常の光景そのもので、自分がそんな大きな交渉の席に向かっているとは信じられなかった。

「そう気負わなくとも構いませんよ、君」

緊張に身を強張《こわば》らせているユノを気遣ってか、使者が口を開いた。

「話し合いは全面的に私が行いますからね。君は見ているだけでいい。今回は細かい条件をすり合わせる程度で、こういうことは何度か行うものです。えーと……君、新入りの書記くん。名前はなんでしたかな」

「ユ、ユノです。遠《とお》い鉤爪《かぎづめ》のユノ」

「そう、ユノ君。一瞬だけ失念してしまってね。ソウジロウ君が護衛の務めを果たせるよう、よろしく頼みますよ」

「は……はあ……」

「なんだよ……オレはユノのペットじゃねェっつーのー……」

座席に寝転んだソウジロウは、欠伸《あくび》混じりの抗議をした。


辺境に暮らす平凡な少女に過ぎなかった遠《とお》い鉤爪《かぎづめ》のユノが弾火源《だんかげん》のハーディの書記として雇用されている経緯は、いくつもの偶然の成り行きが積み重なっている。

本来擁立予定にあった黒《くろ》い音色《ねいろ》のカヅキを失った弾火源《だんかげん》のハーディは、六合上覧《りくごうじょうらん》への参入にあたり、他の勇者候補を定める必要があった。白羽の矢が立った強者が、既にリチア新公国攻略で一定の戦果を挙げていた〝客人《まろうど》〟、柳《やなぎ》の剣《つるぎ》のソウジロウである。

ユノはこの世界の外部から訪れた〝客人《まろうど》〟の数少ない関係者として、いわばソウジロウの付属物として、彼と黄都《こうと》上層部とのやり取りを仲立ちしてきた。今や希少な存在と化してしまった、滅んだナガンの学士という立場も、ある程度は二十九官の興味を引いたのであろう。

――結果的にユノはソウジロウの世話役という立ち位置のまま、ソウジロウ擁立のついでにハーディ預かりの書記となってしまった。

（昔の私が目指していたのは、きっと）

――どのような過去の者にも、どのような身分の種族にも、栄光を摑む道が拓《ひら》けている。

未来にそんな夢を見ることだってできた。

（……こういう幸運だったんだろうな）

今の彼女にとっては、現実と化してしまった夢ですら空虚だ。

遠《とお》い鉤爪《かぎづめ》のユノが六合上覧《りくごうじょうらん》へと関わる目的は、ただ一つしかなかったはずだ。

故郷ナガンを滅ぼした強者達への、復讐《ふくしゅう》。

そんな復讐に思いを馳せるたび、ユノは自問自答する。

（何をやっているんだろう。私は……）


「今回の仕事に疑問がありますか、ユノ君」

「あの……ソウジロウは一応、勇者候補という扱いなんですよね。交渉の護衛としては、戦力として過剰な気がしますが」

「なるほど。それは、もっともな疑問」

紳士然とした使者は、涼しい顔で答えた。

「しかしユノ君。オカフ側には〝灰髪の子供〟と呼ばれる〝客人《まろうど》〟がついているのだといいますね。こちらが万一の攻撃に備えるなら……〝彼方《かなた》〟の手口に対応できる護衛でなければならないでしょう。戦闘能力の高低ではなく、考え方や戦術を向こう側の定石に合わせせられる者は、同じ〝客人《まろうど》〟以外にはいません。分かりますか？」

「……ええ。けれどそういう備えをしなければならないということは、オカフと黄都《こうと》はそうした交戦に備えなければならない緊張状態にある、ということですよね……」

「ユノ君は戦いが怖いですか？」

使者は歯を見せて笑った。顔立ちに見合わぬ凶暴な笑みである。

「なに。ソウジロウ君はあくまで万一の備えですのでね。それにハーディ様の下で働く以上、多少の荒事には慣れておかなくては」

「……」

ユノは、使者と目を合わさぬように顔を伏せた。

弾火源《だんかげん》のハーディの下についていて日は浅いが、分かっていることがある。

ハーディや彼の配下達が纏う気配は、他の二十九官配下と比べて異質だ。彼らは本質的に戦闘を渇望しているかのようである。柳《やなぎ》の剣《つるぎ》のソウジロウと同じように。

「――狙撃だ」

ふと、寝転がったままのソウジロウが呟く。

ユノはその意味を測りかねる。ほんの一瞬。

「え？」

軽い音を立てて、馬車の壁に穴が穿《うが》たれた。ソウジロウは寝転がったまま剣を抜き終わっていて、軌道を逸らされた銃弾はユノの髪をかすめてどこかへと飛んだ。

「えっ」

窓の外では、市民がごく普通に行き交っている。日常の、白昼の光景である。

「そんな」

「――狙撃を受けた！　車を路地に隠せ！」

使者が叫び、馬車が急加速した。ソウジロウが窓を割って車内から飛び出し、御者を狙った銃撃を寸前で防いだ。忌々しそうに呻く。

「面倒くせェ～……！　これ、三人守んのかよ！」

「う……嘘。嘘でしょ!?　こんな街中で！」

「ユノ君！　頭を伏せなさい！」

「おい、消防塔の方向だ！　もう二発くらい来るんじゃねェのか！」

ソウジロウは曲芸師のように跳ねて、すれ違いざまに馬車の屋根を斜めに切断した。刀の軌道が使者を狙った一発を、撥ね上げられた屋根の破片が、御者を狙った一発を阻止した。

車体を横転させる勢いで、馬車が路地へと飛び込む。

馬の蹄《ひづめ》が、積まれていた果物の木箱を破砕する。轟音《ごうおん》と震動が車内のユノを襲った。

「……けほっ……っ、あ！」

脳が揺れる。一瞬の内に内臓がかき回されて、嘔吐《おうと》感すら襲ってくる。

そして命を狙われている。こんな日常の中で、前触れもなく。

誰も気付いていない。今の横転だって、市民の目からは単なる馬車の暴走事故のようにしか見られていないのかもしれない。

「おい。出ろユノ。狙い撃ちにされるぞ」

横転の衝撃で歪んだ扉は、瞬時に切断されていた。ソウジロウが車内を覗《のぞ》き込んでいる。

「使者の人は」

「とっくに飛び降りたに決まってんだろ。チンタラしてんのはオメェだけだよ」

「ほ、本当……私、こんなことばっかり……！」

手を引かれ、前後に伸びた細い路地を警戒する。もっともユノの感覚では、狙撃手がどちらにいるのか、まだ自分達に狙いを定めているのかも判別はつかない。

（狙撃だけど、矢が貫通してきたわけじゃない。相手の武器は間違いなく銃だ）

喧騒《けんそう》に銃声を紛れさせて、姿を見せないまま こちらを攻撃している。

ソウジロウの直感が狙撃を察知していなかったなら、公衆の面前で全員が暗殺されていたはずだ。

ユノは息を整えようとする。

「はっ……は、けほっ。ソウジロウ。敵の、攻撃……撃たれる前に分かったの？」

「俺が向こうで何万回狙撃されたと思ってんだよ。ただの経験則だこんなの」

〝彼方《かなた》〟の手口を知っているかどうか――ユノには分かる。柳《やなぎ》の剣《つるぎ》のソウジロウの次元は、そのようなものではない。少なくとも彼にとっては、この程度は危機の内にも入らないはずだ。

「この路地裏に隠れてたら、やり過ごせる？」

「無理だ。さっきの大通りは、人通りが多い割には進行方向が一方向だけだったろ。いきなり狙撃されたら、そっから逃げる横道も限られてるわな」

「じゃ、じゃあ……どの横道に逃げられても追撃できるように、戦力を配置している……」

そしてユノ達はこの路地に逃げ込んだ。再包囲を完了しているということだ。敵が本気でユノ達を殺すつもりであるなら。

「弱ェ奴を守んのは面倒くせェんだよなぁー……」

ソウジロウは頭を掻きながら、剣を後ろ手で振り抜く。銃弾を逸らす金属音が響いた。

その音を後ろに、ユノも必死で駆け出す。積み重なった果物の木箱の陰に。

使者と御者は既にそこに身を隠していた。使者が髭《ひげ》を撫でながら言う。

「無事で何よりですね。ユノ君」

「ええ、い、一応」

後ろを振り返る。ソウジロウは狭い両壁をジグザグに蹴って、凄まじい勢いで建物の上へと駆け上がっている。異常な身体能力だった。

銃声はない。まだ。

「オ……オカフは、オカフは黄都《こうと》と敵対するつもりなんでしょうか。狙撃。訓練された銃兵。私達が今日ここを通ることも知っています。オカフの傭兵としか思えません」

「この状況から判断する限り、そうとしか言えまい……！　我々としても不本意ですが、黄都《こうと》国内で戦争が起こる可能性すらある！　少なくとも、勇者候補ジギタ・ゾギ及びオカフ自由都市の討伐は避けられないでしょう！」

「……討伐……！」

六合上覧《りくごうじょうらん》に出場する勇者候補による他の勇者候補への攻撃が明らかになった場合、他の勇者候補による討伐義務が発生する。

オカフは、それを承知の上で攻撃を仕掛けてきたとでもいうのだろうか？

「けれど、この襲撃でオカフ側が得をすることって……きゃあ!?」

ユノは叫んだ。屋根の上から、燃え盛る何かが墜落したのだ。切断された、人の胴体であった。

それに続いて、ソウジロウが地面に降り立つ。たった今落下してきた男と戦闘していたのだ。

「自爆しやがったぞ」

ソウジロウは不愉快そうに言った。

「四人斬ったが、全員服の内側に燃料を染み込ませてやがる。妙だ」

ユノは両手で口元を押さえた。馬車が転倒した時の吐き気がまた上ってくる。こんな戦場が眼前で展開されていることが、まだ信じられない。

「所属……オカフ所属の証拠を、隠滅するためじゃないかしら」

「そーいうことで良いのか？　……体ごと焼いちまうのはやりすぎな気がすんだよな」

ソウジロウは、切断死体を爪先で蹴った。燃え盛る胴体が、新たに飛来した銃弾を止める。ソウジロウは大通りの方角を見た。

「あっちの奴は微妙に遠いな」

ソウジロウの言葉を受けて、使者も予想狙撃地点までの距離を両指で作った窓で測る。

「……三百mといったところか。生かしたまま確保できますか、ソウジロウ君」

「一応やろうとしたんだよ。俺も殺人鬼じゃねェんだからよ。近づいた時点で爆発しやがるから、だいぶ面倒だぞ」

「やるだけやってみてください。回収しておきたい」

「保証はできねェぞ」

剣で二度自分の肩を叩いて、ソウジロウは再び駆け出す。疾風じみた速さである。

どれほど困難な標的だろうと、ソウジロウがそれを斬ることに迷いはない。その背は瞬く間に遠くなっていく。

「──敵は」

ユノは、頬の冷や汗を拭った。

「ソウジロウが私達の護衛にいることを知っていたんじゃないでしょうか」

「どういうことだね」

「狙撃手が自爆の準備を整えていたということは、自分達が即座に迎撃されることを織り込んでいたとしか思えません。包囲していたのはあっちなのに……近づいた瞬間に自爆するなんて、まるで最初から自分達が負けることが分かっていたみたいじゃないですか」

「……だが、オカフ側が柳《やなぎ》の剣《つるぎ》のソウジロウの存在を知っていたなら、そもそも襲撃が成功するなどと考えるはずがないでしょう。会談に向かう途上で退路を絶ち、狙撃を仕掛ける周到さとは噛《か》み合《あ》わないように、私は思いますがね」

「はい。だから変なんです。失礼ですが使者さんは、代わりがいますか」

本当に失礼な質問だ。ユノ自身も、言ってしまってから思う。

「……代わり？」

「使者さんが本当にハーディ様の陣営で替えの効かない、これだけの犠牲を織り込んでも暗殺する価値のある人だというなら——もしかしたら、僅かな可能性にかけての奇襲ということもあり得るかもしれません。けれどそうでないなら……その、オカフ側の得がないと思うんです」

「君には」

使者はやや眉を上げて、ユノの顔を見た。

「だいぶ戦争勘がありますね。確かに、この攻撃には軍事挑発以外の効果は期待できない。こんな状況でそこまで落ち着いて考えられる娘は少ないですよ」

「……ずっと、軍隊より恐ろしいものの横にいましたから」

どちらにせよ、ユノ達が今の包囲を切り抜ける手段は、柳《やなぎ》の剣《つるぎ》のソウジロウ以外にないのだが。

彼が戻り、安全を確保したことを告げられるまでユノ達は動けない。

「ただ、我々が戦後交渉の会談を行うことを知り、移動経路を入手できる者が限られていることは事実。その点も勘案するに、襲撃勢力はオカフ自由都市以外にあり得ませんが——」

「あっ」

ユノは小さな悲鳴を漏らす。彼女らが身を隠している路地に別の馬車が入ろうとして、狙撃の雨を浴びて横転した。恐らくは無関係の、民間人の馬車だ。

客車の中に小さな子供がいたのが、一瞬だけ見えた。

「……っ」

思わず飛び出そうとしたユノの肩を、使者が摑んだ。

「出ていけば死にますよ、ユノ君。ソウジロウ君を待ちましょう」

「ソッ……ソウジロウは彼らを助けません！」

柳《やなぎ》の剣《つるぎ》のソウジロウは、人を斬るだけの鬼ではない。ユノはそれを知っている。彼には彼なりの義理のような概念があって、だからユノやハーディの使者を守る仕事は果たそうとしている。

だが彼は、失われる命を憐《あわ》れみもしないのだ。

無関係の者、自ら死地に飛び出す者、あるいは自分と戦うに値する強者。

そのどれも、死んでも仕方がないと言うだろう。

（私は違う！）

ユノは木箱の陰から飛び出す。勇気を出したわけではない。ナガンが滅んだ時からずっと続く捨て鉢の意地で、反抗したくなっただけだ。

（型式によるけど、歩兵銃《マスケット》の再装塡間隔は弓矢より長い！　敵の標的が交渉役の使者だとすれば、ただの付き添い人の私を優先して狙わない！　狙撃手にはソウジロウがもう接近していて、次の狙撃を構える猶予もないかもしれない！）

いくつもの言い訳がユノの脳裏を過る。その一つとして確かな根拠はない。

横転した馬車に取りつき、靴の踵《かかと》で扉の窓ガラスを蹴破る。形振《なりふ》りを構うこともできない、必死の行動であった。

「早くそこから出て！」

差し出した手を、小さな手が取り返した。

「――遠《とお》い鉤爪《かぎづめ》のユノさんですね」

「……っ！」

車内の子供は、黒い上等な衣服を纏っている。そして髪は、灰色に近い白髪であった。

横転した車内でユノを見上げながら、少年は平然と告げた。

「ありがとうございます。私は逆理《ぎゃくり》のヒロトといいます」

「〝灰髪の……子供〟……！」

「会談予定の時刻になっても現れなかったので、こちらから赴きました。危機の察知が遅れてしまい、申し訳ありません」

逆理《ぎゃくり》のヒロトがこの場にいる。オカフ自由都市の黒幕が。

その意味を考える間もなく、着弾音がユノの背後で鳴った。

髪をなびかせて振り返ると、小鬼《ゴブリン》の御者が樹脂のような材質の盾を構えているのが見えた。銃撃で砕けた断面内部には、編み込まれた繊維のような構造が覗《のぞ》いている。

「まず、単刀直入に。我々はこの攻撃からあなた方をお守りしたいと考えています」

「ど、どうして……この攻撃はあなた達オカフの傭兵が仕掛けているんじゃないの？」

「その事情を説明するのは非常に難しいことですが」

ヒロトは片手を挙げる。それを合図に、小鬼《ゴブリン》の軍勢が路地に集ってくる。

密集隊形で盾を構え、その場の全員を狙撃から守る壁を構築していく。無駄のない、極めて統制の取れた動きであった。

「今狙撃をしているのがオカフ自由都市の傭兵であることは間違いありません。けれど彼らの行動は我々の意図によるものではなく、オカフの長である哨《みはり》のモリオの独断でもありません」

「……他の誰かが傭兵を裏切らせているって言いたいの？」

「ええ。オカフだけではなく、六合上覧《りくごうじょうらん》に関わる勢力の内に、無数の工作員が浸透しています。我々はこの敵を〝見えない軍〟と呼称し、対処を行っています」

「……」

オカフ内部に浸透し、統制の取れた作戦行動を取れるような、黄都《こうと》の把握していない工作員。

ひどく突拍子のない話だ。オカフ内の一部の傭兵達の暴走をそのように言い繕っているという方がまだ現実的だろう。だが彼の言は、ユノの分析と符合している。

（……オカフの傭兵を使って私達を攻撃したのは、黄都《こうと》とオカフとの関係を破綻させて共倒れを狙っていたから……だとすれば、この不可解な襲撃の辻褄《つじつま》が合う。けれど……）

「ハーディ閣下とは改めて交渉の席を設ける必要がありそうです。これは恐らく、黄都《こうと》にとっても非常に大きな問題でしょうから」

「……」

新たな銃撃はなかった。小鬼《ゴブリン》の壁を見て狙撃が無意味だと判断したか、あるいは到達したソウジロウに狙撃手が斬殺されたか。

横転した馬車の端に座って、ヒロトはユノを振り返った。

「ひとまず、落ち着けそうです。遠《とお》い鉤爪《かぎづめ》のユノさん。今後の話になりますが……今回の襲撃について、あなたからも証言をお願いできますか」

「……分かったわ。それで戦争を止められる可能性があるなら。でも、一つだけ教えて」

逆理《ぎやくり》のヒロト。最初に、彼はユノの名を呼んだ。二つ目の名まで。

「どうして私の名前を知っていたの？」

「――協力関係を結べる可能性がある限り、私は誰のことでも調べます」

ユノが見る限り、彼はただの子供だ。強者の気配を感じ取れない。

しかし彼もソウジロウとは異なる側面で、異常なまでの逸脱を果たした〝客人《まろうど》〟である。

「遠《とお》い鉤爪《かぎづめ》のユノさん。あなたは滅亡したナガン迷宮都市の生き残りですね」

機会に居合わせ、そして協力関係を結ぶ、運命的な異能。

「……ええ」

「窮知《きゆうち》の箱《はこ》のメステルエクシルという勇者候補について、ご存知ですか？」

◆

細い鉄骨の隙間を風が吹き抜けていく。

ユノ達の地点から、大通りを挟んで遠く離れた消防塔である。五階建ての建物を見下ろす高所にも、ソウジロウは自らの足だけで辿り着いた。

「……逃がしたくねェんだがな」

銃撃が突き刺さる。逃げ場のない鉄骨の上で、ソウジロウは柄の先端を掠《かす》らせるように銃撃をいなした。この距離ならば、剣を振るまでもない。

ソウジロウが立つ位置から一つ上層で、明るい炎が灯《とも》っている。狙撃手だ。銃の引き金を引くと同時に、自らに着火したのだ。

「あの世に逃げられちゃ、追いかけんのも無理かよ」

ソウジロウは頭を掻いた。殺すことは得手だが、生かすことはいつも難しい。敵も味方も。

「つーか、向こうは安全なのか？」

ユノ達が身を隠している路地は、盾を構えた小鬼《ゴブリン》達に守られていた。〝彼方《かなた》〟の軍隊があのような密集隊形を取ることを見たことがある。挙動からして敵ではないだろうが、ソウジロウの直感はそれ以上のことを知らせてくれるわけでもない。

ソウジロウは狙撃手の亡骸《なきがら》へと向き直り、燃え残った物品があるかどうかを確かめようとした。

例えば、身元や所属を示す何かを。

「……お」

直感が危機を知らせる。形状。匂い。気配。

そして、即座にその場から飛び降りた。

「なんだァ、おい！」

呼吸する間もなく、ソウジロウの上方で爆炎が弾けた。証拠隠滅用のものではない。反応速度の異なる火薬を用いて、時間差で爆発したのだ。

ソウジロウが証拠を採取しようとしていることを見越しての仕掛け――

「……シャアッ！」

ソウジロウは叫んだ。空中で剣閃《けんせん》が走る。

剣の先端が、超高速の飛来物を掠《かす》め取《と》った。

金属輪の円周に沿った刃を持つ、円月輪《えんげつりん》という種類の武器であった。

(本命は)

ソウジロウは直感していた。

(こいつだ。ずっとオレを狙ってやがった)

逃げ場のない空中。銃撃とは全く異なる軌道と威力。狙撃を仕掛けてきた傭兵達とは次元の違う狙撃手が、この市街のどこかに隠れていた――その殺意すらも包囲の中に隠して。

落下途中で塔の鉄骨に踵をかけ、猫の如く姿勢と重心を制御して降りる。

「……面白ェ真似《まね》しやがる」

ソウジロウの直感は決して万能ではない。正しい戦術を指し示すわけでも、全ての真実を詳《つまび》らかにするわけでもない。

それでも一つ、はっきりと理解できたことがある。

この姿の見えない敵の狙いは……使者の暗殺でも黄都《こうと》との戦争でもなく、他でもない、柳《やなぎ》の剣《つるぎ》のソウジロウだったのだと。

◆

襲撃状況の報告と証言には、一日の時間を要した。

ユノも襲撃が連続することを恐れたが、今のところそのような気配はない。

少なくともこの場所は安全ではある。黄都《こうと》第二十七将、弾火源《だんかげん》のハーディの執務室。

「ユノ。狙撃事件の報告書も作り終わったところだろう。別の資料の清書も頼めるか。六合上覧《りくごうじょうらん》の関与者一覧を作りたい」

「は、はい！　今すぐ！」

絨毯《じゅうたん》の掃除の最中だったユノは、すぐさま声のもとへと走る。

外見は老いていても、ハーディにはまるで無尽蔵の気力と体力が漲《みなぎ》っているように見える。書類を手渡す動作一つをとっても、まだ若いユノよりも遥かに力強くて機敏だ。

「このままでも読めねェことはないんだが、字の汚い奴が多くて面倒になるな。やっぱりナガン出身はいい。きっちりとした字が書ける」

「お、お、恐れ多いことでございます……」

黄都《こうと》の最高権力者である二十九官の中でも、黄都《こうと》最大の軍閥を牛耳るこの第二十七将ハーディこそが最有力の存在であると見る者もいる。

(六合上覧《りくごうじょうらん》の……関与者)

資料を閲覧しながら、ユノは昨日の出来事を思い返している。

……窮知《きゅうち》の箱《はこ》のメステルエクシル。あの時は、彼女も〝灰髪の子供〟の話術を警戒していた。告げられた言葉の先を尋ねることはできなかったが。

「――じ」

だが関与者一覧を見て、ヒロトが何を言おうとしていたのかを知った。

窮知《きゅうち》の箱《はこ》のメステルエクシルの関与者。

「軸《じく》の……キヤズナ……ッ!」

「おう、どうした」

ハーディは、悲鳴にも似たユノの呻きを聞き咎《き とが》めた。

「い、いえ……何でも……ございません。ハーディ様」

「何でもねェって声じゃなかったぞ」

老将は呵々《かか》と笑った。

(何でもない)

ユノは、怒りに震えた。

自分自身への怒りだ。ハーディの眼前でさえなければ、血が出るまで自分を殴りたかった。

(な、何でも……ない、わけが、ないでしょう!)

軸《じく》のキヤズナ。軸《じく》のキヤズナ。忘れるはずもない。

迷宮すらもその手で作り上げた、恐るべき魔王自称者。彼女の故郷を滅ぼした迷宮機魔《ダンジョンゴーレム》の製作者。

ユノは右手で文字を書き写しながら、右の二の腕に左爪を食い込ませていた。血が流れるほど。

軸《じく》のキヤズナの名を書き写すまでに二度、筆記具の軸先が折れた。

(……殺す。殺す。絶対に絶対に殺す。軸《じく》のキヤズナ。何もかも思い知らせて殺してやらなきゃ、永遠に私の気がすまない)

さっきまでの自分は、何をぼんやりと寝ぼけていたのか。

軸《じく》のキヤズナを探し出して殺すなど不可能だということにして、もはやナガン市の生き残りではなく二十九官の書紀になって、安穏や幸せを摑もうとでも思っていたのか。

死んだ皆を、リュセルスを差し置いて。

「顔色が悪い。平気かユノ」

ハーディは、先程よりやや真面目な声色で尋ねた。

二十九官ともなれば、観察力にも長けるものなのだろうか。いや。それ以上にきっと、今のユノの様子がおかしくなっているのだろう。

「……ハーディ様」

顔を上げて、ユノはハーディを見た。視界が赤く見えるのは、目がひどく血走っているからかもしれない。

「こ、こ、こっちが。本当は、正しいんです」

「……あぁ？」

取り返しのつかない失言を口にしようとしている。

けれど後悔には遅い。ユノはもう喋《しゃべ》り始めてしまった。

「ほ、本当は。私。こ、う、で、あ、る、べ、き、なんです。な、なんで、故郷が滅ぼされて。げ、元凶の魔王が……軸《じく》のキャズナが、この世にまだ生きてて。どうして私、私は、平気なフリをできていたんでしょうね？　あり得ない。ソウジロウよりダカイより、こいつを。こいつを真っ先にやるべきだったんです。そうじゃなきゃ、復讐なんて嘘なんです。だって、リュセルス。私はリュセルスのことが好きだったはずなのに。なのに駄目だったんだ。ずうっと私は……命をかけても、一方的に殺されるだけだったとしても、私は軸《じく》のキャズナを殺しに行くべきだった。五十年だって、百年だってかけて証明しなくちゃならなかった。ちくしょう……私、私の気持ちはッ、何なんですか？　なんで、なんで、名前を見るまで……できるって可能性を突きつけられるまで！　こ、う、あ、っ、て、ほ、し、い、気持ちに、私の気持ちはならないんですか!?　ふ、復讐……復讐したいんですよ！　それを忘れてしまうなら死にたい！　戦わなきゃいけなかったんです！　私は！」

「…………」

「私、あ、私……ごめんなさい。ごめんなさい……ハーディ様」

ユノの感情が全て吐き出されるまで、ハーディは口を挟むことなく、ただ彼女のことを観察していた。猛禽《もうきん》のように静かで、しかし鋭い眼差《まなざ》しだった。

「なるほどな。ユノ」

そして歯茎が見えるほど、大きく唇を歪めて笑った。

「——お前も戦争が好きか」

「…………………………それ、は」

虚脱状態にあったユノにとって、あまりにも不可解な一言だった。

分からない。

戦争。戦争など、この世に好きな者はいないはずだ。

それとも、もしかして、彼女自身が発した今の言葉はそういう意味だったのか？

何故、ハーディは笑ったのか？　そもそも笑みと解釈して良い表情なのか？

肯定なのか？　否定なのか？

「どういう」

「まったく、ソウジロウのおまけみたいな小娘だと思っていたら、意外な拾い物があったもんだ。遠《とお》い鉤爪《かぎづめ》のユノ」

ハーディは、その大きな掌《てのひら》をユノの右肩に乗せた。

「軸《じく》のキヤズナ、殺してみるか」

道理に合わない。

取るに足らない書紀の仕事に偶然ついたばかりの小娘が喚き散らして、事もあろうに黄都《こうと》最大の有力者に、支離滅裂な言葉を吐いた。

発狂者とみなされて解雇されてもおかしくない――むしろそうあるべき行動だったはずだ。

「わ、私……には、分かりません……」

「くくくく。最初はな。分からなくたっていいのさ」

「分かるように、なりますか」

「ああ。これから機会はいくらでもある。まずは三日後、移《うつ》り気《ぎ》なオゾネズマをやるつもりだ。戦争ができりゃあいいな」

ハーディは上機嫌に上着を羽織って、書斎の扉を開ける。

「六合上覧《りくごうじょうらん》の間、自由にやれ。俺が許可してやる」

「……」

扉が閉まってからもしばらく、ユノは、呆然と自分自身の両手を見ていた。

筆記の最中右腕に食い込ませていた左手の爪には、まだうっすらと血が残っている。けれどそれは、辺境の平凡な少女の掌のようでもある。

今は冷静だ。自分の気が狂ってしまって、あのハーディ将軍を相手に恐ろしいことを口走ったことを自覚できている。ユノの自我が戻ってきた。

けれど、本当にそう考えるべきなのだろうか？

彼女が戻るべきは、軍閥の支配者を恐れることなく感情を叩きつけた今、滅びゆくリチアで鵲《かささぎ》のダカイへと勝負を挑んだあの時、全てが喪《うしな》われたナガンでソウジロウへの復讐を誓った始まりの日、確かに存在していたはずの――本当のユノなのではないだろうか？

何かを手に入れなければならない。強者の無関心を相手に戦える、ユノ自身が抗《あらが》うための、もっと大きな何かを。

（自由に？）

――どこ行くのも何やんのも、オメェの勝手でできる。

（私は、どっちにもなれる。なれてしまうんだ……ずっと）

決める必要があった。今のユノは自由なのだから。

七　黒い館

煉瓦道を覆う枯れ葉が、幼いリナリスの革靴の下でさくさくと音を立てた。

いつかの日の夢を見ている。昼の街をこうして走るのは何年ぶりのことだっただろう。

「お父さま！」

礼服姿の父の姿も、鮮明なあの日の記憶のままだ。

——黒曜《こくよう》レハート。誰よりも尊敬する、彼女の偉大な父。

「息を整えなさい」

金色の瞳が彼女を見据える。穏やかで落ち着いた、低い声だった。

「そのような有様では、姿勢も、言葉遣いも乱れてしまうよ」

「……ご、ごめんなさい……私、どうしても、お尋ねしたいことが……」

「大事な話なのだね。リナリス」

涙を両目に溜《た》めて、リナリスは頷く。

「お父さま……お父さまの仕事は、人の秘密を暴いて……殺したりもするのだと……それは、本当なのですか……？　以前の街の領主様も……その前の街での貴族の方々も、〝黒曜の瞳〟の仕業だったのですか？」

「……そうか。それを誰から聞いた？　リナリス」

「ユフィクが……そのように言っていたのです……。お父さまは、いつも優しくて、大好きで……わ、私、嘘だと信じたくて、でも……！」

大きな掌が、リナリスの頭に置かれる。いつもと同じように。

レハートは重く囁いた。

「必要なことだ」

「……お父さま」

「リナリスは知っているね。私達の〝黒曜の瞳〟には、多くの弱者がいる。それは力の強弱という意味ではなく、社会に生きられぬ弱者だ。彼らと強き者との違いは、リナリス。なんだと思う？」

リナリスは絞り出すように答える。

「わかり……わかりません……」

「それは、秘密を持てるかどうかだよ」

父は腰をかがめて、諭すようにリナリスの背中を撫でた。

「貴族のお金を盗まなければ生きていけなかった者。恋人のために主君を裏切ってしまった者。たくさんの友達を殺してしまった者。〝黒曜の瞳〟に身を置く者は皆、隠しておきたい秘密を白日の下に暴かれてしまった者達だ。彼らの罪を、彼らが許されぬ者であることを、誰もが知っている。彼らはそう望まなかったはずなのに」

「けれど、皆、素敵な人です……リナリスのように体が弱くて……何もできない子供にも、優しくしてくださいます……」

「——そうだね。私達と何も変わらない。彼らを誰が救ってやれる？　貴族も将軍も……王族にだって、隠し通したい秘密がある。兄弟を殺し、民を搾取し、財宝を隠しているのに、弱き者を虐げている。私達の友との違いは、ただ一つ。秘密が暴かれていないことだけだ」

顔を近づけて、父は囁いた。そうしていつも、正しいことを教えてくれる。

……けれど。

「弱き者は、秘密を食べなければ生きていけない。自分の秘密を失ってしまっているから、誰かの秘密が必要なんだ。全て、皆を……私とリナリスの友達を助けるために、必要なことなんだよ」

「皆のため……」

「お前は賢い娘だ。分かってくれるね。リナリス」

「ええ……よかった……。やっぱり、お父さまは……お優しいひと……」

リナリスは涙を拭った。自分と同じ色の金色の瞳を見て、精一杯微笑む。

(——嘘)

まだ思春期を迎えていない、血鬼《ヴァンパイア》としての支配の力が目覚めていない年頃でも、リナリスにその力は備わっていた。人の心を洞察し、それを深く思考する力。秘密を暴く力が。

だからそれを理解できる。

——父が語った正義は、嘘だ。

〝黒曜の瞳〟は、弱者を救うための組織などではない。

数多の秘密を食らったその力で、黒曜レハートは昏き戦乱の到来を望んでいる。

父を抱きしめる。何もかもを理解していても、そう思ってしまうことを止められない。

(お父さま。大好き。大好き。ひどいことをしているのに、ごめんなさい。リナリスは、それでも……お父さまのことが大好き。大好き。大好き。大好き――)


翌日、ユフィクの姿が消えた。

秘密を失ってしまった者は、そうして死んでいくのだと知った。

◆

真夜中を過ぎていた。水辺に近いこの邸宅は、黄都《こうと》の中でも閑静な一角にある。

「……お嬢様」

扉の外からの声で、リナリスは甘い微睡《まどろ》みから覚めた。

胸元にシーツを引き寄せる。

「ん……」

蝋燭《ろうそく》の明かりすらない暗い寝室の中では、白い肌と、長い睫《まつ》毛《げ》の奥の金の瞳だけが光を放っている。夜の空気が染み込んで、リナリスの素肌を冷やした。

「お嬢様。オカフの兵に動きがありました」

「……ええ。お父さまに代わって、私が伺いましょう。少しだけ、お時間をいただけますか？」

リナリスは扉の向こうに答えた。寝所のリナリスに呼びかけるのは、常にフレイの役目だ。

「危急の報《しら》せではありません。お嬢様もお疲れでしょう。ごゆっくり」

足音が離れていく。

「……」

リナリスは再びベッドへと身を横たえる。

「お父さま」

美しい血鬼《ヴァンパイア》は、すぐ横で眠り続けている父の頬を、慈しむように撫でた。

今も生術《せいじゅつ》で保存され続けている体は、かつてと何も変わらない。もはや言葉を投げかけてくれなくとも、導いてくれることがなくとも。

「リナリスが……必ず。お父さまのための栄光を、捧《ささ》げます」

全てを従える異能を持ちながら、誰かに従うことを、支配されることを何よりも求めている。

——死してなお、彼女の父は彼女を支配してくれる。

身繕いを全て整えた後で、リナリスは階下の大部屋へと下りた。

彼女の屋敷は、いつも静寂に包まれている。〝黒曜の瞳〟の構成員の多くは黄都《こうと》の各地で工作任務を担当しており、邸宅を警護する人員は限られていた。今は僅か二人だ。

最古参にして家政婦長を兼ねる杖《つえ》使いの小人《レプラコーン》の女、目覚《めざ》めのフレイ。

ゼーエフ群の出である狼鬼《リカント》の戦士、光摘《ひかりつ》みのハルトル。

「ごきげんよう。フレイさま、ハルトルさまも、お帰りなさいませ」

「ええ、お嬢様。いい夜です」

「ありがたく。俺の報告でお呼びだてしてしまったようで、申し訳ありません」

「ふふふ。お気になさらず。私のほうこそ、長くお待たせしてしまいましたもの」

「オカフ自由都市の手駒の件です。詳しくはフレイ殿の口から」

〝黒曜の瞳〟が呼ぶ手駒とは、従鬼《コープス》と化した他組織の構成員を指す。

一般的に従鬼《コープス》は、血鬼《ヴァンパイア》の親個体が近くに居合わせない限り本来の自我を保ち、高度な指令を実行することは不可能とされている。

だが〝黒曜の瞳〟は違う。微塵嵐《みじんあらし》アトラゼクがそうであったように、血鬼《ヴァンパイア》の感染支配で精神障壁を破壊した上で、親個体が居合わせずとも命令を忠実に実行する潜入工作員を作り出すことができる。肉体ではなく精神を破壊する技は、先代から伝わる〝黒曜の瞳〟特有の技術だ。

単なる従鬼《コープス》とは一線を画するこの手駒を操る力を以て、〝黒曜の瞳〟は地上最大の諜報《ちょうほう》ギルドと呼ばれるまで成長を果たした。

「はいはい。それでは、報告をいたしますかねぇ。夜までに、少なくとも七十のオカフ兵が黄都《こうと》を離れました。私が思うに、潜ませていた人員は全て撤退させるつもりではないかと」

「……潔いのですね。もう少し、動きを迷ってくだされればよかったのですけれど」

柳《やなぎ》の剣《つるぎ》のソウジロウへの強襲作戦は、〝黒曜の瞳〟が仕掛けた大掛かりな作戦行動の一つだ。

高い好戦性で知られる、軍部派閥の長である弾火源《だんかげん》のハーディ。そして、そのハーディと長く対立していたオカフ自由都市。オカフの兵を操作して使者への襲撃を演出することで、この両者の不和を煽ることが目的の作戦である。

それだけではない。もう一つの目的は、柳《やなぎ》の剣《つるぎ》のソウジロウにかすり傷を与えること。

彼が最後に防いだ円月輪の使い手は、変動《へんどう》のヴィーゼという名の〝黒曜の瞳〟の射手である。リナリスの従鬼《コープス》は空気感染の特性を受け継ぐわけではない。しかし、武器に付着した微量な血液を介しても対象を血液感染させることができる。

（……けれど、どちらも失敗してしまった）

ソウジロウへの仕掛けは、ある意味で補助的な策謀ではあった。

しかしハーディがオカフへの戦争を仕掛ける絶好の口実を与えたというのに、開戦はおろか、オカフへの何らかの制裁措置が行われた形跡もない。

（〝灰髪の子供〟の言い分を全て受け入れて、オカフ側の責任を問わないままにしているのだとすれば……まるで、ハーディさま自身が戦争を起こすことを忌避しているかのよう）

色素の薄い唇に人差し指を当てて、リナリスは敵の思考を追跡していく。彼女の才能は、人の心を洞察し、それを深く追跡する力だ。

〝灰髪の子供〟は今回の一件への取引として、黄都《こうと》からのオカフ軍の撤退を交渉材料にしたのかもしれない。オカフ勢力の撤退は、黄都《こうと》に堂々と出入りできるという有利を早々に捨てる手でありながら、この状況に対する最も根本的な対処と言える。

この黄都《こうと》にいない以上は、リナリスがオカフの兵を操ることはできない。無論、撤退命令を無視するように操作することもできるが、その場合はオカフ側も従わない兵を容疑者として絞り込むだろう。さらに深く追跡された場合、裏で事態を操るリナリス陣営へと辿り着く可能性がある。

現在、彼らの戦術的な計画を立てているとされる者の名は、六合上覧《りくごうじょうらん》の勇者候補、千一匹目《せんいちひきめ》のジギタ・ゾギ。そして〝灰髪の子供〟として知られる逆理《ぎゃくり》のヒロト。彼らはオカフ自由都市の兵の離反を認知した上で、裏切りを疑うことも疑われることもなく、僅か二日足らずでその大規模な行動を合意に至らせたということだ。

オカフ自由都市に嫌疑を被せ、他の候補者と互いに食い合わせる策も、これでは進展が望めない。

「殺してしまおう」

狼鬼《リカント》のハルトルが、腕を組んだまま口を開いた。

「オカフ兵内部の手駒を調べられた場合、こちらの素性を探られる危険が大きい。俺達の存在を示すものは、何よりも死体だ。感染者の死体を解剖され、万が一血液を調べられた場合、血鬼《ヴァンパイア》が事態の裏で動いているという証拠を連中に手渡す羽目になる」

空気感染による感染と支配。それは一見して無敵の力であるかのように見える。だがそれはあくまで、血鬼《ヴァンパイア》という種族の性質に立脚した力でしかない。

血鬼《ヴァンパイア》のウイルスには、その感染を予防する抗血清が存在する。

製法が極めて特殊であり、副作用の存在も懸念されることから摂取は医療関係者など一部の者に限られているが、感染を広げる血鬼《ヴァンパイア》はその存在を気取られた時点で対策を講じられてしまう。

加えてリナリスが保有する血鬼《ヴァンパイア》のウイルスは、彼女本人からでなければ空気感染することはない。他者に感染し定着した時点で、それは尋常の血液感染のウイルスとなる。

「お嬢様。俺ならば、手駒に変えた連中は今この時点で焼いて殺しておきます。従鬼《コープス》の一番の強みは、すぐに用意でき、替えが効くこと。後生大事に抱えておくこともない。どのみち、オカフの連中は黄都《こうと》以外の組織が諜報戦を仕掛けてきていることは既に見抜いているでしょう」

〝黒曜の瞳〟の構成員は、リナリスの従鬼《コープス》でありながら、精神支配を施されているわけではない。自らの意思で忠誠を誓う彼ら自身が見聞きし判断した意見を汲《く》み取《と》ることが可能である点で、リナリスの〝黒曜の瞳〟は単なる血鬼《ヴァンパイア》の一族群体とは一線を画する。

「左様でございますね」

剣呑な提案を受けてなお、令嬢は淑やかに微笑む。

「フレイさま。内通者を疑っているということは、オカフは内部調査を行っているのですね？」

「ええ。既に始めているようです。他の組織に潜入工作がないかどうかも調べているでしょう。無論、我々の手駒は簡単に特定できるものではありませんが」

「――現在オカフの調査対象となっている方の中から、私達の手駒ではない者を二、三人……未感染のまま殺してしまうことはできますか？　オカフの方だけでなく、黄都《こうと》の方、〝日の大樹〟の方、〝教団〟の方も殺してしまいましょう。全員を、私達の斥候であったことにいたします」

「……なるほど。複数の勢力で同時多発的に人員が消える。多少なりとも潜入工作があったという事実を知る者なら、それらの勢力を勝手に関連付けるということですか」

「ええ。相手がこちらを探っている以上は……敵の姿は大きく想像させておいたほうが、きっと都合がよいでしょう？　ジギタ・ゾギさまにも、黄都《こうと》の方々にも」

それはオカフ自由都市に対する、他の勢力との協調を遅らせるための牽制《けんせい》でもある。黄都《こうと》のどの勢力に真に彼女の手が潜り込んでいるか、彼らの得ている情報では判別することができない。

そしてオカフ軍の大量撤退と時を同じくして引き起こされる同時多発の不審死は、他の勢力の疑いの目をオカフへと差し向ける理由として十分だろう。その疑念の種を植えつけるために、全ての勢力に静かな攻撃を仕掛ける。

小柄なフレイは笑顔のまま、リナリスの指令を復唱した。

「はいはい。それでは、少しずつ殺してしまいましょうねぇ。ヴィーゼの狙撃に任せれば、三日もあれば可能な仕事でしょう」

「お願いいたします。お父さまもきっと、そのように望んでいらっしゃいますから」

黒曜《こくよう》リナリスは、災害である。

微塵嵐《みじんあらし》アトラゼクや世界詞《せかいし》のキアにそれができるように、黄都《こうと》議会を含めた世界の中枢部を即座に支配し、今の人族《じんぞく》社会を滅ぼすことも、あるいは可能かもしれない。

しかし〝黒曜の瞳〟の存在が露見してはならない。疫病災害である血鬼《ヴァンパイア》は、存在を暴かれ、対策を打たれた時点で、その優位性を大きく失うのだ。

空気感染の性質を持つのはリナリスのみであり、彼女の従鬼《コープス》から空気感染することはない。それは一見して短所だが、生存戦略という観点で見れば、むしろ長所であると彼女は考えている。際限のない空気感染により黄都《こうと》全域が病に侵されたのなら、人族《じんぞく》は一致団結して感染源を辿り、彼女を始末するだろう。それはただの流行《はや》り病の結末と変わらない。

だが、リナリスが動かぬ限り、感染経路は完全に彼女の手の内に掌握できる。加えて、配下に従えている〝黒曜の瞳〟ほどの戦士であれば、血液感染の条件は容易に達成できる。

故にリナリスは、攻撃する対象を慎重に選ぶ必要がある。

目的を達するためには、ただ滅ぼすだけでは足らない。

人族《じんぞく》同士の間に不和を導き、自発的な戦乱の需要をこの世界に生み出さなければならない。〝黒曜の瞳〟が共通の敵とならぬ形で、闇にしか生きられぬ者達がその存在を許される世界を作る。

そのための六合上覧《りくごうじょうらん》。この催事を利用して、黄都《こうと》と対立する十分な理由を持つ勢力――オカフ自由都市と黄都《こうと》の間に決定的な火種を撒《ま》くことができるのなら、それで彼女の望む戦乱の世が訪れる。

（けれどハーディさまは、開戦を避けた）

最初に狙いを定めるべき存在は、弾火源《だんかげん》のハーディだと考えていた。リナリスのその狙いは、誤っていたのかもしれない。

（……第一回戦。第三試合でハーディさまが動かすソウジロウさまと、ジギタ・ゾギさまが背後にいるオゾネズマさまが試合をする……けれどその後、第二回戦……第三回戦。ハーディさまが私の危惧通りのことを仕掛けているのなら、戦争を回避しようとしている動きの意味することは――）

思考する疫病。彼女自身が動くのは、真に重要な標的を狙う、その時のみだ。

「……オカフ側への対処はお任せいたします。ハーディさまの動向は、この私が探りましょう」

「お嬢様。よろしいのですか」

「ええ。私であれば、〝黒曜の瞳〟の誰よりも深くまで秘密を探ることができますから」

微笑みと余裕の裏で、リナリスは恐れを抱いている。

仲間が死んでしまうこと。父の遺志を果たせぬままに全てが終わってしまうこと。その恐れが現実となってしまうかもしれない。

今を逃してしまえば、この六合上覧《りくごうじょうらん》の背後にある決定的な秘密を取り逃すことになる。

「……そして、すべては秘密の裡《うち》に」

もう一度、密《ひそ》やかな唇に人差し指を当てる。

試合が始まるその時まで――始まった後ですら、正体を悟らせてはならない。全ての秘密を握り、影の計画を以て目的を達成する。それが〝黒曜の瞳〟。

「そうでなければ、私達は生きていけないのですから」

八　第三試合

軍兵舎の執務室が、弾火源《だんかげん》のハーディの平時の居場所だ。彼は常に基地に身を置き、兵の士気や練度に目を配り、日常業務では中枢議事堂に出入りすることは滅多にない。

その執務室への自由な出入りが許されている〝客人《まろうど》〟もいる。

「……ソウジロウ。剣は、ずっとそいつでやってきたのか」

柳《やなぎ》の剣《つるぎ》のソウジロウは壁にもたれて座っている。

目を閉じているが、眠っているわけではない。ただ余分な、面倒な活動を好まないだけなのだ。ソウジロウは身につけた技の訓練すらしたことがない。

「ウィ」

「そいつはナガンの練習剣だぞ。しかもナガンは軍学校でもないから製造技術も大したもんじゃない。つまり……あれだ、最低限、剣の動きを覚える程度の軽い剣だ。人を殺せないでもないが、人間《ミニア》一人斬るだけで駄目になるやつだな。砂人《ズメウ》辺りは一人も斬れん」

「そうかい。じゃ、なんでおれはこいつで斬れてる」

ソウジロウが物事の原理に興味を示すのは、珍しい事態である。

「力で斬ってねえからだろう。物の〝目〟や〝隙間〟を斬る――ってのはこっちの達人でも大なり小なりやってはいるもんだが。お前の技は常軌を逸してるな」

黄都《こうと》が確保してきた〝客人《まろうど》〟達の例に漏れず、ソウジロウの技に対しても、彼らは様々な解析と実験を繰り返してきた。

ソウジロウが振り抜いた刃の先端は、いつも水が染み込むように鋼鉄の装甲に浸透する。話によれば、彼の斬撃は濫回凌轢《らんかいりょうれき》ニヒロの星深瀝鋼《せいしんれきこう》の装甲すら切断せしめたのだという。

それほどの斬撃速度ならば、いかなる材質をも最初の切り込みから切断することが可能なのだろう。しかもその上で、振り抜き終わるまでに一切刃筋を違えることのない、尋常ならぬ技量を伴いさえすれば。

……だが、ただそれだけで彼の技を全て説明できるというのなら、それこそ『尋常ならぬ技能』の範疇《はんちゅう》である。

ソウジロウは、触れただけで崩れるような粘獣《ウーズ》の死骸を一直線に斬り、刃筋では説明のつかぬ曲線的な切断をこなし、刃を押し当てた状態からでも鉄を斬ることができた。

誰よりも多くの戦士の技を目の当たりにしてきた弾火源《だんかげん》のハーディにすら理解の及ばぬ領域の存在。〝客人《まろうど》〟とはそのようなものだ。

竜《ドラゴン》の前肢がそうであるように、巨人《ギガント》の長命がそうであるように、魔剣魔具がそうであるように――その最初の異常性だけは、どのような科学や詞術《しじゅつ》を以てしても再現することはできない。

それ故に、彼らは〝彼方《かなた》〟を放逐されてこの世界にいるのだ。

「ソウジロウ。その剣にこだわりでもあるのか？」

「おれも、剣の良《よ》し悪《あ》しくらいは分かる。別の剣拾ってりゃ、そいつにしてたわ」

「……なるほどな。六合上覧《りくごうじょうらん》に出るなら、もっと上等な剣が必要か」

「なけりゃあないでいい」

「魔剣をやる」

ハーディは机上の包みを開け、鞘《さや》に収まった一振りの剣を取り出す。

〝彼方《かなた》〟におけるソウジロウの生まれを知って選んだものであるのか、その長剣は刃が緩やかに湾曲しており、片刃だ。

「この世界には……剣先が触れただけで爆発する魔剣だとか、炎を吐く魔剣だとか、自分で動きを変える魔剣だとかがある。一本が一軍の価値に匹敵する、解析不能の神秘だ」

「いらねえ～」

「フ！　やっぱり言いやがったな。安心しろ。そいつには何もない」

爆発を伴う剣は、打ち込みの反動を乱す。炎を吐く剣は、破壊の範囲と性質が既に剣ではない。自ら動く剣など、精妙な技の最中には論外の代物であろう。

そのような魔剣の性質すら自らの技として操る、おぞましきトロアの如き真性の怪物が存在することは事実ではある。

しかし魔剣を無条件に無敵の力へと結びつけるのは、剣の道を知らぬ者の幻想だ。例えば爆砕の魔剣を用いた破城《はじょう》のギルネスなどは、それを知った上で扱うからこそ恐るべき剣士であった。

自ら希少性を語った魔剣を、ハーディは無造作にソウジロウへと放る。ソウジロウは立ち上がらず、目を閉じたままであったが、空中にある内に鞘を摑んでいる。

「アルクザリの虚《うつ》ろの魔剣」

「どういう剣だ」

「折れず、欠けない。それだけだ。金属のしなりだけがあって、歪みは残らねえ。そいつは無尽の剣でありながら不落の盾でもある。そういうやつでいいんだろう」

「……グッ、グッ」

ソウジロウはくつくつと笑った。

光の線がいくつか走った。続く鍔《つば》鳴りで、空を試し斬ったことが分かった。

「フッツーだ。並の剣と同じ。それに、盾にするのも関係ねェな。刀で受けたことはねェんだ」

「その割には調子が良さそうじゃねえか」

「まァな」

ハーディは、ソウジロウの練習剣の剣筋を見ている。

それを尋常の剣の重量へと持ち替えた今、重さがむしろ速度へと変わるかのような。

ましてやその斬撃を当てた場合の威力などは——たった今斬撃速度を目の当たりにしたハーディですら、一切の想像が及ばぬ。

流血の予感を待ちわびた獣のように、剣士は嗤《わら》っている。

「グッ、グッ……なあハーディ。悪いこと、考えてンじゃねえか」

「クハハハ……！　まァな……」

第二十七将も、同じ笑みを浮かべた。

第三試合が始まろうとしている。

◆

黄都《こうと》の大橋前。

橋を渡り切る直前で停止している蒸気自動車があった。運転手が叫ぶ。

「ここまでですよ！　もう進めません！」

「――了解ダ」

荷台の扉はすぐさま開き、巨怪な獣が飛び出した。

街路を蹴る。視界を色が流れて走る。

背には肥満体の第十四将ユカを乗せ、それでもあらゆる自動車を凌駕《りょうが》する走行速度である。

「いやー、随分遅れちゃったね。でもどうにか試合には間に合うかなあ」

オゾネズマの背で恐るべき向かい風に晒されながらも、光暈牢《こううんろう》のユカは一切取り乱していない。

オゾネズマにとっては、彼の落ち着きがありがたかった。

「……ソウ思ウカ？　ギミナ市ヲ発ツトキ、最初ハ三日ノ余裕ガアッタ」

「運悪いよね。車がなかったし、途中で回り道もしなきゃなんなかったしなあ」

「自動車ノ石炭不足モ、不運ノウチニ入ルカ？　アノ少ナイ燃料モ、裏市場デ無理ニカキ集メタモノダロウ。直前ニ、大規模ナ接収ガアッタノダ。ギミナ市周辺ノミデ」

「まあ、そういうこともあるんじゃないかな」

ユカと長く付き合っていて、オゾネズマにも理解できたことがある。

彼は決して、周囲に与える印象ほどに愚鈍ではない。一連の出来事が第二十七将ハーディの妨害工作であろうことなど、とうに気付いているはずだ。その上で和を乱さぬことが、ユカの矜持《きょうじ》でもあるのだろう。

だが、ジギタ・ゾギの忠告がなかったのならば――あと半日でも出立が遅れていたのならば、オゾネズマは戦場への到達自体ができず、戦わずして敗北していた可能性があった。

「……他ノ者ト会ウ時間ハ、モウ作レナイカ？」

「ははは。俺は別にオゾネズマが負けても損じゃないから、そっちを先にしてもいいけどさ。でも、もう正午には始まる。まっすぐ行かないと、ちょっとまずいかな」

「理解シタ」

寸前まで黄都《こうと》入りを遅らせる戦術を選択していたのは、オゾネズマ自身だ。

無論その対価を甘受するつもりではあるが、心残りでもあった。

（ツー。今ハ、ドコニイル）

黄都《こうと》の地図は、事前にジギタ・ゾギの配下から入手したものを記憶している。

路地を急角度で曲がり、壁を蹴って馬車を回避し、通行人の目にも留まらぬ猛速で進む。この全速力も、これから先の戦いに比べれば毛ほどの消耗でもなかろう。

「――魔法《まほう》のツーのことでしょ？　悪いね。俺もフリンスダとはわりと仲いいし、個人的に頼めばギミナ市まで連れてきてもらえるかもしれなかったけどなあ」

「楽観的ニスギル見解ダ。他ノ擁立者ガ、試合前ニ出場者ヲ黄都《こうと》ノ外へ連レ出スナド……提案ダケデモ他者カラノ疑惑ヲ招キカネン。不可能ダ」

「でもさ、本当に今会っておかなくていいの？　オゾネズマだって、これからの試合で大怪我《けが》するかもしれないでしょ」

「……死ヌカモ、トハ言ワヌノダナ」

急停止する。怪物的な巨体は、背の低い建物の窓枠を足がかりに、体重が存在しないかのように登る。自動車や馬を遥かに越える機動力である。

「いやあ、最初からオゾネズマに乗れば良かったかもね」

「三日間モカ？」

「できるんじゃない？」

「乗ッテイル君ガ無事デハ済マン」

事実、オゾネズマの加速は人体にとっては凄まじい体力負担のはずだ。

それでもユカには、いつもの調子で世間話をする余裕がある。強靭《きょうじん》な男だ。仮にオゾネズマの擁立者が文官だったのなら、これほどの無茶はできなかっただろう。

「魔法《まほう》ノツーニ会エヌノナラバ、ソレデモ良イ。今ノ奴ガ、ドノヨウナ道ヲ選ンデイヨウト……私ニ直接関係ガアル話デハナイカラナ」

「まるで知り合いみたいに言うなあ」

「……向コウハ、私ヲ知ラヌダロウナ」

「じゃあ何なのさ？」

「…………。難シイ質問ダナ。敢エテ、答エルナラバ……ダガ」

屋根を飛び、二つ跨《また》いだ路地へと降りる。

試合がじきに始まる。ユカの言った通り、魔法《まほう》のツーと会話をする時間はないだろう。

この路地をまっすぐに進んだ先に試合場の劇庭園がある。

オゾネズマは答えた。

「妹」

再び地を蹴って、異形の混獣《キメラ》は駆けていく。

オゾネズマが黄都《こうと》に踏み入ったのはこれが初めてのことであったが、今はきらびやかな景色を眺める余裕もなかった。

だが、勝つことができる。試合が始まるその時まで、ハーディとソウジロウは、彼が用いる真の手段を何も知らずにいる。

（コノ初戦ヲ勝ツ）

それは第一回戦にして、最も困難な戦闘となる。

敵はロスクレイに匹敵する派閥を率いる弾火源《だんかげん》のハーディであり、その組織力による有形無形の妨害が、現に試合以前から彼を追い詰めている。

しかしオゾネズマが第一回戦でソウジロウを討てば、ロスクレイに匹敵する黄都《こうと》の対立派閥を崩すことができる。黄都《こうと》軍部を束ねるハーディ派閥が、この六合上覧《りくごうじょうらん》で浮いた駒となる。

それは主流であるロスクレイを倒すこととは全く違う意味を持っている。主流の派閥ではないからこそ、崩れた後ですら、彼らにはロスクレイという共通の敵がなお存在するのだ。

ちょうど、ギミナ市での旧王国主義者と同じ状況となる――散った勢力を再び纏《まと》め上《あ》げることができる者がいれば、その者が新たな『首』となる。

オゾネズマの協力者が逆理《ぎゃくり》のヒロトである限り、それはあまりにも容易な作業だ。ハーディ陣営の使者との接触によって、ヒロトはその布石も既に打っている。この対戦は最も困難な戦闘であるが、逆理《ぎゃくり》のヒロトが対戦表に干渉して仕組んだ構図でもある。

（……勝タネバナラヌ）

故に、この第一回戦のために万全極まる奇襲を組み立てる必要性があった。

黄都《こうと》に入らぬままであった彼は、他の出場者の外見も人格も直接的に見知ってはいない。同じ組の対戦相手の戦力をジギタ・ゾギの調査によって知っており、その対策を立てているだけだ。

――他の勇者候補が六合上覧《りくごうじょうらん》に参戦する目的までは預かり知らぬ。その必要がないからだ。

今から戦うことになる柳《やなぎ》の剣《つるぎ》のソウジロウに、どのような目的があろうと関係はない。

魔法《まほう》のツーであっても、必要とあらば致し方ないと決意している。

オゾネズマの目的は一つ。

(偽リノ勇者ヲ根絶スル)

◆

城下劇庭園は、六合上覧《りくごうじょうらん》の開催以前から、王城試合の場として利用されてきた施設である。石造りの客席の下には選手用通路が設けられており、擁立者である二十九官はこの位置に待機し、自らの候補者の戦いを見守ることができるようになっていた。

今は、弾火源《だんかげん》のハーディだけがいる。光暈牢《こううんろう》のユカはまだ現れていない。

年嵩の秘書が駆け寄り、彼に伝達事項を告げた。

「ハーディ様。ご報告がございます」

「交通封鎖は失敗したか」

「……はい」

オゾネズマの黄都《こうと》入りそのものを妨害する。ギミナ市における旧王国主義者の反乱と同様、第一回戦を勝ち抜くためにハーディ陣営が用意していた策の一つであった。

表沙汰にならない範囲で……より厳密に言うなら、ユカが表沙汰にしない範囲で可能な、最大限の妨害工作。ハーディの計画上、今はこれ以上に過激な策を仕掛けることはできない。

「蒸気自動車への対処が後手に回ったのが痛かったな。蒸気の車はまだ中央への登録が甘い――

こっちからじゃ見えんようにされていた車があった。ジェルキ辺りならもっと上手くやれたな」

「オゾネズマは試合場に到達します。試合を開始するしかありません」

「分かってる。戦う羽目になった時のためのソウジロウだ。ダントに連絡を取れ」

「ダント様……ジギタ・ゾギの擁立者に？」

第二十四将ダントへの接触。それは〝灰髪の子供〟をはじめとしたオカフ陣営への接触を意味する。危険を伴う次善策であったが、ハーディはこの状況で迷う男でもない。

「この一件にダント様が関与していると……？」

「九割はな。九割は間違いねえ。蒸気自動車の制度の穴を抜けられて、しかもこっちが動きに勘付いた途端に、燃料の闇市場を押さえやがった。ただ頭がいいだけじゃあ無理な芸当だ。広く伸ばせる手が必要になる。軍勢だ。オカフ自由都市を動かせるジギタ・ゾギだろう」

「……それがロスクレイ様の軍である可能性は？」

「ねえな。今ロスクレイが黄都《こうと》の外で動かせる兵だけじゃあ、敵の動きの規模が合わんだろう。例の狙撃騒ぎ直後の交渉で、ジギタ・ゾギと〝灰髪の子供〟は……黄都《こうと》の市民権を与えられていたオカフの連中を、迷わず黄都《こうと》の外に出した。奴らの狙いの一つはこれだったかもしれん。そいつらに市外のオゾネズマを援護させていたわけだ」

黄都《こうと》軍に匹敵する規模の兵力を動かせる者は、千一匹目《せんいちひきめ》のジギタ・ゾギしかいない。

ロスクレイやケイテも軍勢を動かせる点は同じだが、曲がりなりにもそれは黄都《こうと》の兵だ。大勢力の一角であるほど、誰かが兵を動かせば他の二十九官にも動きは筒抜けになる。

ハーディが今こうして市外で兵を動かしていたことも、黄都《こうと》国内において大きく隙を作る、分の悪い賭けであった。他の陣営からはそのように見えているだろう。

「ジギタ・ゾギと、オカフ自由都市。〝灰髪の子供〟がオゾネズマとオカフの連中を仲立ちしているのは間違いねえ」

「……六合上覧《りくごうじょうらん》で我々を敗退させて、オカフ陣営に取り込むことが狙いでしょうか？」

「だとしたら付け入るやり方はあるが――どのみちただの傭兵じゃあねえな。あいつらは」

戦争の専門家たるハーディが、このようにして裏をかかれた。ハーディが思うに、真に警戒すべきは、組織の間へと入り込み懐柔を行う逆理《ぎゃくり》のヒロトではない。オカフ自由都市を率いる魔王自称者、哨《みはり》のモリオでもない。

人海を効率的に動かし、先を読んで配置する戦術能力。

千一匹目《せんいちひきめ》のジギタ・ゾギは、彼の想像以上に強大かつ危険な存在だった。

「今から直接話をつける。俺達を取り込むことが狙いなら、望むところだ。ソウジロウが負けた時は、俺が自分から連中の勢力に入り込んでやるしかねえ」

「……柳《やなぎ》の剣《つるぎ》のソウジロウが負けるでしょうか？　あの〝客人《まろうど》〟が？」

「そうは言ってねえがな」

ソウジロウは強い。彼が本物であるからこそ、ハーディは彼を使うと決めた。

しかし必勝の自信を持っているわけではない。この第一回戦を勝ち進まなければならないが、この日まで黄都《こうと》に存在しなかったオゾネズマに仕掛けることができた策謀には限りがあった。衆人環視の試合においてオゾネズマと対峙《たいじ》するソウジロウに対し、ハーディに可能なことはない。

戦う前に勝つ手はとうに打ち尽くした。戦争屋は次に、戦った後に勝つ手を考えるまでだ。

「ソウジロウだろうと誰だろうと、戦いはじめちまったら勝率は絶対に十割にはならねえよ。戦場で起こることなんて、本人にも予想はできねえわけだからな。だから、いつでも先手先手だ。この試合場を出るぞ」

「すぐに面会を調整します。ハーディ様も直接同行したほうがよろしいかと」

「元よりそのつもりだ。面白くなってきた。行くぞ……と」

ハーディの足は止まる。遅れて参謀も止まった。

視界を埋め尽くすような巨獣が、煉瓦造りの通路の前方から現れていた。

蒼銀の毛並みを持つ狼じみた、不自然な獣。二十九官随一の巨体を誇る光暈牢《こううんろう》のユカも、オゾネズマと並べば小さく見える。

「――君ガ、ハーディダナ」

「よう。移《うつ》り気《ぎ》なオゾネズマ」

第二十七将はその怪異に動じるどころか、足を止めてその到来を待った。

懐から葉巻を取り出し、咥《くわ》える。横に歩み出た参謀が着火する。

ハーディは目を閉じてそれを吸った。

「……遅かったじゃねえか。観客が待ちわびてる。何か問題でも起こったのか？」

「遅クハナイダロウ。所用ヲ済マセル時間ハ十分ニアル。今……ココデ」

通路の正面にはオゾネズマがいる。

横を通らなければ、この劇庭園を後にすることはできない。

弾火源《だんかげん》のハーディが目的地に向かうためには、一触れで人間を殺戮せしめる暴力の真横を通り過ぎていくしかない。

「フハッ」

ハーディは煙を吹き出すように笑う。

「悪いが、俺もこれから大事な用事を控えてるんでな？　通ったって構わねえだろう」

「ははは。あんまり悪いことしちゃ駄目だよ、ハーディ」

場の緊張を意にも介さず、ユカは脳天気に言った。

今は互いに勢力を違えているが、二人には同じ武官としての信頼があった。無慈悲な戦術家として恐れられるハーディも、ある意味では、この男に遠慮をしていたのかもしれない。

「市民に被害が出てたら、俺も容赦できなかったからさ。お互い、よかったよね」

「……ああ」

僅かに首を振り、吸い終わった葉巻を参謀へ手渡す。

「オゾネズマ。通るぞ」

「……」

オゾネズマの横を通り抜ける間も、ハーディは一歩たりとも歩みを早めることはない。ハーディにとって戦争とは、常に死を傍らに置き続けることでもある。

「そうだユカ。あと十日くらいで誕生日だったか？」

「そういえばそうだったなあ」

「俺もまだボケちゃいねえようだ。何か祝わせてくれ」

老将は、これから始まる試合を見ることなく立ち去っていく。


——第三試合の戦士が揃った。

移《うつ》り気《ぎ》なオゾネズマ、対、柳《やなぎ》の剣《つるぎ》のソウジロウ。

◆

六合上覧《りくごうじょうらん》の試合判定を取り仕切る第二十六卿、囁《ささや》かれしミーカは女としては大柄な部類に入る。故に片方の男は彼女と比べて小さく、片方の獣は彼女と比べて大きすぎた。

「両者。真業《しんごう》の取り決めについての異論はないか」

「理解シタ」

「りょーかい」

第一試合と同じく試合の取り決めを行い、ミーカはその場を離れる。

広い劇庭園だ。対戦する両者がそう望んだのならば、中距離からの開始もできたことだろう。しかしオゾネズマは、あえて剣の距離を選択している。ソウジロウもそれを受けた。

「オメェ……面白ェ体してんのな……」

ソウジロウは低く呟いた。

「混獣《キメラ》ヲ見ルノハ初メテノヨウダナ。〝客人《まろうど》〟」

破裂音が空に響いた。開始を告げる楽隊の砲火。

それでも両者は動かずにいる。

刃が届くであろう距離にも関わらず、剣豪が斬りかかっていないのだ。

「……グッ、グッ、グッ。オメェの命は、いくつだ……？」

ソウジロウは目を細めた。弱い部分がない。

相手が動かずとも、ソウジロウには敵の戦闘能力の本質を一瞬で見て取る逸脱の戦闘勘がある。それは第六感を超えて、未来予知にも等しい絶対の直感だ。

オゾネズマの規格外の巨体は、全身が英雄のそれに等しい筋肉と骨格で構成されている。高密度の筋肉が、同時に連動した力を発揮することが可能だ。身体能力にかけてはソウジロウどころか、かつてリチアで戦闘した蜘蛛《くも》戦車の出力をも上回るはずである。

それだけではない。遍く生類が抱える致命点というものが――この混獣《キメラ》には。

「君ハ剣士ノ体ダナ。他ノ武器ハ一切合ウマイ」

オゾネズマもまた、ソウジロウを最初の一瞥《いちべつ》で観察し終えていた。

ただしオゾネズマのそれは天性の異能ではなく、積み上げてきた経験による肉体構造の看破だ。

混獣《キメラ》でありながら、彼の本質はまさしく医師であった。皮膚の内と外とを問わず、彼はこの地上で最も数多くの英雄を観察してきた存在でもある。

「ソシテ、君ハ警戒シテイル」

ソウジロウは、むしろオゾネズマから離れるように間合いを取りつつある。剣二本分の距離。この距離からでも斬りかかれる技は、恐らくあるのだろう。だが。

「……」

「私ニ反撃手段ガアルト考エテイルノカ。安心スルガイイ。君ノ考エテイルヨウナ手デハナイ」

――剣の距離の切り札を持っている。

試合場の決定までそれを隠し続けることは、オゾネズマにとっては保険の一つであった。ソウジロウの斬撃に合わせてその手段を確実に合わせ、一撃で倒すこともできる。

だが一度試合が開始し、この距離で対峙してしまえば、彼の切り札はその致死性や本質、あるいは正体を見破られていたとしても、一切無関係に敵対者を削り落とす『手』だ。

「ソウイエバ、コレハ噂デ聞イタ話ダガ――遠《とお》イ鉤爪《かぎづめ》ノユノ、トイウ少女ガイルソウダナ」

「……あァ？」

「知ッテイルカ？　彼女ハソ」
ブ、と空気が震え、銀の光線がソウジロウに殺到した。大地が爆発した。
光線の正体は、六本同時に投擲された手術刀。

大きく開いた背中から現れた多量の腕を六つ用いた、完全同時の精密爆撃である。

「……シィッ！」

土煙が吹き流される。悪夢的な破壊力の殺到をソウジロウは生存している。先程空気を震わせていたのは、オゾネズマの腕のみではない。

柳《やなぎ》の剣《つるぎ》のソウジロウは、いかにして完全同時の六発を回避せしめたのか。

一本の手術刀に狙われた右足を引くとともに、左の掌底で肩に向かっていた一本を弾いている。右手では魔剣を振り抜いていて、その一閃が、胴体部に飛来した二本の手術刀を同時に落とした。刃の側面を撫でて威力を殺す、無駄のない斬撃。一連の動作で半身になった体が、残りの二本を避けた。

尋常の法則下であれば、それは奇跡的な幸運と解釈されるものだ。

偶然、一動作で全てが避けられる位置にソウジロウがいたのだと。

——そうではない。

（〝客人《まろうど》〟。彼ラノ存在コソガ、モットモ恐ロシイ）

ソウジロウの筋肉が見せた運動過程の全てを、オゾネズマの眼《め》は確かに観察している。

如何《いか》に優れた身体能力を持つ者でも……それが英雄であったとしても、そこには骨格があり、筋肉があり、その条理に従って動く。

〝客人《まろうど》〟は違う。たった今の回避すらも必然であるかのように起こす。

筋繊維の一本まで認識可能なオゾネズマの観察眼を以てしても、その動作の過程を捉えられぬ。

得体の知れない違和感があり、気がついた時にはもはや、人間《ミニア》ではあり得ない加速度と膂力《りょりょく》で動いている。法則の基底を揺るがす、抗い難い種別の恐怖だ。

（――不条理。〝客人《まろうど》〟ノ存在自体ガ……彼ラガ起コス現象ノ、全テガ）

オゾネズマの無数の腕が、新たな手術具をぞろぞろと備えた。彼の肉体は、英雄に到達し得た筋繊維、英雄に到達し得た神経のみで形成されている。

医師であるが故に、自身で自身の改造を行うことができる、最高の選別素材のみで形作られた混獣《キメラ》。それがオゾネズマ。

背から生えた腕が投擲の動作を見せる。ソウジロウが回避の予兆で応える。

獣の八肢の動きは、投擲と同時に別の動作に移っていた。突進する。オゾネズマにとっては極短距離。一歩で到達する。

「……！」

ソウジロウは一閃を斬り放った。

「遠イナ」

そのままソウジロウを轢《ひ》き潰すかと思えたオゾネズマの加速は、鼻面を浅く切られた時点で静止していた。巨体の慣性すら自ら停止せしめる、あり得ざる筋力と身体操作。

「剣士ラシカラヌ失着ダ。精神性ノ不調カ？」

「おい……何をした」

「イイダロウ、柳《やなぎ》ノ剣《つるぎ》ノソウジロウ。私ノ切リ札ヲ明カ」

バヂ、という音とともに、銀の光線が放たれた。超至近距離からの接射。

ソウジロウが切り上げて弾《はじ》き飛《と》ばしたものは、螺旋を描くように投擲された鉗子《かんし》であった。

「オメェーさ……この」

これまでの投擲とは異なる動作の、前後の動作だけで打ち出す初動であった。先程までのような同時投擲だけを警戒していた者には避けようがない奇襲を、ソウジロウは防いでいる。この至近距離からでも。

「絶対ェー性格悪いだろ」

「殺シ合イニ善良サガ必要ダトイウナラ、君ハソウスレバイイ」

オゾネズマは、既に投擲動作《とうてきどうさ》に移っている。

ソウジロウは刀を腰だめに下げて、射線を切るように走った。破壊的な流星の軌道を先読みする。右腕と肝臓。左目と胸。喉。超高速で右脛《すね》。右掌と右肘と右上腕と左脇腹。

「ウィ……！　投げ、て、ばっかしか!?」

一撃一撃が必殺の威力。しかもオゾネズマに消耗の兆しはなく、常に自らに有利な距離を取り、ただひたすらに武器の雨を浴びせる。

「ドウシタ。ソウジロウ」

嵐が殺到し続ける。軍隊の包囲射撃にも似ているが、その威力はただの弾丸や弓矢の雨とは次元が違う。あり得ざる速度で、線どころか面を形成するかのように剣の切っ先が動き続け、ソウジロウは未《いま》だ生存を続けている。

「——剣ノ距離デハ、戦イタクナイカ？」

「うる、せェな」

「斬リカカレルダロウ。君ノ身体能力ナラバ、コノ程度ノ弾幕ハ突破可能ナハズダ」

この試合を見る観客の大半は、それがどれほどの異常であるかを知り得ない。だが、極めて不可解な事態が発生していた。

柳《やなぎ》の剣《つるぎ》のソウジロウが劇庭園の壁面へと追いやられ、守勢に回っているのである。剣と投擲の射程の差。体格や身体能力の差。〝客人《まろうど》〟の彼が、まるでそのような尋常の条理に屈してしまっているかのように。

「あァー……くそ。いつも通りに、やっかよ……」

息を大きく吸い、吐く。

銀の光線が通り過ぎる。回避している。

背後の壁を蹴って、ソウジロウは斜めに跳躍した。

無数の砲台の如き腕が空中のソウジロウに狙いを定める。手術刀。二連。三連。ソウジロウが刃を繰り出し弾く。攻撃行動を取りながらも、オゾネズマの獣の八肢は自由だ。ソウジロウの体が空中にある間に、再び距離を取ることができる。だが。

「……！」

八肢の内の一つに、刃が深く食い込んでいる。ソウジロウの剣ではない。

「手術刀ヲ」

続けざまに、オゾネズマの肢の膝を、腿《もも》の付け根を、手術刀が串刺しにした。

ソウジロウは空中に飛んで、連続投擲を誘っていた。弾き返した手術刀を、オゾネズマの頭上から降らせることを狙ったのだ。

刀剣の術理を、自らが手に取らずとも支配下に置く。世界逸脱の剣豪。

「オメェの命」

反射した手術刀で動きを止めた刹那。ソウジロウはオゾネズマの懐に入っている。

投擲射程の内側。刀を抜き放つ体勢で、頸部《けいぶ》へと迫り。

「もらっ――」

そして、至近からの突進が掠《かす》った。吹き飛ばされる。

必殺の斬撃を、繰り出せたはずであった。

何よりの好機であったはずなのに、ソウジロウは何もしなかった。

ソウジロウは劇庭園の地面を一度跳ねて、無様に倒れ伏した。

「グホッ、ガッ……！」

恐るべき巨重の一撃を受けた。避けられたはずの突進である。

だがそれ以上に彼は、それを受けたほうがましだと確信できるほどの脅威を感じていた。

ソウジロウは、自分でも分からぬ何かを避けたのだ。

……脅威。

（違ェ。何かが違ェ。最初に空振った時から、ずっと違ェぞ）

立ち上がろうとしながら、ソウジロウは自分自身の腕を見た。

手術刀が刺さっていた。オゾネズマの攻撃を受けた箇所ではない。

(なんだ)

ソウジロウが、負傷している。

(誰が刺した)

誰かの手が、ソウジロウの動脈を裂こうとしている。誰かが。

(俺だ)

誰かの手は、ソウジロウの片手だった。

「……なんだ。こりゃ。おい。どうなってる……」


恐ろしいものがいる。


前方。ソウジロウは、自分が何を避けようとしたのかを見た。

オゾネズマの背からは、いつの間にか一本の腕だけが伸びていた。

その一本の腕は、するすると体内の闇へと消える。

オゾネズマの体内から生えた無数の腕は一様に青白い死体で、腱《けん》と金線で改造と補強を施され、複数種の筋肉が見事に継ぎ合わされている。

その一本だけは、違う。

ただ一目見ただけだったが、それはとても美しい腕だと思った。

柳《やなぎ》の剣《つるぎ》のソウジロウが、そう思うのだ。

恐怖だった。

なぜ、必殺の剣豪が、最初の一斬で対戦相手の頭部を切り落とせなかったのだろうか。

なぜ、反撃の機を窺い、攻撃を防ぎ続けるような守勢に回ったのだろうか。

なぜ、柳《やなぎ》の剣《つるぎ》のソウジロウが動くことができず、自らを傷つけるなどということがあり得るのか。

「……なんだ、そりゃ」


移《うつ》り気《ぎ》なオゾネズマは、最高の生体素材によって全身を形成された混獣《キメラ》である。

その一本の腕は、最強にして最悪の生体素材であるといえた。柳《やなぎ》の剣《つるぎ》のソウジロウすらも、触れることすらなく戦闘不能同然と化す切り札であった。

彼には特権があった。他の候補者の誰も持たぬ特権が。

「魔王ノ腕」

――それは、〝本物の魔王〟であるということ。

◆

何年前の出来事だったのかは覚えていない。

けれど、倒れていく送電鉄塔の影を覚えている。

ソウジロウの記憶にある、〝彼方《かなた》〟の光景だった。

積み重なったビルの瓦礫《がれき》の向こうで、炎に焼かれて溶ける塔だ。とても不思議な崩れ方だと思いながら、宗次朗《ソウジロウ》はそれを眺めていた。

「――なあ！　おい、クソッ、先行くんじゃねえって、宗次朗《ソウジロウ》！」

四十代ほどの男が、宗次朗《ソウジロウ》の名を呼んでいる。塚厳《つかよし》だ。宗次朗《ソウジロウ》はとっくに歩兵を斬り尽くしてしまったのに、ただ歩いているだけの塚厳《つかよし》は三分も遅く来た。

その男はこの市街戦の只中で、冗談みたいな着流しの装いである。

柳生塚厳《やぎゅうつかよし》。柳生新陰流《やぎゅうしんかげりゅう》最後の正当継承者を名乗っていたが、果たして。

「歩きにくい格好してっからだ。バーカ」

「おまっ……お前、そうやって師匠馬鹿にしてるとな、そのうちバッサリ行くからなマジで。〝月《つき》影《かげ》〟でバッサー行くぞコラ」

「誰が師匠だ」

レベルⅣボディアーマーごと綺麗に輪切りにされた胴が、そこら中に打ち捨てられていた。宗次朗《ソウジロウ》は、切断された歩兵の腕を爪先で転がしている。手に握られている突撃銃ごと。

〝彼方《かなた》〟の世界において、宗次朗《ソウジロウ》の剣は明らかに怪異であった。

「弟子より弱い師匠があるか。いつになったらその剣抜くんだ」

「舐《な》めんじゃねえぞ……。お前みたいにな、刀ブンブン振り回して喜んでるような段階じゃねーんだよ俺は。こういうのはほら、言ってるだろ？　合一だ。宇宙と自ら、相手の呼吸が一つに合ったその時には、打たずとも自《おの》ずと敵が退くと。つまり、恐れを持たない和の道ってやつがな――」

「オメェ、この前ゲリラ相手にビビり倒してたよな」

「いや、あれは一種……一種の兵法ってかさ……」

「刀も逃げる時にブン回してたろ」

「……」

うんざりしながら、宗次朗《ソウジロウ》は刀を鞘へと納める。

宗次朗《ソウジロウ》の剣閃の速度には血管から溢《あふ》れる血の一滴も追いつかず、この一本の刀だけでも、もはや記憶に収まり切らぬほどの数を斬れた。

塚厳《つかよし》に出会ってから、どれだけの時間が経っただろうか。最初の一本の刀を与えられた程度の義理で、こうして付き合いを続けている。

他に恩義を受けた記憶を思い出そうとしてみたが、特になかった。

「またエムワン来ねェーかな」

「……あのな、戦車なんて来るのはマジの時だぞ。七発目の原爆が落ちた時じゃねーかよ。次来たら、もう俺達完全に死ぬわ」

「歩兵とか装甲車ばっかじゃつまんねェよ」

「……くそっ。大体、なんで戦車斬れるんだよお前さぁ……。人間じゃねーだろ。絶対人間じゃねえ……」

斬れるように作られているのだから仕方がない、と宗次朗《ソウジロウ》は考えている。

確かに宗次朗《ソウジロウ》の剣は万能ではないし、世の中のどこかに、斬れないものも間違いなく存在するのだろう。そして戦車は他のものよりは斬りにくい。否定するつもりもない。

だが、やはり彼と他の人間とでは、認識に大きな齟齬《そご》があるのだ。

「斬れなきゃおかしいだろ。元から戦車の形で出てきたやつじゃねーんだからよ」

如何なる装甲であろうとも、人が作り出している限りは、それをどこかの時点で曲げたり、溶かしたりしているはずだ。それができないのなら、望む形になるはずがない。そして組み上げる以上、完全に隙間なく、歪みもなく作れるはずがない。人が壊せない道理もどこにもないはずだった。

宗次朗《ソウジロウ》はただ単純に、刀でそうしている。

塚厳《つかよし》に対しても、常々そのように主張しているのだが。

「お前……お前さぁ……金属加工をどうやってるかとか……いや分かんねーよな。もうお前の世代だと分かんねーよな。ってか学校自体ないんだよな、もう」

「ウィ。学校。塚厳《つかよし》の時は楽しかったか。戦車斬るよりいいか」

「……。比べるもんじゃねーよ。柳生の話にしようぜ」

塚厳《つかよし》は頭を掻いた。そうした話を振ると彼は決まって口を噤《つぐ》み、話題を逸らそうとする。

もはや誰も真偽を確認できぬ柳生新陰流の継承者を名乗り、胡散臭《うさんくさ》い剣の心得を語り、着流しを着て、帯刀すらしている。

彼はむしろ、平和だった頃の人生を厭《いと》っているようでもあった。

――けれど役にも立たぬ理念の話などより、宗次朗《ソウジロウ》はそちらの話が好きだった。

戦争もなく、物資を持ち込む兵士も現れないのに、どのように暮らしていたのか。

相原四季《あいはらしき》が現れる前の世界はどうだったのか。生まれた時からそれを知らない。

「……オメエさ、ホントは柳生でもなんでもねェんだろ」

「ハァ!? ほ、本物だし!? お前……そういうとこだからな！ もう完全に〝花車《かしゃ》〟だわ。ブッた斬られてから後悔すんじゃねえぞお前」

「おッ、あれ爆撃機じゃねーの？」

「ひッ!?」

呆れるほどに弱い師だった。

刀身でライフル弾を逸らすことも、走っている装甲車に刃を差し込むことも、それどころか、ただ戦いを楽しむだけのことすら、何一つとしてできなかった。言動だけが偉そうで、役に立ったことは一度もなかった。

それほど弱いのにも関わらず、刀で戦えることを信じているのが不思議だった。

◆

柳生塚厳《つかよし》はそれから二年と生き延びられず、当然のように死んだ。

だから宗次朗《ソウジロウ》は、この異世界に至ったのかもしれなかった。

「――死体ダ」

オゾネズマは告げた。複数の声を混ぜ合わせたような、混獣《キメラ》特有の声。

「タカガ、蛋白質《たんぱくしつ》ノ塊。何ノ意味モ持タヌ」

ソウジロウは先程と同じく斬り込めていない。しかし、もはや違う。

「止まれ」

ソウジロウは呟いている。自分自身の動脈を切り裂こうとする片手を、止めようとしている。自分の意志で。自分の肉体で。

決定的に違う。恐怖を知らずに戦うことができた先程までと、同じではない。

オゾネズマは知っている。魔王の腕には、かつて〝本物の魔王〟が及ぼしていたような影響力など、微塵も残ってはいない。

それは単なる死体だ――オゾネズマのように体の一部に繋いですら、大数ヶ月ほどを悪夢に狂い、自らを殺し続ける程度で慣れることができる。

もはや異常性のない、ただの少女の死体に過ぎない。

あれは彼女に生ある時のみの恐怖だ。今のオゾネズマは、それも理解している。

……だが。この切り札を、初めて目の当たりにする者にとっては。

「……ハァーッ、ハァーッ……！」

粘性の汗が、ソウジロウの全身からとめどなく滴っていた。

〝彼方《かなた》〟の地上で斬れるものは斬り尽くしてきた。だから理解してしまう。

剣を握る手の指すら、今や確かではない。

（オレ……オレは、もう）

少女の腕を見た。

ただそれだけだ――敵は同じままで、彼我の技も力も、変わってしまったわけではない。

（こいつを斬れねェのか……）

掠《かす》っただけとはいえ、体当たりを受けている。どこかの骨に罅《ひび》が入っているだろうか？

自らの左腕からどくどくと流れゆく血を、ソウジロウは見つめている。抜け落ちた手術刀が地面に落ちる。あれで喉を切り裂かなければ。いや、今握っている剣でそうした方が早い。

そうせずにはいられない。恐ろしい。恐ろしすぎるから、思考の何もかもが狂っていく。

地上の誰もが目を逸らし続けた、不可解な、勝ち目がないものであるから。

「斬っ、て、やるぞ」

肉を斬る感触がある。自分の脇腹の肉を切り裂こうとしている。

「ハーッ、ハーッ」

「精神性発汗。手ノ平ニ汗ヲカイテイルナ」

オゾネズマは攻撃しない。むしろ焦《じ》らすようにゆっくりと告げている。

「ウマク剣ヲ握レルカヲ、意識シ続ケテミルガイイ。呼吸ヲ整エ、手元ニ集中シロ。生死ニ関ワル沙汰ダ。絶対ニ取リ落トシテハナラナイ……絶対ニ」

火薬の爆発のように大地が爆《は》ぜた。オゾネズマが再び突進する。

「あああああぁッ！」

ソウジロウは叫び、構え、真正面から迫るオゾネズマを確かに捉えた。

構えることができた。絶対不壊の虚ろの魔剣。到達の前に斬る。

斬れる。鈍化したソウジロウの認識の中で、それは確かな事実だ。

斬れる。残り三歩。恐怖。斬れる。残り二歩。

恐怖。斬れない。

恐ろしい。

「……ッ！」

土煙が舞った。ソウジロウは蟇《ひき》めいた低姿勢で、オゾネズマとすれ違いに滑った。

到達寸前の僅かな一歩の間にしか生まれ得ない、足元のごく僅かな空間。物理的に〝魔王の腕〟の届き得ぬ腹の側へと潜り込んでいる。

その位置であれば。

「シャ……アッ！」

剣閃が閃いた。ソウジロウの頭上、オゾネズマの胴体が両断された。

切り離されながら、オゾネズマの胴から先の前半身だけが呟く。

「遅イ」

ソウジロウ自身も理解していた。今の技はあまりに遅い。遅すぎる。恐怖が彼の剣術を破壊している。斬れてはいない。これはオゾネズマの自切だ。

「遅イゾ。ソウジロウ」

オゾネズマは、前半身だけで独立して動いた。

ソウジロウは反転し、オゾネズマの前半身を視界に捉える。オゾネズマは放射状に腕を展開し、続いて手術刀の光が無数に閃く。同時投擲。

防御。違う。直感する。警戒すべきはソウジロウの背後にある後半身側。

「おおおおおッ!?」

ソウジロウは叫んだ。足元、死角から迫っていた腕を蹴って跳んだ。寸前までソウジロウがいた位置に、無数の手術刀が突き刺さる。

もう一体いた。

頭部を持たぬ混獣《キメラ》の後半身だけが、ぞろぞろと生えた腕と後脚で、不気味に蠢《うごめ》いている。敵を摑んで捕らえるだけの、神経節からの単純命令を実行し続けていた。

「言ッタダロウ――」

ソウジロウが回避した先には既に、知性持つ前半身が待ち構えている。

再び突進。無数の腕を同時に用いた加速。ソウジロウは刀を撥《は》ね上げる。

「絶対ニ、取リ落トシテハナラナイト」

その刀身を、オゾネズマの牙が捉えた。猛烈な衝撃で手首が捻り折られるよりも先に、ソウジロウは手を離した。突進が掠り、脇腹の肉を抉《えぐ》る。

剣豪の手から、剣が奪われた。

攻撃は終わっていない。ソウジロウの横をすれ違いながら、膨大な物量の腕が襲いかかる。投擲ではなく、手術刀の斬撃だった。

ソウジロウは極限に圧縮された時間の中で、殺到する刃を見る。

腕の一つ一つ。可動域を。速度を。

銀の刃が続けざまに突き刺さる。解体される。嵐とともに三本の腕が飛ぶ。三本。

それは死体の腕だ。

「――〝無刀ッ……取り〟！」

ソウジロウは、腕から奪い取った手術刀を振り抜いている。

同時に繰り出されていた〝魔王の腕〟に触れることなく、やってのけた。

「……止、ま、れッ！」

手術刀を振り抜いた勢いで、ソウジロウは自らの喉笛を突こうとしていた。

恐ろしい。

きっと、ただの少女の腕なのだろう。

しかし本当に触れられてしまえば、何もかも取り返しがつかなくなる確信があった。

恐るべき一瞬が過ぎ去った。常人であれば命を幾度失っても足りぬ、恐怖の一瞬が。

オゾネズマの前半身は先程切り離した後半身の上を通り過ぎ、一跳びの間に再び接合を完了する。

継ぎ目すら見当たらない。

互いが体勢を仕切り直す――

よりも遥かに早く、ブウ、と空気が震えた。一呼吸の間すら与えられることはなかった。

混獣《キメラ》の異形の肉体は、どのような状態からでも即座に攻撃態勢を取ることが可能だった。

「カッ！」

世界逸脱の剣豪は、飛来した七本の手術刀を逸らし弾いた。それは確かだ。

凄まじい消耗の果てであっても、柳《やなぎ》の剣《つるぎ》のソウジロウにはそれができた。

だが、肉体ではなく精神の消耗は。

「……今。私ノ攻撃ガ終ワッタトデモ思ッタカ？」

ソウジロウはくぐもった声を発した。

「グ……ク、カ」

苦悶《くもん》の呻きであった。

〝本物の魔王〟の恐怖。その圧力の下で、限界以上に酷使された精神は……

「恐怖ガ過ギ去ッタ直後」

ソウジロウは右脚を失っていた。手術刀の直撃によってではない。

オゾネズマの射撃の嵐を防いだ、その斬撃と同時に。

「ソノ一瞬コソガ、最モ精神ノ隙ヲ生ム」

ソウジロウは自分自身で、右股《みぎもも》を斬り落としていた。

するべきではないことを、してしまう。

どれほどの強者であろうが、肉体も意思も、全てが制御を離れていく。

――それが、恐怖。

右脚欠損。

「グッ、グッ……グッ」

全てが終わった。

ソウジロウが手にしているのは、一本の短い手術刀だけだ。

切断された脚からは、脈を打つように血液が溢れる。剣豪としての技を十全に繰り出すことも、もはや永遠に不可能なのだろう。

それでもソウジロウは嗤った。

……今、全てが読めた。

この先の展開は見える。ソウジロウに打つ手はない。それが分かる。

これからオゾネズマは突進し、〝魔王の腕〟を伸ばす。

敵が自ら間合いの内に踏み込む絶好の機会が来る。

ソウジロウは斬りかかることができない。

腕が到達して、そこから先は……ソウジロウの直感すらも及ばぬ。そこで終わりだ。

ソウジロウに可能なことは何もない。

だが、分かった。

「――見たぞ。オメェの命」

◆

〝彼方《かなた》〟の夜。あれは鉄塔の記憶より前だったか、後だったか。

塚厳《つかよし》は刀を抜いて、何らかの古流剣術の鍛錬をしているようであった。日々抜かないことを主張していた刀であるが、宗次朗《ソウジロウ》は今更指摘するつもりもなかった。

そもそも塚厳《つかよし》はこうした鍛錬を習慣づけているわけではなく、暇な時に気まぐれに行う程度の、自己満足じみた修行でしかない。

宗次朗《ソウジロウ》にとっては壮絶な労力の無駄としか思えない行動であったが、その指摘のために起きて出ていくのも面倒なので、やはり何も言わずにいた。

「宗次朗《ソウジロウ》ー。銃弾受けるのってどうやるんだアレ。昨日やってただろ」

テントの外で、塚厳《つかよし》は声を張り上げた。寝ているふりをしていたい。どうしてこの男は、聞いても無駄なことをいつも聞きたがるのか。

「受けてねェーよ。受けたら刀折れんだろうがバカ」

「お前、師匠を馬鹿呼ばわりするなよ」

心底面倒だが、答えずにいればまた何か話しかけてくるだろう。親子ほどに年が離れているはずなのに、まるで子供だ。

眠い目をこすりつつも、適当な説明を続ける。

「……あのなー。あれ、弾の頭には当ててねえの。横腹に刀の腹を当てる感じでな、飛んでくる軌道に差し込んでやるわけ……。それなら横の力だからさ、刀身がバネになんだよ。弾の回転の具合に合わせてグッと引きゃあ、勝手に逸れるんだわ」

「いや……いやいやいや。どういうこと？　ライフル弾の話だよな？　言ってることが受けるよりおかしいんだけど？」

「だーから塚厳《つかよし》には無理だって。弱ェーんだもん」

一度に飛んでくるライフル弾十発程度ならば対処は可能だ。それ以上の数はまだ試したことはないが、中距離における集弾性を考えれば、小銃を相手に有利に立ち回ることは可能である。

しかし、その程度の技だけでこの世界を生き残ることはできない。火炎放射器やグレネードが現れた場合は、さらに異なる対処法が必要となる。

全てを刀で捌《さば》き切るには、柳生塚厳《つかよし》は弱すぎる。

「飛んでくんのが剣とかナイフとかなら、多分もっと上手く逸らせせんだけどな。縦回転だし、中心を横から叩けんだろ」

「縦？　銃弾が横回転なら、ナイフは縦回転か？」

「……ナイフも横っちゃ横だわな？　どっちが縦だ」

——宗次朗《ソウジロウ》が刃で敗北することはない。

異世界においても、それは変わらぬ真実であるはずだった。

◆

柳《やなぎ》の剣《つるぎ》のソウジロウは、自分自身を斬った。

オゾネズマが告げた通りに、安堵の隙こそがその悪夢を生んだ。平時のソウジロウからは考えられぬ、凶気の錯乱。

全てがオゾネズマの切り札である一本の腕に支配されていた。

ただそこにあるだけで恐ろしい魔王の腕は、オゾネズマという殺戮の獣の知性と戦術を以て運用される、地上最悪の抑止力だ。

刀の距離で繰り出される反撃の切り札を警戒していればいいという次元ではなかった。戦闘開始距離をこの距離にしてしまった時点で、ソウジロウは詰んでいたのだ。

至近距離でオゾネズマと対峙する限り、必殺の恐怖に抗うことはできない。

（止血の時間はねェー……ってか）

朦朧《もうろう》とする頭で、ソウジロウは思考した。出血性ショックが起こっている。

血圧が下がり、運動機能が低下し、この第三試合のどの時点よりも弱体化している。

右脚が一本奪われるだけで、人間《ミニア》はひどく脆《もろ》い。

（……動ける時間自体がもうねェわ）

それでも動かねばならぬ。
前方に突き出すように手元の手術刀を構え、降参の意思がないことを示す。
たとえそれがまったく無意味なことであっても、そうする必要があった。
「見事ナ勇気ダ」
オゾネズマは長く語らず、再び駆けた。
走りながら、その頭部が割れる。白く華奢《きゃしゃ》な腕がするりと伸びる。〝魔王の腕〟。
……ソウジロウには、迫りくるオゾネズマの命が見えている。
混獣《キメラ》を構成する全身に無数に存在する、生命体としての命ではない。
たった一つを切断するだけで、その全てを絶てる命があるとするなら。
(刀を下ろすな)
恐ろしい。恐ろしい。
彼の師は、もしかするとこのような心持ちでいたのか。
ソウジロウが楽しんでいたあの戦火の中で、ユノはそうだったのか。
(なんだ、今更余計なことばっかりよ――)
刃を突き、命を斬ればいい。
それでソウジロウは容易《たやす》く勝てる。
確実な死が待ち受けている以上、それをしない理由はどこにもないはずだった。
残り五歩。四歩。

ソウジロウが直感していた通りの軌道と速度であるはずだ。
斬ればいい。それで全てが終わる。恐ろしい。
（……下ろすんじゃねェ！）
意思に反して腕が下がろうとする。何を斬ろうとしているのか。
恐ろしい。
魔王の腕。ソウジロウは触れられてすらいなかったのに。
堤防ごと都市を押し流す津波のように、進行上の全存在を一方的に破壊する恐怖。
ソウジロウは動くことができていない。
頼りない短刀の一本のみで、その恐怖と対峙していた。
まだ到達しない。あれほど凄まじい速度で、この短い距離を突進しているだけなのに。
まだ。まだ。考える余裕がある。
斬ればいい。もう遅い。
もう、今から斬撃を始めて間に合うような距離ではない。
恐ろしい。恐ろしい。恐ろしい。恐ろしい。
死の間際の意識がそうであるように、時間が引き伸ばされる。
そんな意識の中で、ただ何もできないことを認識している。
発狂に近しい恐怖が何倍にも引き伸ばされて、心を蝕《むしば》むばかりの――
残り一歩。そして。

（下ろ……）

手術刀を握る感覚がないことに、ようやく気付く。

――精神性発汗。決して取り落としてはならない。

白い。

白い手が眼球のすぐ前にある。

オゾネズマが、魔王の腕を伸ばしている。

異界の剣豪は恐怖に負けた。

「ウ」

呻きを漏らしたのは、オゾネズマだった。

魔王の白い指は、ソウジロウへと触れる寸前で曲がって、狙いが逸れた。

「……！　コレ……ハ……！」

オゾネズマは魔王の腕に起こった異変を見た。

手術刀が、肘関節を貫通している。

停止しているソウジロウを噛《か》み砕《くだ》くこともできたはずだが、オゾネズマは異常な狼狽《ろうばい》を見せた。

ソウジロウの目前で足を止めて、呻いた。

「腕ガ」

そして、止まるべきではなかった。

続けて別の手術刀が、回転とともに魔王の腕の肉を捩《ね》じ切《き》った。

美しい腕は無残に刻まれて、オゾネズマの体から離れて宙を飛んだ。

痛覚など存在しないはずのオゾネズマが叫んだ。

「グッ、アアアアアアッ!?」

それが二本目――否。

ザク、ザクと音が続いた。それらの二本より僅かに位置がずれて、五本が地面に突き刺さった。

七本もの手術刀が、天から降り注いでいた。……すなわち。

「ア、アァァ……腕……馬鹿ナ……ハ、弾キ返シテイタ……ノカ……！　アノ時！」

超絶の剣豪は、投擲された刃すらも正確に弾き返すことができる。

だからこそ、オゾネズマは恐怖を与えた直後の奇襲投擲でソウジロウの対応を上回ったと確信していた。そして止めの手段として突進を選んだ。弾き返される危険を冒す投擲ではなく、魔王の腕による直接接触でソウジロウの存在を破壊しようとした。

「刃ヲ……打チ上ゲテ……！」

ソウジロウに打つ手はない。ソウジロウにはそれが分かっていた。

ならば、そこにソウジロウの意思が介在しないとすれば。

動けぬソウジロウを最も確実に必殺する、魔王の腕による接触攻撃。

混獣《キメラ》がその攻撃手段を選択することを超人の戦闘勘で確信し……

確実に来るその未来に、上空へと逸らし弾いたオゾネズマの手術刀の自由落下を合わせることを可能とする、超絶の技があったとすればどうか。

治承四年。

源頼政《みなもとのよりまさ》方にて奮戦した悪僧、五智院但馬《ごちいんのたじま》の逸話が遺《のこ》されている。

平家《へいけ》方三百騎に対し、宮方は五十騎の橋上合戦。彼は雨の如き平家方の矢の全てを長刀のみで切り落とし、矢切《やぎり》の但馬との異名を取ったとされる。

それは斬れぬものを斬るだけでなく、斬れぬ速さで斬るだけでない。

自らの右脚を切断するほどの悪夢の中でも、柳《やなぎ》の剣《つるぎ》のソウジロウにはそれができた。

オゾネズマを見る。魔王の腕を斬り落としてなお、ソウジロウを遥かに上回る身体能力。狡猾《こうかつ》極まる知性。殺し切れぬほどの無数の命。

それでも、今ならば斬れる。

魔王の腕を切断した手術刀を、ソウジロウは空中で摑む。それが新たな武器だった。

十分だ。

「事故死しかねェ」

ソウジロウは吼《ほ》えた。

「そいつを、ブッ殺すには……！　事故死だ！」

「オ……オオオオオオオオオッ！」

オゾネズマは無数の腕を広げた。

互いに触れるような距離で、二頭の獣が切り結んだ。

だが、たとえ片脚を喪失し、死を目前にしていようと。

斬撃という戦闘領域において、異世界の剣豪は――

短刀はすれ違いざまにオゾネズマの心臓を斬り、一つの神経節を断ち、さらにもう一つの心臓を割った。致死。致死。致死。全てが致死点。

……そこまでだった。ソウジロウの手の中で、薄い手術刀が砕けた。

「――は」

尋常の生物が相手であれば、完全に殺害せしめることができただろう。

装甲そのものの毛皮が阻んだ。鉄の如き密度の筋肉が阻んだ。

何よりもこれまでに積み重なった恐怖と失血の消耗が、ソウジロウの技を阻んでいた。

ソウジロウに非現実的な剣技があったのと同じように、オゾネズマには、非現実的な肉体の強さが存在した。それだけである。

世界逸脱の剣豪は初めて刃を折った。

オゾネズマの前肢が迫っていた。

「……」

べしゃり、と水音が鳴った。

その一撃で、肉が爆ぜて散った。

「ウ、ウウッ……グッ……グ、ウゥゥ～ッ……！」

オゾネズマは曖昧に唸《うな》った。

もう一度、爪が振り下ろされた。次は骨が砕けて、原型が失われた。

「……おい」

立ち上がることもできぬまま、ソウジロウはその様子を眺めている。

そのソウジロウに目をくれることもなく、オゾネズマはひたすらに破壊し続けていた。切り離された魔王の腕を。

「フーッ、フーッ……ウッ、ウウ……グッ……ウ……」

唸り声は震えている。恐怖している。

無敵の獣は、これまでの全ての反動が顕《あらわ》れたかのように憔悴《しょうすい》していた。

もう一度、爪が残骸を打つ。

それはただの死体だ。意味持たぬ肉片と化していた。

「――やっぱ、そいつだったな。そいつがオメェの命だった」

測定不能の〝客人《まろうど》〟すら凌駕する身体能力と、英雄との戦闘経験に基づく戦術、そして地上全生命への必殺の切り札を兼ね備える、最強の混獣《キメラ》。

移《うつ》り気《ぎ》なオゾネズマは真実、恐るべき怪物であった。

だが、さらに恐ろしいものが。

「そんな代物が怖くねェはずがねェ。慣れるなんて、できるはずがねェ。もう分かってんだろうが……オレもオメェも、そいつにビビってたんだよ」

「グ、ウウ……私ハ……私ハ……！」

「……。オメェは……自殺してたな。死のうとして戦ってただろ」

自らを殺し、親しい者を殺す、〝本物の魔王〟の恐怖。

それを取り除くことはできず、逃げることすらできぬ。

自覚できぬままに狂っていく。

「チ、違ウ……！　私ハ偽リノ勇者ヲ殺ス！　ソウスル他ニ償ウ方法ガナイ！　ソレガ、私自身ノ意思……ダッタハズダ……！　ワ、私ハ……！　魔王ノ腕！　コンナ冒涜《ぼうとく》ヲ……！　グッ……ウ……本物ノ勇者ハ……違ウ、違ウノダ……！　スマナイ……オルクト……！」

「オメェの事情なんざ知らねェ……つーの」

ソウジロウは折れた手術刀を前方へと突き出した。

今度は、恐怖に屈することを悟った虚勢ではない。

このまま戦いを続けたとしても、万に一つもソウジロウに勝ち目はないだろう。もはや失血死を待たれるだけで終わると理解した上で、それでもソウジロウが構えたのは、まだ戦うためだ。

戦うために。さらに戦うために。

恐怖という感情を知っても、なお。

「オレは楽しけりゃいい」

「私。私ハ」

オゾネズマは、もはや自覚してしまった恐怖に震えながら、辛うじて絞り出した。

「……降参スル」

「……」

「フーッ、フーッ……貴様ノ……勝利ダ……！　ソウジロウ……！」

誰であろうと、そのたった一つの恐怖に抗うことはできなかった。

魔王の時代を生きていた、地上の誰もがそうであったはずなのだ。

ソウジロウは、地面に飛散した血溜《ちだ》まりを見た。

「……」

オゾネズマがこの試合の勝利を捨てても――あるいはずっと以前よりも、自らの命を捨てながら――ついに破壊した少女の腕は、もはや恐怖を発することはなかった。

◆

試合後。オゾネズマは、獣族《じゅうぞく》用の巨大な馬車に収容されている。

貨車に同乗しているユカが、心配そうに声をかける。

「本当に大丈夫？　すごい怪我だけど、医者が来るまでもちそう？」

「……私ガ医者ダ。肉体ノ傷ナドハ……問題デハナイ……」

「そっか。もう駄目そうなら、遺言でも聞いとこうかって思ったからさ」

今の一戦で魔王の腕の恐怖が及んだ観客の数は決して少なくはなかったが、それらは混獣《キメラ》の異形に対する恐怖であると解釈された。

腕がこの世から失われた今となっては、ユカもオゾネズマが抱えていた真実を知ることはない。

「……ユカ」

「ん？」

「……私ハ……自殺シテイタノカ」

そのような自覚は決してなかった。

オゾネズマは、彼自身の正義に従って動いていたはずだった。


偽りの勇者を許してはおけない。かつて見たあの戦いを知る者は、もはや地上に自分のみだと信じていた。遺された者には、そうする義務があると信じた。

――だが。〝本物の魔王〟の力で勇者自称者を尽《ことごと》く殺し……そうして勝ち上がった後、民の前で全ての真実を暴露したところで、そこに待ち受けるものは何だっただろうか。

オゾネズマの思考が、その後に起こる惨劇に届いていないはずはなかった。

破滅に向かって突き進んでいたのだ。他でもない、自らが死を選んでいた。

自殺。

あの一瞬まで、それを分かっていなかったのか。

「うーん。よく分かんないけど、オゾネズマは頑張ったよ。あんな凄い戦いは見たことないもん。ちょっとでも勝ち目があったならさ、全然自殺じゃないでしょ」

「……ナラバ……〝本物ノ魔王〟ニ挑ムノハ、自殺ダッタノカ？」

「変なとこに話が飛ぶなぁ」

ユカは困ったように笑った。

偶然の成り行きで選ばれた、単に扱いやすいだけの将。オゾネズマにとっては、名目上の擁立者さえいればそれで良かった。それでも、彼が擁立者であったことが幸運であった。

深い疲弊がもたらす微睡みの中で、オゾネズマは言った。

「……ソウジロウハ……事故死ダト言ッタ。アノ恐怖ニ勝ツニハ、事故死シカナイト……」

「まあ、あの魔王が死ぬなんてそれくらいしか考えられないもんなあ。そりゃ名目上は六合上覧《りくごうじょうらん》で勝ち残った誰かが勇者ってことになるんだけどさ……実際戦場に出たこともない市民じゃあ、あの怖さは本当には分かんないよね」

「……違ウ」

オゾネズマは、その顛末《てんまつ》の全てを知っている。

この六合上覧《りくごうじょうらん》に関わる者で、それは彼しか知らぬ真実であるかもしれない。

「〝本物ノ勇者〟ハ、存在スル」

〝本物の魔王〟は、確かに彼の目の前で倒されたのだ。

「……本当ダ……魔王ヲ倒シタ者ガ……コノ地平ニイタノダ……。私ハ……ソレヲ……」

目を閉じる寸前、流れ行く雑踏の中に、その姿を見た気がした。

朦朧とする意識の中に垣間見《かいまみ》た、過去の錯覚であったに違いない。

〝最後の一行〟。

漂《ただよ》う羅針《らしん》のオルクトがいた。移《うつ》り気《ぎ》なオゾネズマがいた。……そして。

「……セテラ……」


これはかつて〝本物の魔王〟に挑んだ者の、一つの結末である。

〝本物の魔王〟は死に、長い旅の果てに、その肉体の残骸も潰《つい》えた。

しかしその過程に何が起こっていたのかを知るためには、今しばらくの時を待たねばならない。

——そしてこれは、一人の勇者を決める物語である。


第三試合。勝者は、柳《やなぎ》の剣《つるぎ》のソウジロウ。

九 ◇ 城下劇庭園地下通路

第三試合の開始からやや時は遡る、客席下に入り組んだ劇庭園通路。

柳《やなぎ》の剣《つるぎ》のソウジロウの試合を目前にして、ユノはその位置で待機を命じられていた。試合前の天候や観客の状況を記録する程度の、取るに足らない仕事だ。

（……こんなことをしている場合じゃない）

軸《じく》のキヤズナの名を目にしたあの時から、復讐のことばかりを考えている。

（あのままでいいわけがなかった。私はソウジロウに復讐すると決めたんだ。あの時……）

だからユノは、ソウジロウをここまで連れてきた。柳《やなぎ》の剣《つるぎ》のソウジロウ以上の強者が現れ得る、この地平で唯一の死地——六合上覧《りくごうじょうらん》。この試合でソウジロウが敗北すれば、彼女はまた一つ、復讐を果たすことができる。ユノにもまだできることがあるのだと信じることができる。

軸《じく》のキヤズナも、必ず彼女の手で殺さなければならないのだから。

（試合はもう始まっているだろうか）

とうに記録を終えた書類を膝に置いたまま、所在なくハーディが戻ってくるのを待っている。

ユノは時計を見る。

（おかしい。すぐ戻るはずなのに……）

待ち続けることができず、巡回の兵を呼び止めて尋ねる。

「失礼します。第二十七将付書記補佐のユノです。ハーディ様は今どちらに？」

「ああ、ハーディ閣下か？」

ユノの問いに、兵も不思議そうな顔で答えた。

「試合が始まる前に劇庭園からどこかに発《た》ったみたいだ。何か緊急の要件があったのかな」

「そんな」

何があったのか。どこへ向かったのか――それは問題ではない。

ハーディにとっても、ソウジロウのこの戦いは政治生命を懸けた一戦であると信じていた。ソウジロウと同様に全てを賭した戦いなのだと。そうではなかったのか。

そうだというのに、緊急の要件とやらでこんなにあっさりと試合場から離れてしまえる。

ましてやユノのような小娘など、その緊急の要件に比べれば、放置しても構わない存在なのだ。

「じゃあ、私は」

記録紙を握りしめてしまいそうになる。意味のない、破滅的な行動ばかりが頭を過る。

分かっていた。逸脱の〝客人《まろうど》〟であるソウジロウと行動をともにして、ハーディから存在を認めてもらえたように思っていても、やはりユノは取るに足らない存在でしかない。

「私は、まだ待機なんですか」

「そんなのハーディ閣下に聞かなきゃ分からないだろ。上の試合でも見に行きたいのか？」

「そういうこと……じゃなくて……！」

この兵士に言い返したところで、どうにもならないと分かっている。

結局のところ、ユノはハーディのこともこの六合上覧《りくごうじょうらん》のことも、何も知らないままなのだ。

「……失礼します！」

乱暴に一礼して、ユノは持ち場を離れる。

(足りない。足りない。足りない)

記録紙もその場に残したままだった。ハーディが戻ってきたら叱責されるに違いない行いだが、彼女にとってはそれどころではなかった。何もかも。

(足りない。まだ、私の復讐には、何も、全然！)

ぐちゃぐちゃになった思考のままで歩を進める。

いつの間にか、入り組んだ通路の奥深くにまで辿り着いていた。

壁の明かりが消えていて、その一角だけが暗い。

「……あ」

足が止まった。ユノと年の近い少女が、目の前の扉から現れたからだ。

この試合場の関係者ではない。

「……」

少女は無言でその場に立って、金色の瞳でユノを見ていた。

(……嘘)

他の何を思うよりも先に、胸を締めつけられるほど美しい少女だった。

「あの、あなたは――」

ユノは、開きかけた口を噤んだ。開いた扉の隙間からは、壁にもたれた兵士が見えていた。意識を失っている……あるいは、死んでしまっているのか。

(そうだ。今私が入ってきたこの通路には……ハーディ様の警備兵がいたはず)

それなのに、ふらふらと進んでいただけのユノが侵入できてしまった。警備兵はどこにいたのか。

ハーディがこの場を離れて、その間に異質な存在がここに潜入していた。

ならば敵だ。ハーディとソウジロウの敵。

ユノの頭の回転は遅くはなかった。遭遇から間をおかず、その帰結に到達することができた。

「あなたは」

「……」

もしも侵入者なのだとして、ユノはこの少女をどうすればいいのか？

少女は武器も持っていないように見える。闇のような黒髪と、ひどく白い肌。

「おい。そこに誰がいる。名を名乗れ」

突然、背後からの声がユノの思考を遮る。

別の巡回兵が近づいてきていた。

(自由に。できる。私は)

遠《とお》い鉤爪《かぎづめ》のユノには、何もかも足りない――けれど、今。

「──遠《とお》い鉤爪《かぎづめ》のユノです！　申し訳ありません……彼女は、私の……ゆ、友人。友人です。客席が埋まってしまっているので、選手通路より観戦できないものか、伺いを立てようとしていたところです。ハーディ様は今どちらにいますか？」

「〝遠《とお》い鉤爪《かぎづめ》〟。ハーディ様の書記か？　場内に部外者は立入禁止。ハーディ様も不在だ！　この持ち場にいた警備兵はどこにいる？　その友人とやらの身分証明は？」

（……駄目だ）

ユノは目を閉じた。何故、この少女を助けようなどと思ってしまったのだろう。

たった今彼女を庇《かば》ったことで、ユノは間諜《かんちょう》の容疑で裁かれるかもしれない。

「──お待ちくださいませ」

少女が口を開いた。兵士の手を取って、小さな印章を見せる。

「許可証がここにございます」

無意味だ。侵入先で奪えるような印章では通行許可証にはならない。それは通行の際に預け、出る時に返すものだ。だからこそ、彼らのような警備兵がここを守っている。

（やっぱりこの子は侵入者だ。どうしてこんなバカなこと……）

「……確認した。許可証だ」

「ご迷惑をおかけしました。行きましょう」

華奢な手が、ユノの手を引いた。

何が起こったのか、歩き出した後ですら分からなかった。

(なんで？　あんな言い訳で納得するわけがない。この子が何かをしたようにも見えなかった。どうして……どうして、私の手を握って)

地上への階段を上る間も、二人は手を離さずにいた。

正確に言うなら、ユノの方は混乱していて、手を離す余裕がなかった。

「あっ、あなた」

上ずった声で、ユノは尋ねた。

「あなたは……何者なの？」

たった一言で兵士を従わせた。彼女はユノが知らないだけで、女王のような途方もない権力者なのだろうか。少女の視線が見つめ返すと、ユノの心はわけもなく騒いだ。

「あの」

少女は申し訳なさそうに目を伏せて、か細い声で言った。

「ありがとう存じます。助けようとしてくださったのですね」

「……いいの。あなた……ハーディ様かソウジロウの敵なんでしょう？」

「……」

「答えづらいならいいよ。私は、遠《とお》い鉤爪《かぎづめ》のユノ。あなたは？」

「……申し訳ございません。ご恩を受けた方に、先に名乗らせてしまいました。私は〝影積《かげづ》み〟。影積《かげづ》みリノーレと申します」

ブラウスも肌も、透き通るほど白いのに、闇に溶けるような儚《はかな》さの少女だった。

その顔が、改めて間近にある。女のユノが見ても、溜息が出るほど美しい。もしかしたら、リュセルスよりも。

（――何を）

顔を背けて、そんな思考を追い出す。

（何を考えてるの、私……！　リュセルスより綺麗な子なんていないんだから。私にとってはリュセルスだけが……そうに決まってるのに……！）

あってはならない。だから、違う。

「どうして、この私を助けてくださったのでしょう？」

「も……もしもあなたが敵なら……私も、ソウジロウを倒したいの」

「……ユノさまは、ハーディさまの書記なのですよね」

「変だと思う？　でも、本当は……私にとっての六合上覧《りくごうじょうらん》は、こんなことじゃなかった。復讐しなきゃいけない。他の何に取り掛かるよりも、先に。こんな……立場に落ち着いて、安心してしまうより早く。何か……何でもいいから、糸口が必要なの。私が、復讐するための」

「復讐……」

今のユノは、強者達の戦いに一矢を報いることすらできない。同じような年の娘なのに行動を起こしていたリノーレに対して、心の中で何かしらの期待を抱いたのかもしれない。

あるいは、それも理由の半分でしかないようにも思える。軸《じく》のキヤズナの名を見た時から、ずっと捨て鉢な気分でいるだけかもしれなかった。

劇庭園の外へと出るまで二人が兵士に見咎《みとが》められることはなさそうだった。

けれど、第三試合が始まる。ユノはその結末を見ることはできないだろう。

少しの迷いと、罪悪感が過った――その時。

「あ」

隣のリノーレが、ふらりと膝を折った。

ユノは思わず肩を支える。淡い花のような良い香りがした。

「ちょっと」

「……ご……ご心配、なく」

「大丈夫？　……走っただけでそんなに疲れたの？」

「……日差しに、弱くて。お恥ずかしいかぎりです……」

リノーレは弱々しく微笑む。ぞっとするような可憐《かれん》さだった。

「外に出てるんだから、もう急がなくて大丈夫だよ。そこの露店で休もう」

「……ユノさまとは、初めてお会いしたばかりです。そこまで良くしていただくわけには……」

「別に、親切でやっているわけじゃないから」

事情を聞かなければならない。少なくとも、それは確かだ。

二人は同じ飲み物を頼んで、露店前の席で向かい合って座った。

「……じゃあ、話してくれる？　あなたが、どうしてあの場所にいたのか」

「あの」

リノーレは、恐る恐るといった様子で口を開いた。

「ユノさまはどうして、そこまでお優しくしてくれるのでしょう。その……私は……ユノさまに危害を加えるつもりかもしれません。まして、ユノさまのお役に立てる保障もございませんのに」

「……どうしてかしらね！　綺麗だからじゃない？」

ユノは不機嫌に言った。不機嫌でなければいけないと思った。

まったく公平ではない。彼女が危うく、不審な存在であることに違いはないのだ。もしも、出会った相手がもっと怪しい老人だったり、恐ろしい大鬼《オーガ》だったりしたなら、こんな風に助けて、興味を抱いたりできただろうか。

「あの」

リノーレは睫毛を伏せた。

――ずるい。綺麗なのが悪い。リュセルスでもないくせに。

「……綺麗……って」

「何か変？　あの場所で何をやってたのか、答えて」

「……え、ええ。ユノさまにご迷惑でなければ、ここでご恩を返させてくださいませ」

少女は、一つの文書を机上に出す。

あの兵士を昏倒《こんとう》させたのは、この文書を奪うためだったのだろうか。

しかし、普及率が低い系統の文字を用いた文書だ。一介の兵が書くものではない。

「天言語《てんごんご》で書かれた文書です。文字による伝達ならば、下の者には読み解けず、その場に本人が居合わせずとも交わせ、筆跡で本人の証明もできます。──これは、ハーディさまかそれに近しい方が、兵を介して重要情報のやり取りを行っていたということかと」

「『〝大脳〟から〝脳幹〟へ。結果如何《いかん》では〝末端切除〟の時期修正の必要有。〝虫〟との交渉を行い──』」

「……！　中身を、読み解けるのですか？」

「まあ……うん。これでも、一応ナガンの学生だったから。天言語なら運良く知ってるの。書いてある内容そのものは……軍の隠語ばっかりで、結局分からないけれど」

「それを」

リノーレが顔を近づけて、同じように文書を覗き込んだ。

長い睫毛。金の瞳。どうしてこんなに美しい少女がいるのだろう。

「……それを、お読みいただけますか！　意味は、私が解読いたします！」

「わ……わかった。あの、少し離れててくれるかな……」

「あっ、ご、ごめんなさい……」

「いや、文字が読みにくくて……それだけだったから。ごめんね……」

何度目かのぎこちないやり取りの果てに、ユノは文書の内容を読み上げ、一方でリノーレはその意味するところを解釈していった。

会話を交わしながら、ユノはリノーレの美貌の中に知性の輝きを見ている。

ユノが知るナガンの学士達の誰よりも、的確な洞察であった。何者なのだろう。

「──つまり、これは」

「ええ。ユノさまが、もしも……ハーディさまの秘密を暴くつもりでいるのなら。これはユノさまが関わるには危うすぎる計画です。これを考えた者の周到さが……信じられません」

リノーレはユノの両手を握った。ユノは言葉を探そうとしたが、できなかった。

「……」

一矢を報いる。それどころの話ではない。

「……感謝いたします、ユノさま。このご恩は、いずれ必ず」

故郷を滅ぼした強者達への復讐。

この地平で最強の存在を決める、六合上覧《りくごうじょうらん》。

取るに足らない、ただの少女に過ぎないユノは、それらの巨大さに立ち向かう手段を何一つとして持ち合わせてはいないはずだった。

だが偶然の出会いが、その可能性をユノに与えてしまった。

一つは、第二十七将ハーディの知られざる計画。

もう一つは、六合上覧《りくごうじょうらん》の裏で謀略を巡らせる修羅の一角。真の名を黒曜《こくよう》リナリスという。

十 イズノック王立高等学舎

キアがイズノック王立高等学舎で学び始めて、大三ヶ月が経とうとしていた。

イータ樹海道《じゅかいどう》という未踏の秘境の生まれであるキアは、今も奇異の目で見られることがある。

このイズノック王立高等学舎も、本来は王族や貴族の子女のために設けられたものだ。市民に教育の門戸を開きつつある黄都《こうと》においても、そこに通う学生は良家の人間《ミニア》が大半を占めている。

森人《エルフ》のキアは彼女の年齢より一回り下の初等部に通っていて、それでも成績はひどく悪かった。

加えて言えば、気難しく傍若無人な気質も変わることはなかった。

しかし。

「キア！　一緒にお昼にしましょう」

「さっきの問題を一人で解いたの、凄かったわ。キア」

正午休憩の時刻になる。今日も、何人もの女生徒がキアの席へと集まってくる。

辺境から訪れた、無礼な森人《エルフ》の少女は、不思議なほどにこの新しい世界に受け入れられていた——少なくとも表面上は、彼女らは友好的だ。

キアは、少女達の一団の中の一人に目を留めた。

「……」

白銀に輝く滑らかな髪。得体の知れぬ深みを湛《たた》える、大きな瞳。

キアは人間《ミニア》の美醜の程度には無頓着だが、それでも、彼女が他の少女とは全く異質な存在感を備えていることは分かる。

名を、セフィトという。

人族《じんぞく》を統べる女王。黄都《こうと》に来たあの日に見た、美しい王宮に暮らすその人であった。

「ねえ」

キアは煩わしげに言う。ここ数日、彼女はずっと機嫌が悪かった。

「女王様、迷惑してるんじゃないの？　あたしと話したいわけじゃなさそうだもの」

――セフィトは、彼女が思い描いていたような女王ではなかった。

セフィトは三つも上のキアよりも遥かに賢く、同級の誰よりも優秀であったが、キアにとっては、理想を裏切るほどに陰鬱で、表情に乏しく、気が滅入《めい》るような少女でしかなかった。

セフィトの大きな瞳の中には、いつも絶望の影がある。

彼女のような者が上に立つ国は、きっと滅びるとしか思えなかった。

キアが黄都《こうと》を初めて訪れた日の、あの夢のような景色の主であるなら、どれほど輝かしく、どれほど人々に幸せを与えてくれるのかと、キアは期待を抱いていたのだ。

「そんなことないわよね、セフィト様？」

「セフィト様は、森人《エルフ》のご学友を分け隔てされたりはしないわ」

「キアさん。女王様は物静かですけど、本当は仲良くしたいと思われているのよ」

セフィトの取り巻き達が執拗《しつよう》にキアを友人の輪の中に引き入れようとしていることも、どこか薄気味悪く感じていた。

少女達の中で孤立したり、虐《いじ》められていたほうが気は楽であったかもしれない。敵がどれだけ多くとも、戦えばキアは無敵の自信があるのだから。

セフィトが、抑揚に乏しい声で言う。

「……ごめんなさいね、キア。よろしければ、一緒にお昼をいただきましょう」

「…………いいけど。女王様が『ごめんなさい』なんて使わないでよ」

あるいは、家庭教師のエレアが裏で余計な気を回しているのではないか、と思うこともある。

エレアが黄都《こうと》二十九官なる偉い役職にいることは、つい最近になって初めて知った。

具体的にどのような仕事をしているのかは知らない。本当にそうなら、何故あのような暮らしに甘んじているのだろうとも思う。

(偉い人なら、楽しそうに暮らしなさいよ。そういうものじゃないの?)

セフィトの一団の塊から距離を取るようにして、キアは彼女らと同じ食堂へ向かっている。帰る家のことは、頭に浮かべないようにする。ますます機嫌が悪くなるからだ。

黄都《こうと》の街には、まだ楽しい物事がいくらでもある。女王の取り巻きではない、新しい友人もいる。

今日の帰りには移動遊園地に行こう。西区画のほうで砂人《ズメウ》の見世物もあると聞いている。それにこの学校の配給食だって、量は少ないけれど、故郷のイータよりもずっと上等だ。

よく煮込まれた豆料理を食べながら、正面のセフィトの様子を見る。

「女王様っていつもそうなの？」

「……何かしら」

セフィトは食事の手を止めた。白い首を小さく傾《かし》げて、キアを見る。

キアは机に肘を突いているし、フォークすら手で握り込むように持っている。

「ずーっと背中を伸ばしたままでいて、疲れたりしない？　女王様の食べかたなら、膝にナプキンを引かなくたって汚れないじゃない」

「そうね」

セフィトは殆ど表情を変えないまま、長い睫毛をぱちぱちと瞬《しばたた》かせた。

「疲れるわ。とても」

「……べつに、女王様がそれでいいなら、どうでもいいけど」

キアは自由でいたいと思う。イータ樹海道で暮らしていた頃と何も変わらない。

周囲の少女達の会話に加わる気にもならない。すぐに、キアの食器が空になる。

(うんざりしないのかしら。他の子が見てる前だと、おかわりもできないし)

「あら？　キアさん、もう食べ終わったの？」

「すごく速いわね」

「別に。あなた達が遅いだけじゃない？」

キアはポケットの中に入れていた小さな果実を、一粒口に含んだ。

女王の取り巻きが怪訝《けげん》な表情を浮かべる。

「あの……キアさん、それは？　食べ物なの？」

「え？　中庭の黄柳草《こうりゅうそう》でしょ。食べるから育ててたんじゃないの？」

「黄柳草……って。食べていいのかしら」

「さあ……？」

イータでは普通のことだった。彼女達にとってはそうではない。

顔を見合わせている少女達を無視して、セフィトの前に果実を置いてみせる。

「……どうせ女王様は、食べたことないでしょ」

「……」

セフィトは沈黙したまま、キアをじっと見つめる。

昏い瞳だ。まるで瞳の奥底に、滅びの光景がいつまでも焼きついているかのような。

王女は薄桃色の実を受け取って、首を少し傾げて微笑む。

「ありがとう。いただくわ」

キアは溜息《ためいき》をつく。食堂を足早に立ち去った。

（……本当は、笑ってなんかないくせに）

◆

山の手の学校からは大きく離れた区画に、キアが暮らす邸宅がある。彼女の家庭教師であるエレアの家で、キアが故郷で住んでいた家の十倍は大きい、綺麗な建物だ。

キアが帰ると、ちょうどその扉から男が出てくるところだった。髪を後ろに撫でつけた、口の大きな男だ。

「よお。キアじゃねェか」

「……最っ低」

キアは全力の蔑みとともに男を睨《にら》んだ。〝日の大樹〟というギルドの首領、灰境《かいきょう》ジヴラート。けれどキアにとっての彼は、エレアの家に我が物顔で居座る暴君でしかない。

ジヴラートが毎日のようにエレアに暴力を振るっていることも、キアは知っている。エレアの家で酒を飲んで、毎日のように金をせびり、無理難題を押しつけ、虐げることを楽しんでいるのだ。

「とっとと出ていきなさいよ」

「ハハ、だから出ていくところだろ？」

キアが授業を受けている間は、いつもこの男がエレアの家にいる。どんな遊びをしていても、食堂で配給食を食べていても、キアはそのことを思い出すたびに不機嫌になった。

「お前が俺を嫌ってるのは知ってるよ。子供には優しくしてやんなきゃな？」

(……卑怯《ひきょう》者)

キアがその場にいるなら、絶対にこの男を叩きのめしている。

けれどキアが学校から帰ると、いつも全部が終わった後だ。

「二度と来ないで」

「そりゃ、あの女の態度次第だなァ。お前からも言い聞かせとけよ、キア。俺に勝ち進んでほしいんなら、ロスクレイより良い条件を出しとけってよ。ハハハ」

「消えて！　本当に消すわよ！」

「あーあー、分かった分かった」

ジヴラートはニヤニヤと笑ったまま立ち去っていく。

子供が好き。そんなわけがない。

今だって、キアは本当に『消えて』と口にしてしまってもよかった。


「……帰ったわよ。エレア」

家の中では、エレアは蝋燭の明かりだけをつけ、散らかった居間を片付けていた。

「今日は遅かったですね。キア」

「……」

エレアの首元にある真新しい痣《あざ》を見て、キアは眉をひそめる。

ジヴラートがやったのだ。この部屋も、エレアの傷も。

勇者候補として選ばれてから、ジヴラートの横暴はますます酷くなる一方だ。

「学校は楽しいですか？」

「……まあまあ、かな」

「何か心配なことがあったら、先生に相談してくださいね」

「別に……心配するようなことなんてないわ。あたしは何でもできるんだから」

キアは目を背ける。心配なことなどない。キア自身には。

けれどエレアの暮らしは、キアがずっと見てきた教師としての姿からは、想像もできないほどに寂しいものだった。

エレアには家族も友人もいない。彼女がキア以外で関わりを持っている者は、勇者候補のジヴラートや、その手下の下劣な連中ばかりだ。

割れたガラスや陶器の破片が床に散らばっている。

今日この家に来ていたのは、もしかしたらジヴラートだけではなかったのかもしれない。

あの〝日の大樹〟の連中まで。

(……ぞっとする)

一体、何が楽しいのだろう。

「エレア。あたし、今日は料理したくないの。外のお店に食べに行こう。片付けは後であたしがやっておくわ」

「ふふふ。本当ですか？　詞術《しじゅつ》で片付けては駄目なんですよ」

「それくらいなら、別にいいじゃない。イータではいつもやってたもの」

とにかく、外に出ていきたかった。ジヴラートの横暴の痕跡を目に入れたくなかった。

どうして、自分より弱い誰かに暴力を振るうことができるのだろう。

ジヴラートのような者は、もしも自分より強い誰かに――例えばキアに同じ仕打ちを受けた時に、文句を言わずに理不尽を受け入れるつもりなのだろうか。

(証拠がなくたって構うもんか。次に会ったら絶対に泣かせてやる)

キアは今のところ、詞術《しじゅつ》を使ってはいけないという言いつけを守っている。前に同じようなことがあった日はエレアの腕の切り傷を治してあげたが、エレア自身からひどく怒られてしまった。

けれど本当に我慢ならないことがあった時、何もせずに黙っているつもりもない。

「エレア、知ってる？　学校の近くのお店で、リチアの魚料理を出しているの」

エレアの傷を気にしていないように装いながら、キアは話し続ける。

「ちょっと高いかもしれないけど……新鮮な魚なんて、女王様だって毎日は食べられないわ！」

「もう……すっかり出かけるつもりになってるんですから」

「行こうよ、エレア」

靴を履き替える。イータで暮らしていた頃とは大違いの、小さくて可愛《かわい》らしい見た目の靴。

エレアに買ってもらったものだ。

「劇場に寄り道しませんからね」

「分かってるわよ」

二人で通りに出る。

黄都《こうと》の街はいつも騒がしくて、人が多い。これだけの人がいて、眠る時にちゃんと街の建物に収まっていられるのか、いつも不思議な気持ちになる。

「……ねえ、エレア。今度、家に友達を連れてきてもいい？　その方がきっと楽しいわよね」

「楽しい？」

「だってエレア、寂しいでしょう？」

エレアは何故か、驚いたような顔をする。キアから視線を逸らして、別のことを話した。

「……連れてくるのは、学校のお友達ですか？　キアは、女王様とも仲がいいんですよね？」

「ううん。貯水池の方の広場で知り合った子。六人で木登りの競争をして、あたしが一番速かったの。詞術《しじゅつ》も使わなかったわ」

「それは多分、軍人さんの子供達ですね。あの近くには黄都《こうと》軍の家族寮がありますから」

「……軍人」

言われてみれば、あの日に遊んだ友達も父親のことを自慢していた。

その子の父は第二十七将ハーディからの覚えもめでたい立派な兵士で、旧王国主義者を相手に勇敢に戦って、占領されたトギエ市を解放したのだという。

「授業でも教えたでしょう？　黄都《こうと》は元々〝本物の魔王〟から人族を守るために作られた最後の拠点でしたから……市民も軍に関わっていることが多いんです。いつもキアが通ってるパン屋の店主さんの子供は二人とも軍人ですし、学校の先生にも軍属を兼ねている方はいますよ」

「ふーん……知らなかった。そうなんだ」

黄都《こうと》の軍。少し前のキアなら、無関係な話として聞き流していただけだったかもしれない。

「エレアにも軍人の友達がいるの？」

「……。そう見えます？」

太陽は沈みかけて、天頂を夜が覆っている。

エレアは路地に立ち並んだガス燈《とう》の切れ目に差し掛かっていて、その微笑みにも影が差しているように見えた。

「エレアも二十九官なら、一人くらい……その、軍人の知り合いもいるんじゃないかなって」

「何か気になることでもありましたか？」

「ん……」

別に、大した話ではない。ただの噂に過ぎないからだ。

「黄都《こうと》軍は――イータの森を攻めたりしないわよね？」

「……」

学校で耳にしただけの、ただの噂だ。それが本当の話であるなら、本来はキアのような子供の耳に入ることもないのかもしれない。

「別に、先生がそういうことを話し合ってただけなんだけど……黄都《こうと》を維持する資源を、どこかから取ってこないといけないって。イータは魔王に荒らされていないから、都合がいいって」

その場でキアが教師達に問《と》い質《ただ》せば、話の真偽もはっきりしただろう。けれど、もしもそれが本当だったとして、キアはどうすればいいのだろうか。

「……確かに、そういう話が議会で出たことはあります」

「……！」

「でも先生はイータで暮らして、実際にそこで生きている皆の様子を見て……そんなことはさせたくないって思ってます。先生は軍の動きに口出しできる立場じゃないですけどね。でも黄都《こうと》の方針とは関係なく、そう思うんです」

「でも……もしそうなら、できることなんてあるの？」

「ええ。六合上覧《りくごうじょうらん》で勝てば、皆を助けられますから」

――勝てば何でも願いが叶《かな》う。

キアがこの黄都《こうと》を初めて訪れた日に聞いた言葉だ。

（そうか。ジヴラートが、エレアの勇者候補なんだ）

だからエレアは、暴力を振るわれることも我慢して、六合上覧《りくごうじょうらん》の試合に勇者候補を立てようとしているのだ。キアの故郷を救うために。

「でも……あんな奴に助けてもらいたいなんて、あたしは思ってないわ。それにあたしの故郷のことは……別に、エレアには関係ないじゃない」

「関係なくなんてありませんよ」

エレアの手がキアの頭を撫でる。

イータで家庭教師をしていた頃はいつもお互いに反発して、まるで姉妹みたいに喧嘩《けんか》ばかりしていたのに、黄都《こうと》に来てからエレアはすっかり優しくなってしまった。ここの暮らしの寂しさのせいで、弱々しくて、元気がなくなってしまった。

「キアは先生の生徒ですからね」

「……も、もしも！」

大通りを馬車が通り過ぎていく。

軍の車だ。黄都《こうと》では兵士達が日常に馴染《なじ》んでいて、どこでも見かける。

「もしも本当にイータが攻められても、あたしは……あたし一人で、黄都《こうと》軍にだって勝てるわ。イータをあたしが守るの」

「ええ。そうできるかもしれませんね」

「そうよね？　だって、あたしが『吹き飛べ』って言うだけで、何万人が一度に来たって、風で飛んでっちゃうもの。炎で破裂させたっていいし、地割れに飲み込ませちゃってもいいわ」

それは決して、子供の大言壮語ではない。

キアはそんな大言壮語すらも現実にできる。天候を一言で変えることも、無限の軍勢を瞬きの間に消し去ることも。そんな全能の力を、彼女は生まれつき与えられている。

「……」

「ふふ。分かってますよ。キアは、そんなことしませんよね」

「……知った風なこと、言わないでよ」

黄都《こうと》軍の兵士の一人一人に、もしかしたら家族がいるかもしれない。キアの友人や、パン屋の店主のような。キアには想像もできないような多くの関わりがあるかもしれない。

（黄都《こうと》軍と戦うなんて）

何一つ関係ないと断じてしまうには、キアはこの黄都《こうと》で過ごしすぎた。

それに――イータを守るために軍隊を殺し尽くしてしまった時、故郷の皆はそれまでと同じようにキアを可愛がってくれるだろうか。たくさんの人を殺したキアを。

「キアは優しい子ですよ。それは無敵であることより、ずっと価値があるんです。先生は、そう信じています」

「……」

空を見る。二つの月が夜空に出ているはずだったが、厚い雲に遮られてそれは見えなかった。

『晴れて』と呟きそうになる。故郷でいつの日か、気まぐれにそうしたように。

（あたしは、無敵）

ただ一言で、あらゆる意思を現実に変えることができる。

今履いているこの靴だって、キアが望めばいくらでも作ってしまえる。

キアを脅かす敵はこの地平にはいない。どんな脅威が立ちはだかったとしても、キアの詞術《しじゅつ》はそれを排除してしまえる。

（……でも。本当にそこまでしなきゃいけない『敵』が、どこかにいるの？）

六合上覧《りくごうじょうらん》への時は進み続ける。

絶対《ぜったい》なるロスクレイと、灰境《かいきょう》ジヴラートが戦うのだという。

◆

その日の夜。

エレアは、キアと暮らしている邸宅とは別に、他者の名義で部屋を持っている。連絡員からラヂオを介した報告を受けるための部屋だ。

「キアは上手くイータ攻めの情報を聞きつけたようです。こちらでも確認が取れました」

〈――それは良かった。もし効果がなければ本人に直接伝えようと思っていましたが、思った以上に勘のいい子で助かりました〉

通話相手は、イズノック王立高等学舎の教師である。少なくとも表向きの立場は。

「任務は以上です。六合上覧《りくごうじょうらん》の終了まで連絡は断ち、潜伏に徹すること。よいですね？」

〈了解しました。それではエレア卿。また、いずれ〉

エレアは通話を切る。

王女セフィトへの接近が許される数少ない場であるイズノック王立高等学舎内に潜伏しているエレア配下の工作員は数多い。日常的にやり取りされる会話や物品を介して指令を実行し、その達成ごとに報酬を支払うだけの関係だ。与えられた指令について詮索することもない。その内の一部はセフィトの取り巻きとして、キアを王女に接触させようとも試みている。

先日、対戦組み合わせも決定した。全てが、彼女の画策通りに推移している。

イータ侵攻についての情報は、エレアが意図的にキアに流したものだ。最初は些細《ささい》な疑念の種であっても、一度植えつけてしまえば、子供であるキアがその恐れを取り払うことは難しい。

「……使える資源は、目に見えるものだけじゃない」

黄都《こうと》諜報部門統括――第十七卿、赤《あか》い紙箋《しせん》のエレア。

いずれイータ襲撃作戦が実行されるのだとしても、その責任者は彼女自身だ。今後のキアの動き次第で、部隊を動かすことも、止めてしまうこともできる。

そしてイータが襲われるという情報自体をも、資源として利用することができる。キアが故郷を守る道筋を、そうしてただ一つに絞り込んでいく。

首筋の痣を撫でる。ジヴラートに殴られた痕。

けれどそうした暴力を被ることも、エレアは承知の上だ。

（大丈夫。私は、母さんとは違う）

灰境《かいきょう》ジヴラートもキアと同様に、彼女の策謀に必要な駒の一つである。品性に劣る者であるほうが動かしやすく、いずれ切り捨てる時に、一切の未練を持たずに済む。

――ロスクレイより良い条件、とジヴラートは言った。

（ジヴラートは既に、ロスクレイ陣営の調略を受けているはず。六合上覧《りくごうじょうらん》でのロスクレイの動きは私が予想していた以上に慎重で、徹底的だ）

ジヴラートは第一回戦を安全に敗退することで、勝利以上の報酬を受け取ることになる。最強の騎士を相手に渡り合ったという経歴の箔付《はくづ》けを行うつもりだろう。

それは〝日の大樹〟の評価にも繋がり、ロスクレイ陣営との繋がりを得た彼は、今後黄都《こうと》で活動する上での安定した基盤を手に入れることができる。

（賢《さか》しい。そこまで考えてほしいわけじゃなかった）

エレアにとってのジヴラートの役割は、初戦でロスクレイとの対戦を組むための囮《おとり》だ。ジヴラート以上に愚かな――絶対《ぜったい》なるロスクレイに挑んで、本気で勝利できるつもりでいる者は他にいたのかもしれないが、準備期間が限られていた中、十分な知名度と戦力を備えたジヴラート以上の適任者は、エレア独力では見つけることはできなかったであろう。

六合上覧《りくごうじょうらん》が始まるその時まで、味方はいない。ただ一人で戦わなければならない。

（もしも既にロスクレイと組んでいるなら、ジヴラートは試合前に捨てる方針に変更しないといけない。最初の試合には勝たないと……ロスクレイだけは負けさせないといけない……）

それがたとえ表向きの建前であろうと、黄都《こうと》二十九官は、本来はただ一人の勇者候補だけを支持している。第二将、絶対《ぜったい》なるロスクレイだ。

ロスクレイを真っ先に潰すことで、最大の派閥をこちらに取り込む。それがエレアの狙いだ。

（謀略に費やせる力の総量があまりに違いすぎる、私が六合上覧《りくごうじょうらん》を勝ち抜けるのはせいぜい一回。だけど第一回戦――ロスクレイを最初に倒してしまえば、その後はロスクレイ陣営の第二回戦以降の計画を乗っ取ることができる。誰が勇者に相応《ふさわ》しい力を持つのか。最後に誰を勝たせるべきか。その位置に、ロスクレイではなくキアを据えてしまえばいい）

十六名の候補が半分に絞られる第二回戦からは、女王が直々に六合上覧《りくごうじょうらん》を観戦する。そして女王からの一言があれば、黄都《こうと》が立てるべき勇者候補など簡単に覆る。

そのために、女王とキアを近づけようと画策もしているのだ。

圧倒的な力は、既にエレアの手の内にある。後は後ろ盾だけを手に入れればいい。

(私には〝世界詞《せかいし》〟がいる。誰一人、想像上ですら辿り着いていない切り札が)

もう一度、首筋の痣を撫でる。

エレアのこの傷を心配して、外に連れ出そうとした。あんな小さい子供が。

……大丈夫だ。キアは十分にエレアに信頼を寄せていて、決して疑うことはない。自分が陰謀に巻き込まれつつあるとは、夢にも思っていない。

――だってエレア、寂しいでしょう?

(大丈夫)

窓の外で瞬く星空の光を隠すように、エレアは瞼《まぶた》を閉じる。

エレアはずっと一人だった。誰も信用する必要はない。

六合上覧《りくごうじょうらん》の試合が始まる前に、一人で、全ての陰謀を整える。

(まずは、ロスクレイ)

暗闇の先にこそ、きっと光がある。

十一　クジャシ自然公園

夕暮れの公園。厄運《やくうん》のリッケは既に何回目かになる説明を繰り返した。

「敵はいつも正面にいてくれるわけじゃない。視界の端でも注意を払うんだ」

「うん！」

話を聞いているのは、魔法《まほう》のツーである。彼女はいつも、返事だけは良いのだが。

「慣れないうちは腕とか目線とかじゃなくて、全体の輪郭で捉える。動き出しの時には必ず輪郭の形が変わるから、その後にどんな動きが来るか、経験で摑むんだ」

「うん！」

「……本当に分かったよな？　こっちじゃなくて、あの木の方向をよく見てろよ」

「うんーっ！」

バチン、と空気が割れる。リッケの矢は火薬を用いた銃弾よりも速い。

ツーは腰で仰《の》け反《ぞ》って避けた。

「やった！」

「違う違う！　違うって！　やっぱり分かってないだろ！　今のは見てから避けたやつだよな!?

それじゃ駄目なの！」

「何が違うんだよ！　避けてるじゃん！」

「予兆で避けるのと見てから避けるのとじゃ、ぜんぜん違うんだって。避けられない攻撃も避けなきゃいけないんだ。身を躱す時間に余裕がないと、次の動作にも移りにくくなる。だから防御にも攻撃にも、予兆で避けるのが大切なんだ」

「でも、ぼくは当たっても大丈夫だし」

厄運《やくうん》のリッケは、額を押さえて天を仰いだ。

「ツー。避けるための訓練なんだからさ……」

半日がかりの訓練の成果はほとんどなかったと言っていい。

無論、リッケは彼女の自信の源を承知している。魔法《まほう》のツーは無敵だ。彼女を打倒し得る手段が、この地上に存在するとは思えない。

それでも――絶対《ぜったい》なるロスクレイ。星馳《ほしは》せアルス。冬《ふゆ》のルクノカ。この地上の英雄の数々を思えば、リッケの想像も及ばぬ必殺の一手がどこにも存在しないと言い切ることはできない。

……ならばツーにはせめて、並の戦士の技術を与えられないか、と思う。

ツーが身体能力のみでリッケの矢を回避できるのなら、そこに一通りの技術を上乗せするだけで、正しく真の無敵を名乗って余りある存在となるであろう。

「……ツー。勝ちたいか？」

「うん」

「なら、考えなきゃだめだ。ツー以外の奴らは、皆必死で考えてる。見て、動いて、全部の力で戦ってる。命がかかってるからだ。考えてないのは、ツーだけだ」

「……わかってる。でも、本当にできるのかな……？　……生まれつき頭がよくないと、英雄になれないかな。ぼくはやっぱり……リッケやクラフニルみたいには、なれないような気がする……」

「練習あるのみだ。反省は明日活《い》かせ。今日はもう日が暮れる」

「……ぼく、まだやれるよ」

「俺が疲れてるんだ」

リッケは苦笑した。無限の体力を持つツーに合わせて稽古をつけることは、何よりもリッケ自身の稽古になってしまっている。

魔法《まほう》のツーは完全無欠の存在であると同時に、あらゆる方向に伸び代が開かれた原石でもある。ならばここから先、ツーの強さはどれだけ伸びるだろうか。

(……もしかしたら、変わらないのかもな)

最近ではそうも思っている。諦観のようでいて、ある種異なる感慨として。

精神も肉体も変わらずあることは、ツーにしか持ち得ぬ強さなのかもしれなかった。

「じゃあ、また明日ね。リッケ」

「ああ。フリンスダ様によろしく言っておいてくれ」

◆

夜。黒檀《こくたん》製の馬車が巨大な鉄門を潜る。高級住宅地が密集する黄都《こうと》の山手にあって、この邸宅は一際大きい。

馬車から降りた婦人も、歌劇の歌手めいて横幅が大きかった。

指先の装飾の一つに至るまで丁寧に計算された出《い》で立《た》ちは、むしろ肥満体であることで優美な印象を与える。名を黄都《こうと》第七卿、先触《さきぶ》れのフリンスダという。

彼女は黄都《こうと》の医療部門を統括する長でありながら、自身にも周囲にも財を惜しまぬ、黄都《こうと》有数の資産家でもあった。

「あーらあら、まあ！」

庭の様子を見て、フリンスダは驚きの声を発した。

花の色ごとに列を成して邸宅を取り巻いていた花壇が、無残に破壊されている。生垣が一つ中ほどで丸ごと切り倒されており、その隣の生垣にも引き裂いたような斬撃痕があった。

その下にはねじ折れた刈込鉈《なた》がうら寂しく転がっており、この光景を作り出すに至った凶器は明らかである。

「ツーちゃん！」

そしてフリンスダは、玄関前で膝を抱えてうなだれている少女をも発見した。ひどく落ち込んでいるようで、栗色の三つ編みすら萎《しな》びている。

「フリンスダ……ごめん……。ぼく……手伝いたくて……庭師さん、今日はお休みだって聞いたから…………」

「まあ！　庭のお手入れをしてくれたの？」

「毎日見てたのに……同じようにやったのに……」

「ツーちゃん……いつもいつも言ってるけれど、あなたってば」

大きな体がツーを抱きしめ、頭をわしわしと撫でた。

「もぉぉ～ッ！　本当に良い子なのねェ～ッ！　ホホホホホホ！　よーしよしよし！　自分からお手伝いしようなんて、とてもいい心がけよ！　それだけで十分っ！　お片づけに構うことなんてないから、早くお風呂に入りなさい。お夕食も用意させますからね。素敵なツーちゃん！」

「う、うん……！　うん！」

六合上覧《りくごうじょうらん》においてフリンスダは、当代最高の詞術士《しじゅつし》である真理《しんり》の蓋《ふた》のクラフニルを勇者候補として擁立する予定にあった。ツーはその枠を、横から貰《もら》い受《う》けただけの立場に過ぎない。

だが、この第七卿は己の財を愛するのと同じく、財を生む勇者候補者を愛した。

故にツーは、本来ならばクラフニルが受けていたような援助を惜しみなく受けている。

例えばツーがこの邸宅に訪れてからは、専属の調合師が炊事場に立っている。浴場も家中の者が使うものとは別で、ツーが訪れてから増築されたものだ。種族不明の彼女は、人族《じんぞく》同然か、それ以上の待遇を受けていると言ってよかった。

（フリンスダは、やっぱり優しいな）

フリンスダの言いつけ通りに、ツーは風呂場へと向かっている。

（たくさんお金があるからなのかも）

脱衣所で衣服の結び目を解き、スカートと下着も脱いで、豊かに発育した裸体を露わにする。最初の数日は戸を閉め忘れることすらあったが、今は言いつけ通りの手順で入浴できる。

いつも通りに三重構造の扉を閉めて、ツーは一つ目の浴槽を見た。

「今日は水色のお風呂だ……」

均整の取れたツーの裸体を、夜の外気よりも僅かに寒い気温が撫でる。しかし寒暖の感覚が彼女に苦痛をもたらすことはなく、事実それで傷つくこともない。

白い素足が階段を下り、脚は波紋を残して水中に沈んでいく。フリンスダからはいつも、肩まで浸《つ》かるよう言われている。

ややあって、浴場の外から声がかかった。

「ツーちゃん！　もう入ったの？」

「うん。今日のお風呂はなーに？」

「青酸よ」

――僅かな青みを帯びた液体は、左葉草《さようそう》の根より抽出したシアン化合物である。

気化成分のみで虫獣を容易に殺傷する猛毒の中にあって、魔法《まほう》のツーの肌は傷一つなく、水を弾

く美しさを保ったままだ。

「青酸でも平気だなんて、やっぱりツーちゃんは凄いわねェ～。とーっても素敵！　本当に強くて良い子だって、あたしから議会にしっかり伝えておくわねェ」

「え、えへへ……そうかな……！　別に、こんなの生まれつき平気なだけだし……」

ツーは照れて、口まで湯船に沈めた。致死の液面にぶくぶくと泡が浮かぶ。

……増設されたこの浴場は、フリンスダにとっての新たな勇者候補の能力限界を測るための、実験室に他ならない。ツーのために雇われた料理人や調合師も、同様にして魔法《まほう》のツーの際限のない耐久性を日夜試験している。

熱湯。水銀。各種劇物。ありとあらゆる種別の攻撃への耐性をフリンスダは記録し、素性も得体も知れぬ候補者の客観的な強度の記録を取り、更新し続けている。

目的は一つだ。彼女は己の財を愛するのと同じく、財を生む勇者候補者を愛する。

「上がったら、新しいスープも用意してるわ！　カイディヘイから取り寄せたの！」

「わかった！　でも、もうちょっとお風呂に入ってるね」

魔法《まほう》のツーは何事もなく死の湯水を出て、扉を一つ隔てた二つ目の浴槽へと向かった。こちらは毒物を洗い流すための、通常の湯だ。

寒暖や刺激の有無を感じとることができても、ツーはそれに伴うべき強い苦痛を覚えることはない。その感覚が遮断されている。

それでも、いつも一番目の風呂よりは二番目の風呂のほうが彼女は好きだった。

「えへへー……あったかい」

清浄の湯に体を沈める。浴槽の縁に頬を乗せて、幸せに目を閉じる。

黄都《こうと》は素晴らしい街だ。〝最後の地〟に蔓延《まんえん》していた、恐怖や暗闇はない。温かく、美味《おい》しく、楽しいものに溢れている。何よりも、たくさんの人がいる。フリンスダがいて、リッケやクラフニルもいる。救貧院の子供達とも友達になれた。

……そして。いつかあの時出会った、王女セフィトに。

「お風呂、好きだな」

正体不明の〝魔王の落とし子〟。彼女には幸福を受容する能力がある。

どのような境遇にあろうと、善なる世界を信じる。

十二　第四試合

絶対《ぜったい》なるロスクレイが戦う、第四試合。六合上覧《りくごうじょうらん》の対戦表は、無論彼が仕組んだものである。

――対戦表決定から遡ること小二ヶ月。

黄都《こうと》に数多くある市民公会堂の会議室である。市民にも広く利用されている施設だが、政治決定を左右する重要な会合がこの一室で行われていると想像する者は少ない。

その日、会議室に集った者は七名。筆頭は絶対《ぜったい》なるロスクレイである。

彼は几帳面《きちょうめん》に室内を清掃し、燭台《しょくだい》には真新しい蝋燭を立てて、会議の参加者を迎えた。

「おや。これは私が最後ですかな」

穏和な印象を与える老人の名は、黄都《こうと》第十一卿、暮鐘《ぼしょう》のノフトクという。

〝教団〟管轄を担い、六合上覧《りくごうじょうらん》においては通《とお》り禍《か》のクゼの擁立者でもあった。

「ええ、第十一卿。すぐに始められますが、少し休憩を挟んだほうがよろしいですか？」

「いやいやぁ……お気になさらず。遅れてしまったのは私が悪い。ええ。遅れた言い訳なのですが、道中子供にパンをあげていたというか……いえ。始めてしまってください。第二将殿」

ノフトクは気まずそうに頭をかいて、空いていた椅子へと座る。

「では、単刀直入に」

片眼鏡をかけた老人が、まず口を開く。

イズノック王立高等学舎工術《こうじゅつ》専攻一級教師、骨《ほね》の番《つがい》のオノペラル。

ロスクレイの戦闘においては、直剣生成の工術支援を担当する。

「そろそろ対戦表を決定せねばならない頃合ですな。猶予はあまり残っておりませんぞ」

「一番の問題は、千一匹目《せんいちひきめ》のジギタ・ゾギを擁立しているダントの野郎ですかねェ」

針金のような体躯に、乱杭歯《らんぐいば》の男。黄都《こうと》第九将、鏨《たがね》のヤニーギズ。

トギエ市旧王国主義者制圧の際、荒野《こうや》の轍《わだち》のダントとともに北方方面軍を担当していた将である。

「一向にこちらの調略に乗る気配がありません。ダントの野郎はもう、オカフ自由都市にすっかり取り込まれていると考えた方がいいですよォ。少なくとも、対戦表はロスクレイとは別の組にするべきでしょう……あるいは対戦前に、ヒ、やってしまうか」

「駄目だ。ダントは女王陛下のお気に入りなんだろ？」

濃い色眼鏡をかけた褐色肌の男。黄都《こうと》第二十八卿、整列《せいれつ》のアンテル。

ロスクレイの戦闘においては、剣の軌道を操作する力術《りきじゅつ》支援を担当する。

「見方を変えれば、ダントがオカフの軍勢を抑え続けているとも見れる。ダントが奴らを引き入れた時点で、我々にも全面戦争の道はなくなったのだ。如何にこちらに有利な条件でオカフを解体し、黄都《こうと》に取り込むか。それが今後の道だ」

「……結局のところ。厄介な擁立者と当たる可能性は回避せねばなるまい……」

厳格な印象を与える禿頭《とくとう》の男。黄都《こうと》王室主治補佐、血泉《けっせん》のエキレージ。

ロスクレイの戦闘においては、ロスクレイ自身を強化する生術《せいじゅつ》支援を担当する。

「擁立者の脅威度が高い窮知《きゅうち》の箱《はこ》のメステルエクシルや地平咆《ちへいほう》メレに関しては、ロスクレイとは別の組に置く。そうしておけば、前半四試合の対戦表に大きな口出しをしてくることもあるまい。向こうの謀略は向こうの組で、好きにやらせておけば良いだろう……」

「別の組……後半四試合に振り分けるかどうか、というなら」

薄い眼鏡をかけた、鋭利な眼光の男。黄都《こうと》第三卿、速《はや》き墨《すみ》ジェルキ。

この六合上覧《りくごうじょうらん》を最初に仕組んだ、黄都《こうと》改革を望む文官である。

「〝教団〟の推薦枠をこちら側の組に入れるべきか否か。第一回戦に関わることですから、それを本日決定しておきたいところです」

「そうですなぁ……まぁ、私の見立てで言えば……ですが」

ノフトクは口を開く。彼には、そうした情報収集の役割が期待されている。

故に、既に通《とお》り禍《か》のクゼに対しては暗殺者を送り込み、戦闘能力の検証を行っていた。

「――第二将とクゼを当てるべきではありませんな」

星馳《ほしは》せアルスに対する、鎹《かすがい》のヒドウがそうであるように。

暮鐘《ぼしょう》のノフトクもまた初めから、自らの擁立候補を敗退させるための擁立者である。

「通《とお》り禍《か》のクゼの関わった過去の戦闘の調査が、まぁ……おおよそ終わりまして。一言で言ってしまえば、不気味ですなぁ。彼の周囲で起こる死には原因がない……」

「過去の事例だけでなく、どのように戦闘するかを観察したほうがいいのではないか？　クゼ自身には大した技量もないのだろう」

「はぁ。既に行いました」

ノフトクは何枚かの写真を卓の上へと並べる。

全ての写真に映っているのは、ノフトクが送り込んだ暗殺者達の死体だ。彼らの検死結果は例外なく短刀の刺傷を示している。肩。腹部。脚。

「……このように。まぁ……腹部の一人以外、致命的な位置ではないようで」

「にも関わらず……その傷の一撃で殺されている、と」

「今一度。私の見立てを申し上げますと……クゼの力は極めて不気味です。結果以上に因果が、というか……クゼ自身が触れていなくとも、突然死としか言いようのないかたちで死んでしまうのです。第一回戦では、むしろ第二将がもっとも避けるべき相手でしょう……。よって初戦に当てることはできません、というご報告でした」

――通《とお》り禍《か》のクゼ。

ロスクレイの第一回戦の対戦相手として、〝教団〟の候補者は相応しいと目されていた。

ロスクレイをはじめとした改革派が黄都《こうと》の体制を変えていく上でも、第二将が〝教団〟の聖騎士を討つ対戦を序盤の試合で民に見せておくことが、新たな福祉機関設立の必要性を民に強く印象づけ、制度改革を円滑に進める見込みがあったかもしれない。

しかし同時に、ロスクレイに敗北は許されない。そして彼は特別な能力を持たぬ、ただの人間《ミニア》に過ぎないのだ。ごく僅かな可能性であっても『事故死』の可能性を孕《はら》む限り、その危険を全力で回避し続けなければならない。

ロスクレイは端正な顔立ちを崩さぬまま思案し、ノフトクへと礼を述べた。

「……分かりました。ありがとう、ノフトク卿。しかし有益な情報です。通《とお》り禍《か》のクゼは別の用途の駒として使うとしましょう」

「はぁ……すると、どのように」

「魔法《まほう》のツーを実験します」

ロスクレイが目配せをすると、机の向かいのジェルキが分厚い書類の束を取り出した。

この分量にして、五日分の記録だ。当該の知識を有する書記を雇い、それだけの膨大な文字記録を残すことができる力の余裕が、これを記した者にはあるということになる。

「フリンスダ卿が事前資料としてこちらに寄越してきた、魔法《まほう》のツーの実験記録です。ツーが保有する能力についての検証とともに、実際の戦闘能力の見積もりについても、詳細に記されています。フリンスダ卿らしい正確さだ」

「それでツーを戦力としてこっちに高く売り込もうってわけですかァ……」

ヤニーギズが書類を一瞥する。二十九官でありながら、彼は文字を読むことができない。

「いいんじゃないですかねェ。金で動く相手なら信頼関係は分かりやすいでしょう」

「いいえ……それは早計かもしれない。ヤニーギズ」

ロスクレイが遮る。

「平時に金で動く相手だからこそ、そうでない相手よりも警戒と調査を徹底する必要があると思う。既に金で雇われている可能性があるわけだからね。フリンスダ卿は有力な協力者となり得るものの、容易に内側に引き入れたくはない。早期に敗退してもらった方が憂いのない相手と見た」

「なるほど？　しかしこの記録を見る限り、魔法《まほう》のツーは確かに無敵です。ヒヒ、溶鋼を浴びせても死なないときました。容易く殺せる相手でもない……」

「──そう。だからこそ、通り禍《とおりか》のクゼを使う」

ありとあらゆる攻撃に対して不死身であるとされる、魔法《まほう》のツー。

ならば、因果不明の手段で敵対者を必殺する通り禍《とおりか》のクゼの攻撃はどうか。

対戦表で両者の試合を仕組めば、必然的にこの二名を殺し合わせることが可能だ。

ロスクレイは告げた。

「クゼ及びツーを後半四試合に送ります。私とは別の組、それもなるべく早い試合で、この両者に対戦をしてもらう。魔法《まほう》のツーがこの試合を生還すれば、彼女の戦力は本物と見ていいでしょう。そのように事が運んだなら、その時こそあらゆる手段を尽くし、徹底的にフリンスダ卿および魔法《まほう》のツー本人を買収します。魔法《まほう》のツーを試合の外で動く遊撃手として、六合上覧《りくごうじょうらん》全体を制する」

「ならば、通り禍《とおりか》のクゼが勝利した場合はどうなる」

アンテルが問うた。ロスクレイは言葉を続ける。

「緊急性がない限りは、向こうの組で順当に勝ち進んでもらい、危険因子を処理してもらいます。必殺の始末屋であるということは、軸《じく》のキヤズナや冬《ふゆ》のルクノカのような脅威とぶつけたとしても、相手を必ず排除できるということでもありますから」

「クゼを緊急に処理しなければならない状況があるかもしれない。例えば通《とお》り禍《か》のクゼの黄都《こうと》への敵対が確定した場合」

「……その時は、第十一卿に行動してもらいましょう」

「はぁ」

第十一卿ノフトクは、気の抜けた相槌《あいづち》を返した。

「処理するだけなら、まあ。確かにクゼは無敵かもしれませんが、弱点は明白すぎますので……」

ロスクレイは小さく頷く。通《とお》り禍《か》のクゼを最終的に排除できる算段がある限り、対戦表の組み合わせ次第では、むしろ利用して試合を進めることができる。それもまた運営者の特権だ。

暗殺者を用いることができる者は、雇い主のみであるとは限らない。

「それを踏まえて、別の問題が出てきます」

この第一回戦を確実に勝利すること。それはロスクレイにとって何よりも重要な問題だ。

初戦に当たるべき、第二候補の可能性を検討する。

その候補もまた、幾許《いくばく》かの問題を孕んでいることに変わりはない。

「――灰境《かいきょう》ジヴラートをどうするべきか」

灰境《かいきょう》ジヴラート。ヤタガ炭鉱都市にて自警団紛《まが》いの活動から成り上がった、ギルド〝日の大樹〟の長。〝本物の魔王〟の時代の混乱の中、彼らは仕事を選ばずに成果を挙げ続けた。そしてその力が認められ、ついに勇者候補として黄都《こうと》入りを果たした経緯を持つ。

今の彼らは慈善活動や盛り場の用心棒業等を生業にしているとされるものの、その性質は本質的には傭兵ギルドほどの秩序もない、暴力集団だ。

黄都《こうと》で名が知られているという点では、六合上覧《りくごうじょうらん》の他の候補者に劣るものではない。だが、実力に関して言えば――星馳《ほしは》せアルス、地平咆《ちへいほう》メレ、冬《ふゆ》のルクノカといった最強格の怪物には当然及ぶべくもなく、単体の実力では明確に下位に位置する絶対《ぜったい》なるロスクレイや奈落《ならく》の巣網《すあみ》のゼルジルガ、千一匹目《せんいちひきめ》のジギタ・ゾギと比べてすら劣る。

第一回戦、ロスクレイの初戦の相手としては、何よりも好都合な候補者であった。

……よって会議の面々が彼に抱いている危惧も、ジヴラート本人に対するものではない。

その背後に立つ、擁立者への危惧である。

「……第十七卿。赤《あか》い紙箋《しせん》のエレア」

腕を組んだまま、アンテルが独りごちる。

「問題は彼女が信頼に値するかどうかとなるな。第十三卿や第二十七将にも劣らぬ陰謀屋だ。可能であれば対戦表では遠ざけておきたい。擁立者を直接味方に取り込めることがこちらの優位。勇者候補の戦力以上に、擁立者側に信頼をおけることが第一だ」

「……〝地平咆《ちへいほう》〟にカヨンがついていなければな。擁立者があの男でなかったなら、試合開始の位置を至近距離に定めて、勝ちを得られただろう……」

「またまたァ、エキレージ先生。地平咆《ちへいほう》メレはそんな生易しい英雄じゃありませんよォ？　それに〝地平咆《ちへいほう》〟の本領を封じてロスクレイが勝ったとしても、そのことが民の目にも明らかじゃァ、うまくない。あれを避けたのは、私は妥当な判断だと思いますけどね」

「ロスクレイ。第三候補以降は検討済みか？　他に残っている候補としては……無尽無流《むじんむりゅう》のサイアノプ。移《うつ》り気《ぎ》なオゾネズマ。奈落《ならく》の巣網《すあみ》のゼルジルガ」

「はい。まず、ゼルジルガは避けたいと考えています」

アンテルの問いに、ロスクレイは即座に答えた。

「エヌ卿は野心で動く者ではありませんが……人脈が広く、エレア以上に策を読みにくい。厄介な相手です。彼への警戒に割く時間的猶予がないというのが一つ。……さらに擁立候補である奈落《ならく》の巣網《すあみ》のゼルジルガですが、経緯はどうあれ彼女は元〝黒曜の瞳〟です。彼女個人に限っても、諜報能力及び戦闘能力はジヴラートの〝日の大樹〟などとは比べ物になりません」

「ならば、サイアノプは」

「サイアノプに関しては、彼岸《ひがん》のネフトの撃破報告の信憑《しんぴょう》性がある程度高いことが難点となります。同じ組として処理はするべきですが、初戦で当たる危険を冒す必要はないと考えます。残るオゾネズマが第三候補――ですが正体について全く不明である以上、仮に事前排除できず試合に持ち込まれてしまった場合、危険な賭けになることは避けられません。民に与える印象を考えるなら、第一回戦から私が不戦勝という流れも避けたい。やはり第三候補です」

「フ……その様子だと、随分と仔細《しさい》に渡って検討しているようだな。全員分か」

「無論です。そうでなければ、私などは勝ち進めはしませんから」

ロスクレイは涼しい顔で答える。だがこの英雄がその実どれだけ労苦に足掻き、怪物に追いつくべく思考を重ねているかを知らぬ者は、この場にはいない。

どれだけ先を見据え、緻密な計画を積み上げようと……どこかで一手の判断を誤るだけで、全てが崩壊する。ロスクレイはただの人間《ミニア》だからだ。

定められた敗北の摂理を如何にして捻《ね》じ曲《ま》げ、勝利の結果を引き寄せるか。どのような卑劣を尽くせば、一筋の可能性が生まれるのか。試合の始まる以前のこの段階だけが、絶対《ぜったい》なるロスクレイに左右できる唯一の戦場だ。

「ッとなると、やっぱりジヴラートと戦うのが一番安全って話になるわけですかァ」

一周して戻ってきた結論に、ヤニーギズが不満げな声を上げる。

アンテルが議題を続けた。

「こちらでも第十七卿の動向については調査している。取り立ててジヴラートの周辺で策を仕込んでいる様子はない。他の二十九官を派閥に取り込んでいる様子も、現状ではない」

「つまり、彼女一人」

ロスクレイは思考する。赤《あか》い紙箋《しせん》のエレアが辣腕の野心家であることを、彼も理解している。

彼女の立場に立って考えるなら、どうか。並みいる強者を前にあのジヴラートを勝利に導く何らかの策を用意していたとして、それを実行する肝心の勇者候補はやはりジヴラートだ。そのような綱渡りを、優勝に至るまで継続できるものだろうか？

少なくともジヴラートが候補者では、そうはできないだろう。

「――代わりの候補を用意しているという線は？」

不測の事態で出場者が試合前に脱落した場合、擁立者は代替の出場者を選出できる。無論、六合《りくごう》上覧《じょうらん》を勝ち進むだけの実力を有する強者など、容易に見つけ出せるものではないが。

アンテルが答えた。

「それも含めて、兆候はない。イータ樹海道から帰還して以降、第十七卿はジヴラートや〝日の大樹〟の者達の世話にかかりきりだ。〝日の大樹〟の目をかい潜《くぐ》って他の強者と接触することは不可能に近い」

「ああ。エレア様の動向については、こちらからも一つ。よろしいですか」

「……どうぞ、オノペラル教授」

「エレア様は、イータより連れ帰った森人《エルフ》の娘に執心のようですな。セフィト様のご学友に働きかけて、その娘とセフィト様との関係を強めようとしているようですぞ。これは一つ、参考程度の材料になりませんか」

「年齢は？」

「十四です」

「なるほど。それはつまり……」

「……自分自身でなく、自分の生徒を通じて王室に取り入る手に変えた……ってことですかねェ」

ならば、エレアの動向の辻褄は合う。やはり彼女は野心を捨ててはいない。

ただしその手段は六合上覧《りくごうじょうらん》の勝利ではなく、女王に取り入って傀儡と化すことだ。

六合上覧《りくごうじょうらん》は野心持つ者にとって権力闘争のまたとない機会ではあるが、故に危険も大きい。エレアはそうした危険から六合上覧《りくごうじょうらん》という機を見送り……敗退用の候補であるジヴラートをロスクレイ陣営に差し出すことで、当面の保身を図っていると見るべきだろうか。

ロスクレイは、机の上で指を組んだ。

「……一連の推測が当てはまるとすれば、赤い紙箋《あかいしせん》のエレアの戦略はより長期の計画ということになります。ならば今は味方につけるのが正しいようにも思いますね。オノペラル教授。その森人《エルフ》の娘の動向を学校側で監視することは？」

「勿論、そのためにも私がいるわけですからな。ちなみにですが、名前はキアといいます。成績は少しばかり劣等ですな。見ていて面白い生徒ではありますぞ」

赤い紙箋《あかいしせん》のエレアは、他のどの二十九官とも組んではいない。

ジヴラートの裏に、他の強者を隠し持ってもいない。

そして彼女自身の野心を達するための、他の道筋を用意している。

ロスクレイの理性は、問題は起こらないと判断している。戦いにおいて彼は感情を押し殺し、合理で動くことができる。しかし人間《ミニア》は本来、理性の動物ではない。不安を払拭するためには、あと僅かな一押しの保証がなければならない。

「──ジェルキ。エレアが信頼に値する相手であるか。あなたの意見を伺いたい」

「……」

鋭い印象を与える眼鏡の男。第三卿、速《はや》き墨《すみ》ジェルキ。二十九官の中で、彼は公然と第十七卿を敵視し、危険性を誰よりも警告し続けてきた。第二将ロスクレイとともに主流である改革派を主導する、実務能力において最も優れた文官でもある。

会議の話題がエレアの存在に触れて以降、ジェルキは沈黙を続けてきた。自身の発言が会議の流れに指向性を与えてしまうことを理解していたからだろう。

「……この一度だけ、赤《あか》い紙箋《しせん》のエレアを信頼しましょう」

「本当か」

エキレージが、思わず驚きの声を上げた。ジェルキは淡々と続ける。

「彼女の優秀さは、誰よりも私が把握しております。出自がどうであろうと——能力ある者には、一度は機会が与えられるべきだと思う。あるいは、この六合上覧《りくごうじょうらん》。エレアが我々の味方として……正しき評価を与えられる日が来たのならば、あの女を突き動かしている野心も鎮まるかもしれない。ただの合理以上に、私はそれに賭けたい」

「分かりました」

ロスクレイは目を閉じる。

ジェルキの答えは、問いかけたロスクレイ自身も予想だにしないものだった。

しかしそうである以上は、彼の真実の言葉なのだろう。

「第一回戦の相手は灰境《かいきょう》ジヴラート。第十七卿と交渉し、ジヴラート本人にもエレアとは別個に事前調略を仕掛けていきます。方針は構いませんでしょうか」

「異議なし」

「異議なァし」

「異議なし」

全員の合意を確認して、ロスクレイは会議の終了を告げる。

ただの人間《ミニア》に可能な全ての手を打ち尽くした。対戦組み合わせに関して、ロスクレイの意向は絶対となるはずである。

席を立ち、ロスクレイは一人思う。一人一人が無双の強者。終局までを完璧に組み上げたロスクレイの戦略は、果たしてどこまで通用するだろうか。


会議は終わり、列席者は一人ずつ立ち去っていく。

「いやいや、アナタの賛成票は意外でしたよォ」

席を立ちながら、ヤニーギズはまだ資料を確認しているジェルキを見た。

「多少は肉親の情がおありで？」

「……所詮は、卑しい妾腹《しょうふく》の妹だ。私情と言うならば憎しみの方が大きい」

ヤニーギズの言葉にも、ジェルキが硬質な表情を崩すことはない。

彼は常に機械のように冷徹で、正確である。

「決断の責任は取る。必ず」

父親を同じくする第十七卿に対しても、そうであった。

六合上覧《りくごうじょうらん》の開始より、小二ヶ月前の時点である。

第一回戦第四試合は、ある意味でもっとも早く開始し、そしてある意味でもっとも早くにその結末が確定していた試合であった。

勇者を決定する史上の大試合の組み合わせは、決して運の采配などではない。

しかし自身が辿る運命の行き先は、絶対《ぜったい》なるロスクレイにすら、計り知れるものではなかった。

◆

深く刻み込まれて今も消えない、遠い昔の記憶がある。

窓が開いて、白いカーテンが風に流れている。

ベッドの上ではエレアの母が、死病に臥《ふ》せっている。

彼女の傍らには、その時に死亡告知をするための医者がいて――それだけだ。

他には誰もいない。幼いエレアの他には、誰も。

父が開いている晩餐《ばんさん》会にはあれだけ沢山の人が集まるのに、あれだけ賑やかなのに、父が昔に愛していたはずの母の周りには、誰もいない。

……今にも死んでいく、その時にすら。

母はただ容姿だけで選ばれた貧民街の娼婦《しょうふ》で、父にとっては妾《めかけ》の一人に過ぎなかったから。

「……ねえ、お母さん」

エレアは衰えた母の手を取って、精一杯に笑った。

その言葉が、死にゆく母にとっての真実になればいいと思ったから。

「お母さん……ねえ……お、お母さんは、幸せだったよね？」

母は、弱い力でエレアの手を握り返した。

厳しく躾《しつ》けられた思い出しか残っていなかった。家にほとんど寄らぬ父のほうが、母よりもずっと優しかった。

学を身につけなさい。誰もあなたを見下さないように。

気品を身につけなさい。誰もあなたを侮らないように。

失敗のたびにエレアは叩かれて、泣いていた。けれど、母は孤独だった。

母が部屋に一人でいる夜には、エレアよりも悲痛に泣いていたことを知っていた。

彼女達は、二人ともが苦しんでいた。

「お、お父さんが家にいなくたって……！　全然平気だったよね！　昔の友達が来て、お母さんも笑ってたよね!?　料理っ……料理だって、私の作った蒸し卵を美味しいって言って……！　ギミナ市に行った時に花の輪だって作って！　夜には本も読んでもらって！　ねえ……！　私達……！　幸せだったでしょう、お母さん！」

魂を引き止めたいと願いながら、その願いの強さで母の手を握った。

何か一つでも、彼女の心に幸せが残っていればいいと思った。

孤独でも、皆に蔑まれていても、自慢の娘が支えだったと言ってもらいたかった。

「……エレア」

小さく笑って、母はエレアの頭を撫でた。

今、母は生きている。そう思うだけで涙がこぼれた。今は生きているのに、明日の朝日を迎えられないなんて。父はそれを知らないだなんて。

残酷すぎる。

「母さんは……幸せにはなれないわ。母さんの血は」

その笑顔が心に食い込んで、今もずっと離れない。

「卑しい血だから」

その言葉を最後に窓から風が吹き込んで、母の命をさらっていった。

医者の告げた短い告知を聞いた後も、エレアは絶望の沈黙に固まったままだった。


エレアは一日中悲しみに暮れて、そしてそれ以上に、ひどく恐れた。

誰もいなくなった暗闇の邸宅の中で、頭を抱えて震えた。


(――私も)

母の血が流れている。エレア自身にはどうにもできない血が。

(私も、卑しい血の娘だ！　私も幸せになれない！　いやだ……！　ただ一人で死んでいくなんて、皆に蔑まれて死んでしまうなんて、私は……私はいやだ！　あんな風に死にたくない……！)

母が執拗なまでにエレアを教育していた、その理由を悟った。

あの優しかった曾祖母を、エレアから遠ざけようとしていた理由を知った。強迫観念に突き動かされるように、彼女は必死で努力を重ねた。不幸に死んでいくしかない、誰にも顧みられない弱者の階層から抜け出すために。自分の力で何かを変えることができる、人に認めてもらえる、そんな階層へと到達するために。

学を身につけなさい。誰もあなたを見下さないように。

気品を身につけなさい。誰もあなたを侮らないように。

(私……私は、大婆《ばあ》ちゃんとは違う！　母さんとは違う！　私一人でも、ずっと偉くなるんだ……！　貴族に……本物の、貴族に……！)

蝋燭の光に必死で食らいつきながら、文字の勉強を重ねた。

そうして学んだ文字でいくつもの文献を漁《あさ》って、同級の誰よりも優れた成績であるようにした。

その過程で目をひどく悪くしたが、それでも続けた。

歴史学を。地理学を。物理学を。詞術《しじゅつ》を。そして政治学を。常に一番になれるほどの天才ではなかった。けれど誰からも見下されないように。一家を見捨てた父からの屈辱的な援助も得た。そうして、貴族達が通うような学校に通い続けた。

ある日の夕方。その日教室に残っていた学生は、エレアを含めた三人だけだった。

「ねえ、エレアさん？　父から噂を聞いたのですけれど。あなたのお母様って、水路市街の商売女だったんですって？」

「ええっ、そう……なの？　エレア……」

「……」

「ふふっ、面白いと思わない？　こんなに可愛らしい優等生なのに、娼婦の腹から出てきているんですもの。妾の子なのに、どうやって学校に通うお金を作っているのかしらね？」

――幸運だったと思う。三人しかいなかったのだから。

エレアは帰宅の間際、その話を語った少女の鞄《かばん》の中に、瓶を仕込んだ。ごく遅い化学反応で発熱する薬物だった。夜の内に彼女の邸宅は火災にあって、幼い二人の兄弟と一緒に、家族ごと焼け死んだ。

彼女の父親を殺す手間が省けたことは、とても幸運だと思った。

残りの一人はエレアの親友だったが、翌日に暴漢に襲われて重傷を負った。

無残に顔を潰されて、別の市で療養することになるだろうと教師からは聞いた。

（まだ足りない）

エレアに青春と呼ぶべきものは、何もなかった。

（彼女達だけじゃない、皆が私を蹴落とそうとしている！　蹴落とすこともできないくらい、もっと高い地位に……もう、こんな怖い思いはしたくない……！　どこまで……ど……どこまで私は、努力すれば……！）

博愛や友情などという心は全て上っ面の約束事で、同級も教師も、彼女の命と誇りを何もかも奪いにかかる敵だと考えていた。そうすることで喜ぶ、何か得体の知れない怪物なのだ。ならば全員エレアの世界から排除するしかない。

どれだけ先を見据え、緻密な計画を積み上げようと、どこかで一手の判断を誤るだけで、全てが容易く崩れ落ちる。

〝本物の魔王〟が世界を滅ぼしつつあるのだという。けれど彼女はいつでも、それ以上に差し迫った恐怖への対処を迫られ続けていた。

だから、卒業するその日まで常に優秀でいられた。謀を用い、時には美貌を用い、ありとあらゆる醜い手段を尽くして。完璧で美しく、誰にも侮られない――本物の貴族へと。

……そして、果てしない努力を重ねて。

その日のことを覚えている。暖炉の光が部屋を照らしている。先代の第十七卿が、安楽椅子に座っている。彼の背中をエレアは見ている。

「――第十七卿」

エレアは、第十七卿付の秘書の地位にまで上り詰めていた。

それでも、まだ足りない。二十九官は皆、エレアの生まれを知っている。

兄のジェルキがいる。きっと誰もが彼女を敵視していて、蹴落とそうとしている。

どこまで進み続ければ、この血の穢《けが》れから逃れることができるだろう。

もっと、もっと偉くならなければ。

醜いものを全て覆い隠してしまえるほどの、美しさと光を。

母さんとは違う。大婆ちゃんとは違う。私達は、もう貴族なのだから。

誰もあなたを見下さないように。誰もあなたを侮らないように。

「二十九官の席を譲ってくださいませんか？」


暗闇の先にこそ、きっと光が――

◆

「あはははっ、嫌ですよキア。こんなの、私みたいな年でつける髪飾りじゃないんですから」

エレアは笑っていた。いつものような、本心を隠す微笑みではない。

イータで家庭教師をしていた頃の、屈託のない笑いだった。

「いいじゃない！　ふふふ！　王女様みたいで似合ってるわよ、エレア」

「もう、駄目ですって」

二人の左右には、色とりどりの衣装が列をなしている。黄都《こうと》に最近できたばかりの、新しい型の写真機で撮影をしてくれる店だった。誰でも、好きな衣装を選べるのだ。

森人《エルフ》のキアでも貴族の子のような格好をしてよかったし、幼い少女が好むような衣装をエレアが纏っていても、咎《とが》める者は誰もいなかった。

第四試合の開始前日。

キアが通う学校は休校になった。

黄都《こうと》最大の英雄である、絶対《ぜったい》なるロスクレイの試合がすぐ明日に迫っているからだ。

全ての命運を決める試合を目前にして、キアはエレアを街に連れ出した。大事な日の直前だからこそ、嫌なことをすっかり忘れてしまった方がいいのだと。

断るべきだったかもしれない。エレアの計画上は、まったく無意味なことでしかないからだ。

「——ね、エレア」

カーテンで仕切られた隣の更衣室にいるキアが、エレアに声をかける。

「最近思うの。もしかしたらあたしの詞術《しじゅつ》って、そこまで万能じゃないのかもって」

「……どうしてですか？」

〝世界詞《せかいし》〟の力に能力限界はない。望めば何もできないことはない。エレアが知る限り、それは疑う余地のない事実だ。キアの詞術《しじゅつ》は生命体の成長すら自在に制御し、あのリチア新公国では光までをも停止せしめたのだから。

「だってあたしは、今日みたいな綺麗な格好をしたエレアやあたしの写真は、多分出せなかったもの。一度撮った写真を増やすことはできるかもしれないけど……あたしが想像だけで作ったって、今日撮った写真とは絶対違うものになっちゃうでしょ？」

「そう。……そう、かもしれませんね」

安堵する。その程度の制約は、何も問題にはならない。

キアは全能であっても、全知ではない。キア自身が想像もつかないような現象は引き起こすことはできない。逆に言えば、死や消滅という単純な結果であれば、考えるまでもなく行使できるのが確かになったというだけのことだ。

「なんでも詞術《しじゅつ》で済ませていちゃいけないって、あたしの村の皆も言ってたけど。先生が教えていたのは、たぶん、そういうことなのよね」

「……ええ。そうです。キアさんは、リチアの魚料理だってすぐに目の前に出すことができます。けれどそれがどんな味で、どんな見た目をしているかは……リチアでその料理を食べないと、分からなかったことです。それは、この世界にあるものの何だって同じで……だから、たくさん知っていかないといけません。もっと……もっと、色んなことを学ばないといけませんよ」

エレアは、まるで教師のようなことを言っている。

キアに詞術《しじゅつ》を禁じたのは、明日の試合まで〝世界詞《せかいし》〟の存在を隠し、エレアの手の内を明かさないための方便に過ぎない。今更こんなことを教える必要も殆どないのに。

(どうしてだろう)

イータ樹海道で教えていた頃から、誰よりも手のかかる、我儘《わがまま》で生意気な生徒だった。

この六合上覧《りくごうじょうらん》を勝ち進み、黄都《こうと》の頂点を握る。その計画のためでなかったのなら――家庭教師の仕事などとうに放り出して、キアのことなど家に突き返していたかもしれない。

けれど反抗的な態度と同時に、キアにはどこか、屈託のない素直さがあった。

年下の子供を気遣う優しさを持ち合わせていたし、エレアが教えたことを、こうして時間をかけて考えていた。

（……嬉しいのかな。私は）

更衣室の鏡を見る。エレアの口元は、笑っている。

こんな表情をしていたのか。

明日にはロスクレイを殺し、今まで以上に血塗《ちまみ》れの道を進もうとしているのに。

（生徒が成長してくれて、嬉しいだなんて）

「エレア！　ちゃんと着替えた？」

「……ええ。キアは大丈夫？」

今のエレアの格好は、まるで王族だ。綺麗な宝石は衣装に合わせるための模造石で、金装飾は混ぜもの入りの偽物だけれど。

けれどエレアが勝てば、いずれこの装いだって本物になる。

誰もあなたを見下さないように。誰もあなたを侮らないように。

「かわいいわね。エレア様」

ニヤニヤと笑いながら、キアはからかうように言う。

「キアちゃんこそ」

大人ぶって背中を大きく開けた衣装を着ているキアを見て、エレアも言い返してやる。

「エレア！　あと二枚撮れるから、別の衣装も考えておくのよ。あたしはもう決めてるから。ずっとやってみたかったの」

「わざわざ私を連れてですか？」

「だって、勿体《もったい》ないじゃない。エレアはこんなに――」

キアはふと口を噤んで、エレアに向けていた視線を足元へと落とした。

「……こ、こんなに。あたしが可愛いのに、ってこと！」

「ふふふ」

扱いやすい子供だ。エレアの思い通りに、この少女はエレアを慕い、好意を向けてくれた。彼女が無敵の力の使い手であったとしても、エレアはこうして制御することができた。

けれど。

「……ねえ、エレア。その髪飾りって、いくらするのかしら。あたしのお小遣いでも、もしかしたら足りるかもしれないわよね」

「キアが買い取るつもりですか？」

「別に、そんなの……あたしがその気になれば、百個だって作れちゃうけど」

エレアはキアの横顔を見る。彼女は穏やかに微笑んでいる。

ごく普通の少女みたいに。全能の〝世界詞《せかいし》〟であることが嘘みたいに。

「……だけど。作ったものじゃないのが、欲しいの」

赤《あか》い紙箋《しせん》のエレアの心が休まる瞬間はなかった。

ずっと、心を許せる友もいない。

六合上覧《りくごうじょうらん》に勝てば報われるのだ。彼女の人生の全てが。

◆

キアは、ずっと我慢していることができた。故郷のイータのことも、エレアのことも、心配ばかりが募っていたけれど、何もかもが崩れてしまうほどではなかった。

そんなことが大した問題でもないように装って、エレアを写真屋に連れ出して、久しぶりに笑いながら会話を交わすこともできた。けれど。

「……エレア？」

居間の中では、エレアが倒れていた。

道端の大道芸を見るために寄り道してしまったキアより先に、エレアは家に戻って——だから、その時キアは側にいなくて、そして。

「大丈夫。大丈夫ですよ。キア」

「治るのよね？　生術《せいじゅつ》とか……医者……！　ねえ、治る傷なんでしょう⁉」

エレアの片目から血が流れている。信じられない。

「……」

「……っ、なんとか言いなさいよ！」

エレアを押しのけて、室内へと踏み入っていく。

また殴った。エレアを。彼女の大切な先生を。

ジヴラートは上半身裸で、長椅子の上にだらしなく寝転がっていた。休日の昼間に、この男がエレアの家に来るはずがなかったのに。そんなこと、今まで一度もなかったのに。

（なんで）

どうして。何の意味があるのだろう？　大人になれば分かる理由なのだろうか？

怒っていた。

キアだけではない。イータの子供達は、皆あの空色の瞳が好きだった。この男が傷つけた瞳が。

この勇者候補の勝利がキアの故郷を救う唯一の道だと分かっていても、許せなかった。

「ジヴラートッ！」

「んだよ……あァ？　キアか。うるせーぞ」

明日には絶対《ぜったい》なるロスクレイと対戦するというのに。キアの故郷を背負っているというのに……大切なエレアを傷つけているというのに。

「あなたは……何がしたいの!?　どうしてエレアを虐めるの!?　勇者候補なんでしょう!?　勇者を決めるための戦いに、どうしてあんたみたいな奴がいるの!?」

「クハッ……ガキだな」

寝そべったままで、ジヴラートは嘲笑《あざわら》った。

「いい仕事だからに決まってんだろ」

「仕事、って……」

「そうだ、キアには教えてやるよ。もう試合前日だから、替わりなんていないもんな？　俺はなぁ――最初っから、ロスクレイに負ける約束をしてるんだよ。分かるか？」

「……っ」

唇を噛《か》みしめているキアを前に、彼は心底楽しそうに言葉を続けた。

「負けて、金がもらえるんだ。ハハハ！　すッげえ話だよ……身寄りもねえ〝日の大樹〟の連中が有名になって、認められてさ。俺なんかが……ちっぽけな下層育ちのこの俺が、勇者候補ってだけでよ！　育ちのいい貴族の女が、なんにも逆らえねえんだぜ！」

嘘だ。勇者候補だというのも、この男がイータを救ってくれるという話も、何もかも嘘だった。

こんな男が、ずっとエレアを踏みにじっていた。

「ハハッ、こんな面白いことがあるか!?　なあ、キア!?　お前なら分かるよな!?　何もねえ田舎で育って……貴族の学校にまで入れたお前なら！　これからは上に行けるんだぜ！　ずっと……ずっと俺達を踏みつけてきた連中を踏みつけ返してさ！」

「……殺してやる」

初めて、人に向かってその言葉を口にした気がした。

イータ樹海道ではどうだっただろうか。『殺す』と、『死ね』と、他の誰かに言ったことがあっただろうか。

今、はっきりと分かった。この男のような者こそが、それに値する『敵』なのだ。

「ハッ」

ジヴラートはバカにしたように笑って、その場を立ち去ろうとした。

「おいおい、勘弁しろよ？　俺は子供には優し」

「違うわ」

「……」

「あなたは、あたしを殴らなかったわね。いつも、エレアばかり。あたしが学校に行っている間に、コソコソと隠れて」

キアは一歩進んだ。ニヤニヤと笑うジヴラートの表情が、僅かに嫌悪の色を帯びた。

キアは、全能の詞術《しじゅつ》をジヴラートの前では見せたことがない。エレアの言いつけを守って、一度たりとも。それにも関わらず、ジヴラートはキアを避けていた。

決定的な瞬間を見せてしまえば……キアと対決することになってしまうと考えていたからに違いないのだ。ただの子供に過ぎないキアと。

もう一歩、距離を縮める。

「ジヴラート。あなたは。子供が、怖いのよ」

「……ッんだと……」

「子供は素直だから好きですって？　違うわ。あたしは全然素直じゃないもの。いつも、あたしの見てないところでエレアを殴ってたわよね！　まさか、何も知らない子供にはいい人だとか思われたいの？　いつも同じような言い訳で、子供から逃げてきたんでしょう！」

「ナメんじゃねえぞ、クソガキ……！」

言葉とは裏腹に、ジヴラートは後ずさっていた。

キアの存在が彼を立ち上がらせて、玄関の方向へと追い詰めていた。

——弱い。

この男は子供より弱い。戦士としてすらおこがましい、矮小《わいしょう》な人間《ミニア》だ。

「次に会ったら泣かせてやるって思ってたわ。もっとひどいことをしてやる」

キアにはそれができる。

「あなたの想像もつかないことを」

「ガキ……ガ、ガキが。ブッ殺してやる。ふざけやがって……！　俺を侮辱するんじゃねえ。俺達を知らない奴らなら、まともに。クソッ、逃げてねえだろうが！　俺は子供じゃねえ！　俺、俺は俺の力で、ナメんじゃねえぞォッ！」

ジヴラートは剣を振りかざした。いつものような、ただの威嚇のつもりだったのだろう。

その踏み込みも気迫も、殺意すらも、キアのたった一言に比べて、あまりに遅い。

今なら殺すことができると思った。死に方も決めていた。『弾けて』。

「……【弾け」

「【——奇形なる花。凝れ《artpanon hamkest》】」

「う」

ジヴラートは止まった。屈辱と憤怒の形相のままくずおれて、キアの方へとうつ伏せに倒れた。

その後ろではエレアがジヴラートの背に掌を当てていて、詞術《しじゅつ》を唱え終わっていた。キアが彼を殺そうとするよりも、ずっと早く。

キアの足元に、ジヴラートが倒れている。

動かない。

「え」

もう一度、キアは床を見た。靴の爪先が濡れていた。ジヴラートの血だ。

ジヴラートの口から、血が。

「エレア」

キアは虚ろに呟いた。

「……大丈夫。胃の中のお酒を……毒に変えたの」

「エレアが、やったの？」

「……」

居間のテーブルの上には、酒瓶が転がっている。

先程までジヴラートが飲んでいた酒がエレアの家のものだったのなら、胃袋の位置を正確に狙う限り、毒物生成を極めた生術《せいじゅつ》はそのようなこともできる。けれど。

「ね、ねえ。ねえ。エレア」

そして、理解してしまう。

エレアに、殺させてしまった。

エレアは困ったように笑って、キアを優しく抱きしめた。

「キア……」

優しい。キアを怒らない。それが嫌だ。黄都《こうと》に来てから、ずっとそうだ。

柔らかくて温かな体がキアを包んだ。

「そんな、嫌。嫌だ、エレア」

それだけは、全てが変わってしまった今になっても変わらなかった。どうすればいいのだろう。

勇者候補が死んでしまった。イータが滅ぼされてしまう。何をすれば。

全ての思考がぐちゃぐちゃに溶けて、キアには何も決められずにいる。

「エレア、あたし……！　あ……！」

言葉を続けようとして、声が詰まる。自分が泣いているのだと分かった。

人が死んだ。キアの目の前で。

「ご……ごめん、なさい……」

「キア……私を守ってくれて、ありがとう」

「お、お礼、なんて、言わないでよ」

「ねえ、キア。私こそ、ごめんなさい。イータを救うより前に、もっと……キアの気持ちを考えてあげられればよかった。でも、もうこれでおしまいです」

エレアの指が、優しくキアの後ろ髪を撫でた。

「先生の勇者候補は、もういません」

「……あたしを！」

キアは、エレアの体を強く抱きしめ返した。小さなキアでは……エレアを安心させることなんて、とてもできないかもしれないけれど。

それでも彼女には、エレアが震えているのが分かったのだ。

キアにはまだ一つだけ、全てを救える道が残っている。

「あたしを出してよ！　あたしを勇者候補にして！」

「……キア」

キアには何だってできる。戦えば誰にも負けることはないのだ。

「ジヴラートの代わりに、あたしが出るわ！」

そうして、その言葉を自ら口にした。

赤《あか》い紙箋《しせん》のエレアが仕組んだ筋書きの通りに。

◆

「……ロスクレイ！　待ってください、ロスクレイ！」

鑿《たがね》のヤニーギズが絶対《ぜったい》なるロスクレイを呼び止めたのは、城下劇庭園の試合場へと進み出る、まさに寸前であった。

「ヤニーギズ？」

ヤニーギズは息を切らしている。真に緊急の報せだということが分かった。

「し、信じられませんよォ……！　対戦相手が……灰境《かいきょう》ジヴラートが、死にましたッ！　事故死です！　代理の候補を探す時間もないというのに、試合開始寸前で……〝赤《あか》い紙箋《しせん》〟が……！」

「……なんだって」

ロスクレイは当惑した。何故、そんなことが。

エレアの動向は――特に代理候補者となり得る強者に接触し得たかどうかは、それこそ試合前日まで一切手を抜かずに監視し続けていた。

そんな状況下でなお、自らの候補者を始末する理由などあり得るのか。不測の事態が起こり、殺すしかなかったのか。まさか本物の事故死だとでもいうのか。

「ならばこの試合は不戦勝に終わる……という話でもなさそうだね」

「ええその通りです！　代理候補者を立て終えています……敵は灰境《かいきょう》ジヴラートではなく……れ、例の子供です！　二つ目の名はありません！　イズノック王立高等学舎の生徒、キア！」

キア。オノペラルの報告にあった少女の名前だ。

赤《あか》い紙箋《しせん》のエレアがイータ樹海道から連れ帰り、個人的に教育を施している森人《エルフ》の少女。

運動の実技成績は並。教養の座学成績は劣等。詞術《しじゅつ》の座学成績は最低級。

明らかになっている情報だけで、少なくとも戦士として六合上覧《りくごうじょうらん》の場に立たせるための人材でないことは確定している。

（……どういう意図だ？　この状況下で、もう試合の中止はできない。赤《あか》い紙箋《しせん》のエレアは何を狙ってキアを代理に立てている？　この子供に六合上覧《りくごうじょうらん》を勝ち抜ける強さがあるとでも？　学生の身分だけでなく、女王に取り入るために参加者としての肩書きが必要？　あるいはジヴラートが本当に事故死で、他に出場させる者が誰もいなかった？）

ヤニーギズを見る。彼の息は荒い。ロスクレイと同じように混乱しているのだ。

第九将ヤニーギズは、古くからロスクレイとともに戦ってきた仲間の一人だ。判断を待っている。人工英雄の主脳である、ロスクレイの判断を。

（考えろ。考えろ。考えろ。普通ではない事態が起こっている以上、最悪を想定しろ。ただの少女。魔法《まほう》のツーも、外見だけで判断するなら、ただの少女だ。エレアがこの日のために、魔法《まほう》のツーのような切り札を隠し続けていたとすれば。詞術《しじゅつ》成績は最低。けれどそれは座学の成績だ。身体能力と違って、いくらでも偽装できる――詞術《しじゅつ》士。仮に詞術《しじゅつ》士ならば、この試合場における詞術《しじゅつ》の焦点はなんだ？　何をしてくる？）

凄まじい速度で思考を巡らせる。キアの正体が詞術《しじゅつ》士であると仮定しても、その攻撃手段を確実に封じ、確実にこちらの攻撃を先に当て、そして試合開始が目前に迫ったこの短時間で可能な手立ては、何か一つでもあるのか。

敗北は死。彼の背中には、いつも死が差し迫っている。

絶対《ぜったい》なるロスクレイの戦いは常にそうした極限状況の繰り返しであった。

「――散水だ。ヤニーギズ、試合開始前の特別な演出として水を撒くことはできるか」

「難しいことを……！　ギリギリでしょうねェ！　大道芸人をすぐさま動かして、紙吹雪と一緒に散水！　ええ、できますとも！　そして、どうします！」

「この敵を詞術《しじゅつ》士と仮定する！　会場が事前に決定している以上、焦点に用いるものは土か風！

その二つの属性にこの場にない水を混ぜて、泥と霧へと変じさせる！　性質の差異で、詞術《しじゅつ》の発動は一呼吸分、一手遅れる。その一手――一手で距離を縮めて斬る！」

「ロスクレイ！　相手は……ヒ、子供ですよ!?」

「計算の内かもしれない。私が……黄都《こうと》の英雄が、相手の姿形を見て、攻撃をためらうことすら！　殺さぬよう――いや、殺していいるように見えないいようにする！　やれるか！」

「すぐに！　……お気をつけて、ロスクレイ！」

ロスクレイは、切迫した覚悟とともに進み出る。彼も後には退けなかった。


会場を埋め尽くす観客が、戸惑っている。

黄都《こうと》最強の騎士の眼前に、あり得ない存在が対峙しているからだ。この真業《しんごう》の試合の場にはあまりにも似つかわしくない、可憐な森人《エルフ》の娘。

白みを帯びた金の髪。少し吊り気味の、湖のように透き通った碧眼《へきがん》。

それでも、恐ろしかった。

（……キア。お前の二つ目の名はなんだ。何をしてくる）

ロスクレイにとっては……ただの少女が、彼が一つ一つ積み上げ続けてきた戦略の只中に忽然《こつぜん》と現れたあり得ざる異物が、何よりも恐ろしかった。

「……。あなたが、ロスクレイ？」

「……」

「かっこいいわね」

少女はロスクレイを見上げて、無愛想に呟いただけだ。

未知への恐れを必死に隠しながら、ロスクレイは微笑む。

「ありがとう。お手柔らかに」

衣服の他に、キアは詞術《しじゅつ》の焦点らしき器物を所持していない。あからさまにそうした装備があったならば、ヤニーギズが報告しているはずだった。

この少女の攻撃が詞術《しじゅつ》であるとすれば、やはり土か風の属性。

互いに距離を取るよう裁定者のミーカが命じ、ロスクレイはその距離を脳裏で測った。

一歩。二歩。二歩で剣の間合い。それは近いのか。あるいは遠すぎる距離なのか。

ミーカが宣言する。

「楽隊の砲火とともに……はじめ！」


ロスクレイは、自分自身の心臓の鼓動を聞いている。

ミーカの宣言から砲火が鳴り響くまで、時間が永遠のように引き伸ばされて感じる。

楽隊の砲身が天へと向く。その周囲で大道芸人が水を撒く。

降り注いだ人工の雨とともに、劇庭園の地面が湿り……

（……駄目だ！　これでは、水分が足りない……！）

運動場にも使われる劇庭園の地面には、水捌《みずは》けのよい砂が敷き詰められている。

それはロスクレイの予想以上に心もとない。彼の知性と経験を以てしても、散水した結果の地質状態の変化までは、完全に予測することはできなかった。

土の詞術《しじゅつ》を十分に遅らせる効果はないだろうか。土から離れての技であれば。

キアへの到達の目測を三歩に修正する。踏み込みの加速歩数を一歩多く、その分高く跳躍し、キアの身長では対処困難な空中から斬撃を加えるべきだ。

隠し持ったラヂオを通して、支援人員に新たな指示を与える。

「ヴィガ！　開始と同時に最大の熱術《ねつじゅつ》を！」

〈はい。分かってますよ。楽隊の砲声もこちらで遅らせています。ロスクレイさんの合図でやれますからねえ〉

地に足をつけてキアを斬り倒す必要はない。先程の散水でキアは既に十分な水分を浴びており、一方でロスクレイは絶縁した籠手で自分自身を防護している。ラヂオを通じた遠隔詞術《しじゅつ》を行使するヴィガが、ロスクレイの剣を焦点に電流の熱術《ねつじゅつ》で援護を行う。幾度も窮地に合わせてきたその精度は、何よりも信頼が置ける。

（一撃を当てる。それだけに集中しろ）

空中からの奇襲。剣が触れた瞬間に大電流を流し、キアを一撃で失神――あるいは即死させる。

深く切り込む必要はない。その攻撃でキアが倒れたなら、精妙極まる峰打ちで傷つけずに意識を刈り取ったように、民には見える。

観客の中に、試合場から運び出される少女の生死を確認できる者はいない。

(……すまない)

何もかも、ロスクレイの杞憂《きゆう》に過ぎないのかもしれない。

罪のない不運な少女であるかもしれない。少なくともまだ幼く、未来がある。

それを無慈悲に絶とうとしているのは、ロスクレイの怯懦《きょうだ》と英雄の重責だ。

ここに民の目さえなかったならば、イスカを救った時と同じように彼女を救えただろう。

それができない。そのような慈悲をかけて勝利できるほどに強くはない。

絶対《ぜったい》なるロスクレイは、絶対なる勝利を義務付けられている。

第四試合。

絶対《ぜったい》なるロスクレイ、対、世界詞《せかいし》のキア。

(すまない。キア)

僅かに手首を返し、密かに試合開始の指示を下す。ロスクレイは試合開始の瞬間を操作できる。

砲火が鳴り響いたその時には、ロスクレイは既に重心の移動を完了させている。

(すまない! 君を……討つ!)

ロスクレイは全霊で駆けた。

黄都《こうと》で最も正しき剣士の踏み込みの速度は、銃弾に等しい。少女には対応不可能な速さだ。

一歩。二歩を踏み出

「【埋めて】」

突如。

闇がロスクレイの視界を覆う。大地がまるで大口を開いたかのように、獰猛《どうもう》に隆起してロスクレイを呑《の》み込み、そして埋め尽くした。

息も、思考も絶えた。

客席の歓声は水を打ったように消えた。

状況から敵が詞術《しじゅつ》士であることを読み当てた。会場の環境を操作して詞術《しじゅつ》の焦点を乱した。不測の事態に対応し戦術を立てた。必殺を期した手立てと覚悟を兼ね備えていた。

無意味だった。

広大な城下劇庭園には、絶対の英雄たるロスクレイの姿はもはやなく――彼が立っていたはずの地点には、沈黙する土の山だけが屹立《きつりつ》していた。

世界詞《せかいし》のキアの詞術《しじゅつ》は、全能に等しい。

「これで終わりなの？」

周囲の観客席からは、遅れて悲鳴が上がった。

傍若無人にそれを受け流して、キアは英雄の成れの果てから踵《きびす》を返《かえ》す。

それは誰も知らぬ、机上理論ですら想定不可能の、圧倒的に無敵の存在だった。

どれだけ先を見据え、緻密な計画を積み上げようと――

「じゃ、あたしの勝ちね」

一手の判断を誤るだけで。

◆

名もなき黄都《こうと》の民は、いつでもロスクレイの勝利を期待している。

試合前日、黄都《こうと》に連なるありふれた商店の一つでも、そのようなやり取りが行われていた。

「ねえ、明日の試合はさ。ディラはロスクレイを応援するんだよね？」

一人の少年が勘定台に身を乗り出して、店番の青年に語りかけている。

「……まあ、ロスクレイだしな。ほら、螺子回《ねじまわ》しだ。他に入用の商品はないだろ」

「ねえディラ！　ロスクレイって、そんなに凄いの？」

「ああ。ウチみたいに長く黄都《こうと》に住んでれば分かる――」

少年を無愛想にあしらいながら、彼を追い払うことはない。

淡々とした口調を変えないまま、店番の青年は言葉を続けた。

「あの人は、知らないどこかの誰かのための英雄じゃない。市民の誰だって守ってくれるんだ。貧民でも、孤児でも。こんな市の端っこの区画までさ」

「じゃあやっぱり、見たことあるんだ」

「……あるよ」

目を閉じて、その時の記憶を思い出す。

それを見た誰しもの誇りとして残っている、英雄の閃光《せんこう》を。

「魔王自称者が作ったっていう、巨人《ギガント》の屍魔《レヴナント》が相手だった。ロスクレイは……鎧を着たまま、高い壁を蹴り上がった。その化物の目の高さまで走って、空中に自分を投げ出して、そして斬ったんだ。……信じられるか？　あの人は……人間《ミニア》なんだよ。俺達と、本当に同じなんだ」

「……あはは。そうかな？　皆の話聞いてると僕、とてもそうは思えなかったから」

「人間《ミニア》だよ」

そうでなければあの災厄を前にして、ただ一人で民を守りはしない。

彼が休みなく剣の鍛錬を続けていることを、全ての民が知っている。

彼が身分の別なく市民に気を配っていることを、全ての民が知っている。

「ただ遠いだけで、俺達と変わらないのに、あの人は英雄なんだ」

「凄いんだね。じゃあジヴラートなんか目じゃないや」

「……黄都《こうと》に住んでる全員が、ロスクレイに恩義がある。ただの英雄じゃない……あの人みたいになりたいと思わせてくれるんだ。正しければ、いつか」

「おぉい！　ディラーッ！　そろそろ店閉めろや！」

店の奥からは声が聞こえる。もう酔っ払っている。気の早い父親だ。

彼は溜息をついて、客の少年を見た。

「悪いな。父さん、今日は早く閉めるって。ロスクレイの勝ちの前祝いだってさ……参っちまうよな、いつも」

「そっか。邪魔しちゃったね」

「明日の試合は見に行くだろ？」

「……！　うん！」

最後の客が去った後の片付けをしながら、店番の青年は無表情を崩して、少し微笑む。

詩歌《しいか》に語られているどんな英雄よりも。どこかの星馳《ほしは》せアルスの伝説などよりも。

彼が何よりも信じる事実を確かめるように。

「ロスクレイは、無敵だ」

◆

「ああ、ロスクレイ……！」

「ロスクレイ！」

「嘘……ロスクレイ……！」

「ロスクレイ！　立ってロスクレイ！」

嘆きと困惑が、観客席を満たしつつある。

半地下の入退場口で試合場の様子を眺めながら、赤《あか》い紙箋《しせん》のエレアは目を閉じた。

キアは勝った。ようやく、エレアは安心できる。ようやく、光の一筋が。

(キアは無敵。ロスクレイよりも速く、ただの一言で倒せる――)

その事実を、これ以上ない形で証明した。残る三戦の全てをそのようにして勝てると。

ロスクレイという擁立候補が瓦解した最大派閥は、もはやキアを取り込まなければ六合上覧《りくごうじょうらん》を継続できない。彼らはこの後に控える第三回戦で、勝ち上がってくるであろう冬《ふゆ》のルクノカを倒さなければならないからだ。

星馳《ほしは》せアルスを容易く屠《ほふ》り、マリ平原を死の凍土に変えた、恐るべき古竜。もはや明らかとなった災厄を前にして、今それを果たせる者は、世界詞《せかいし》のキアをおいて他にはない。

そして彼らがキアを制御するにあたって、エレアの存在を排除することは決してできない。そのために、長い時間をかけて信頼関係を築き上げてきた。

キアが誰よりも信じている、エレア先生。

以後の対戦組み合わせにおける勝利への道筋は、ロスクレイが既に舗装している。

六合上覧《りくごうじょうらん》は、これで終わりだ。


「……静粛に！」

悲鳴とざわめきの只中で、明瞭に響き渡る声があった。六合上覧《りくごうじょうらん》の全試合の立会を務める裁定者。厳格さを纏う巨体の女傑、囁《ささや》かれしミーカである。

彼女の声が、狂乱しつつあった会場を鎮めた。

「試合前に取り交わした通り！　この真業《しんごう》は、片方が倒れ起き上がらぬこと。片方が自らの口にて敗北を認めること。そのいずれかを以て決着である！」

故に彼女は、誰の目にも明らかな決着の告知を――

「しかるに、絶対《ぜったい》なるロスクレイはまだ倒れてはいない！」


ミーカの宣言。

エレアは、その意味するところを遅れて理解した。

（――そんな）

恐ろしい闇の底へと、再び引きずり込まれたような心持ちだった。

ミーカの表情は鉄のごとく不動だ。

まるで明らかな道理を語っているかのように、揺るぎない口調のままであった。

「その事実が確かである限り、この試合を続行とする！」

歓声が再び湧いた。

司法の番人。黄都《こうと》第二十六卿、囁《ささや》かれしミーカ。

彼女が全試合の立会を担うことに、エレアも……あのハーディすら異論を挟みはなかった。互いに敵対し探り合う二十九官の全員が合意した、中立の裁定者であったはずだ。

（調略されていた……まさか、あのミーカまで。試合の裁定者は、私達の敵――）

ぐずり、と何かが割れる音が聞こえた。ロスクレイの体が埋められた山がボロボロと崩れて、無数の直剣へと分解されていく。剣の工術《こうじゅつ》による遠隔支援。

いや。それよりも大きな問題がある。

彼らが戦いを続けられると判断しているということは――再び歓声が沸いているということは。

辛うじて呼吸の隙間が生まれた土塊の内から、籠手に包まれた手が現れる。動き、剣を摑む。

エレアは息を呑んだ。

誤算はもう一つあった。キアの方向を見る。

（殺して……いない……！）

◆

思考を組み立てたかったが、その力がなかった。

酸素を遮断された脳細胞は意識を保つだけで限界に達しており、土の圧力によって一瞬で締めつけられた関節の各所が外れ、または破壊されていた。

脱臼していた左肩を、激痛を無視して嵌《は》める。

血が出るほどに歯を食いしばり、それでも悲鳴や嗚咽《おえつ》を上げたりはしない。

彼は絶対《ぜったい》なるロスクレイだからだ。

（……土の工術《こうじゅつ》。規格外の発動速度と……発動規模……）

それは正しい認識だろうか？　十分な思索ではなく、見えたものをそのまま脳裏で確認しているだけの作業に過ぎない。

ロスクレイは痛みに耐えながら歩き、半ば自動的な動きで、剣を正しく構えた。

既に試合場を去りつつあった世界詞《せかいし》のキアは、怪訝な表情で騎士を振り返った。

心底愚かなものを見たとでもいうように、眉を顰《しか》める。

「……なんなの？」

呆れ、蔑む。ロスクレイにとってはそれでも構わない。

そんな一瞬であっても、時間が必要だった。目の前の少女の感情が動き、そして再び攻撃行動に移るまでの間。僅かでも敵の正体を考察し、勝利の道筋を見出す時間が。

（詠唱は……していない。正しい詠唱ではない。『埋めて』というのは、他の何者かに伝える合図。私と同じように、ラヂオを用いて……外部からの支援を…………いや、私の対戦相手に限れば、通信機器の有無は兵が事前に確認しているはず……巧妙な偽装手段が……他に遠隔的に詞術《しじゅつ》を作用させる手立てがあるのか……違う……違う……！）

思考がまとまらない。それはロスクレイの消耗だけが理由ではない。

この世に知られる条理の限り、キアが引き起こした現象は異常すぎるからだ。

（エレアは、他の強者には一切接触していなかった……！　ここで援護を行う者がいたとしても……！　単純な工術《こうじゅつ》だけで、魔王自称者以上の威力と発動速度の詞術《しじゅつ》を……この少女自身が、行使しているとしか……！）

そして、決して辿り着きたくない結論が見えていたからだ。

何らかの仕掛けによってこのような現象を起こしているのならば、それを封じることができる。完全に看破ができるのならば、ロスクレイはそれを逆に勝利へと結びつけることすらできよう。

そこに何も仕掛けがないとしたなら？

見えている現象が全ての答えで、このキアという少女が、絶大な工術《こうじゅつ》を運用できるというだけの詞術《しじゅつ》士であるなら？

これほどの怪物が、一切の前触れなく現れていいのか。こんな理不尽が。無敵が――

（……何か、勝ち目を）

ロスクレイの体を、再び土が覆った。一瞬だった。

「【埋めて】。……なんなの？」

（無理だ）

またしても閉じ込められた暗闇の地獄の中で、今度は右足の甲が砕ける音を感じた。キアの工《こう》術《じゅつ》は、土の圧力で容易く人を絞め殺すこともできるのかもしれない。そうしていないだけだ。

新たに得られた情報は何もない。先ほどと全く同じようにあしらわれて、ロスクレイは彼女の攻撃を一切回避できない。

「【オノペラルよりコウトの土へ《ownopellalio kou》。形代に映れ《yurowastera》。宝石の亀裂《vapmarsia wanwao》。停止の流水《sarpmore bonda》。伸びよ《utokma》】」

すぐさまラヂオから工術《こうじゅつ》の声が響き、ロスクレイを復帰させようとする。

（無理だ。オノペラル教授。無理だ）

培った経験と判断力のために、何よりも明晰《めいせき》にそれを理解してしまっている。

土を吐きながら歩き出そうとするだけで、破壊された爪先から激痛が走った。

(私には——とても無理だ。……この状況に何一つ対策を講じることができなかった。この敵を想定できなかった。私は、人間《ミニア》だ。勝てない)

倒れたかった。無駄だと思った。

こんな想定不可能の、意味の分からない怪物を相手に、何ができるのか。

剣の鞘を杖のように突いて、ロスクレイは立った。

「……ねえ」

キアが呆れたように声を漏らす。

気が遠くなるほど繰り返してきた鍛錬通りに、ロスクレイは、剣を正しく構えた。

そのひたすらに無意味な動作を完了するためだけに、苦痛の呻きが喉の奥で漏れた。

「あまりいじめたくないいんだけど」

「……っ、け。剣の道の他を知らぬ騎士です。詞術《しじゅつ》の頂点と立ち会うこの栄誉を、どうか長く味わわせていただきたい」

心にもない虚勢を吐いている間、攻撃が来ないことを願う。ロスクレイは足掻いている。

——この少女を殺す手段を。

土の山が分解された工術《こうじゅつ》の副産物がある。地面の至る所に散った直剣。

莫大《ばくだい》な量のために、かえってそれへの警戒を意識できないはずだ。

「【アンテルよりジャウェドの鋼へ《antelio jadwedo》。軸は第四左指《laeus 4 motbode》。音を突き《temo yamvista》。雲より下る《iusemno hain》。回れ《xaonyaji》】」

遠隔支援の力術《りきじゅつ》が剣を飛ばした。背後の死角から、キアの延髄を切断する。

その刃が溶けて消失した。

「？」

少女は目を丸くして、剣の残骸だけが落下した背後を振り返った。

奇襲を受けたことすら、全てが終わるまで気がついていないようであった。

「……あ、口で言うの忘れてたわね。【危ないものから、あたしを守って】」

キアがこの試合で行使したのは、敵を土の棺《ひつぎ》に密封する工術《こうじゅつ》だけに留まらない。その身を守り続けているのは、鋼を消し飛ばすほどの熱術《ねつじゅつ》の盾だ。

かの海《うみ》たるヒグアレの毒物すら何も知らぬままに防ぎ切った、絶対の防御性能。

ロスクレイにとってたった今の攻撃は、元より勝算の薄い悪足掻きに過ぎなかった。だが――

(可能性、すら)

物理的に剣が通らない。即ちロスクレイが持ち得る攻撃手段が、一切通用しない。

それは心を折り砕くに十分な事実だ。

絶望で膝が折れて、地面に崩れようとする。前に踏み出して耐える。

ロスクレイは身に染みついた流れで剣を構えて、キアをまっすぐに見据える。

(やめろ。無理だ。私には、もう、無理だ)

剣を取り落としたくても、倒れ込みたくても、もう無駄だと叫びたくても、そうすることができ

なかった。

絶対《ぜったい》なるロスクレイは、降参という敗北条件を封じられている。

「え……なに……？　おかしいんじゃないの……？」

――今度は、キアが敵の正体を訝《いぶか》っていた。

これだけ圧倒的な力を見せて、もう戦う必要はないと考えていたのに。

けれど裁定者のミーカは戦闘の続行を告げて、キアがこの試合で勝つためには、まだ何かをしなければならないのだという。

「だって……分かるでしょ？　どう見たって……負け、じゃない。あなたの……」

「……」

キアはこのロスクレイより遥かに強い。六合上覧《りくごうじょうらん》に名を連ねる勇者候補の誰よりも。

地平咆《ちへいほう》メレだろうと冬《ふゆ》のルクノカだろうと、彼女がたった一言を発すれば、それでひれ伏す。そういう戦いだけで、勝利の栄光が――故郷の救済が手に入るのだと思っていた。

「どうするつもりなの？　そこから……そんな体で」

「……か、こほっ」

けれど、絶対《ぜったい》なるロスクレイは異常だ。

幼いキアが見ても分かるほどに満身創痍《まんしんそうい》の身で、それでも正しく立っている。

キアは今しがたのミーカの言葉を思い出した。この試合を終わらせる条件を。

「……ねえ。起き上がらなければいいのよね？」

「私は決して――」

【止まって】」

見えない鉄槌《てっつい》が振り下ろされたように、ロスクレイは地面に潰れた。

指先一本に至るまで、ロスクレイの肉体から全ての力が消失したのだ。

「……ほら！　これでもう動けないわ！　ね！」

誰の目にも疑いのない、完璧な勝利。

キアは笑って、ミーカの方向を見た。周囲を囲む観客達を見た。

「ロスクレイ……」

「ロスクレイ、いや……！」

「立って！　ロスクレイ！」

「諦めるな！」

「ロスクレイ！　ロスクレイ！」

ミーカは沈黙している。決着の宣言はない。

キアはこのまま永遠にこの詞術《しじゅつ》を持続できる。明白な勝利のはずだった。

――倒れ起き上がらぬこと。

ロスクレイがこの状態から起き上がるのだと、誰もが信じているからだ。

絶対《ぜったい》なるロスクレイは、最後まで戦い続けることを義務付けられている。

「ロスクレーイ！」

「負けるな、ロスクレイ！」

「ロスクレイ！ロスクレイ！」

「ロスクレイ！」

「ああ、ロスクレイ！」

キアにとって、それはひどく気持ちの悪い光景に見えた。

「……っ、なんなのよ、これ……！」

動きの停止したロスクレイを見る。当然、逆転の兆しはどこにもない。

……それどころか。キアはその事実に気づく。

「ひっ⁉」

永遠に持続できたはずの詞術《しじゅつ》を、そこで解除してしまう。

ロスクレイは酷く咳《せ》き込みながら地を摑み、起き上がる。

「かはっ……！　けほっ、ゴボッ、ッは……！」

違う。ただ咳き込んでいるのではない。それどころではなかった。

彼のそれは、溺死寸前の犠牲者の喘《あえ》ぎに等しい。

先程の一瞬に、キアだけが気付いたのだ。ロスクレイの呼吸が止まっていた。

キアの絶大な詞術《しじゅつ》は、彼女の意思に忠実に、ロスクレイの全ての動きを止めたのだ。不随意の生命活動まで。

キアはロスクレイを避けるように後ずさった。近づきたくない。

ロスクレイはそれを追うことすらできない。

まっすぐに地面に立ち、キアを正面から見据え、そして正しく剣を構える。

「ロスクレイ！　ロスクレイ！」

「ロスクレイ！」

「ロスクレイが立ったぞォッ！」

「ロスクレイ！」

「な、なんで……なんでなの!?」

少女の訴えが、熱狂に沸く観客へと届くことはない。

それはひどく理不尽で、恐ろしいことだった。

どうして終わりではないのか。どうして誰も終わらせてはくれないのか。

「あ、あたし……あたし、勝ってるじゃない!?　ねえ!?」

もはや泣き叫んでいた。

この広大な試合場を取り囲む、全てがキアの敵と化していた。

「ロスクレイ！」

「ロスクレイ！」

「ロスクレイ！」

「ロスクレイ！」

「ロスクレイ！」

黄都《こうと》最強の騎士は立っている。足を引きずりながら地を踏みしめ、近づいてくる。

そうしたところで、何もできないと分かっているのに。

騎士は退かない。人間《ミニア》は諦めない。

「あんなに。あんなに倒してるのに！」

勝ちたい。何よりも大切な、彼女の故郷を救いたい。

どうすればいい。どうすればこの恐るべき反則に勝てるというのだろう。

彼らは何をさせようとしているのだろう。これ以上、キアに何をしろというのだろうか。

「——殺して！」

キアに向けて叫んでいる声があったとしても、大歓声に紛れて届いてはいない。

入退場口に縋《すが》りつくようにして、エレアが叫んでいた。

もはや明白だ。この英雄を決定的に敗北させる手段など、一つしか残っていないのだ。

「殺して！　その男を……殺すしかないのよ！　キア！」

◆

——あの日。第十七卿の秘書であるエレアは、彼女の望みを伝えた。

「二十九官の席を譲ってくださいませんか？」

老いた第十七卿は、低く笑って会話を流したように見えた。

秘書の問いを、他愛のない冗談のように受け取ったのだろう。

……けれど彼は、ふと遠くを見るような面持ちでパイプを咥えた。

暖炉の光がその横顔を照らしていた。

「……そうだな。時が来ればお前に手渡すことになるだろう」

「お戯れを」

「戯れではない。お前はまだ若いが、二十九官の座に相応しい優秀な娘だと思っている。生まれについてとやかく言う者もいるだろうが、それも構うことはない。これからは能力ある者がこの国を治め、女王を助けていかねばならん」

彼が座る安楽椅子の背後に、微笑みを浮かべた顔のままで、エレアは停止している。自分の顔をどの表情に動かさなければいけないのか分からなかった。

第十七卿は嘘をついている。エレアの周りにいる者は、彼女を騙《だま》し、引きずり落とそうと企《たくら》む敵だからだ。それだけが彼らの目的なのだ。

「〝本物の魔王〟のせいで、誰も彼もが疲れ果ててしまった。今さら、身分や生まれの差別や偏見など……人間《ミニア》同士で争うべき時代ではない」

「……」

「私も、そのように尽力していきたいと思う。お前なら分かるね。エレア」

「――第十七卿。ご存知ですか？　〝白磁の燕《つばめ》〟亭の料理人が逮捕されるそうですよ」

「……何の話だ？」

第十七卿が、怪訝そうにエレアを振り向く。

エレアは優しく、美しい微笑みのまま。どの表情を浮かべるべきなのだろう。

「昼方に第八卿と会談した店だ、そこは」

「存じております。素晴らしい店です」

「げっ、おっ」

第十七卿は唐突にえずき、胃を苛む激痛に体を折り曲げた。

そうなってしまえばあとは息を吐くばかりで、吸うことができぬ。

「……けれど、そのように素晴らしい店にも、卑しい者はいるのですね」

「えっ、えぐっ、エレ」

「僅かなお金と引き換えにして、言われるがままの料理を出し、そして己の人生を棒に振ってしまう。……差別や偏見を受けて然《しか》るべきだと思いませんか？　卑しい血筋の者は、きっとそのようなこともするのですよ」

「はっ……はっ、はっ……っは、あ」

青月果《せいげっか》の種の毒性は、ごく弱い。だからその毒にあたって死んだところで、それは体力に劣る老人や病人が稀《まれ》に襲われる程度の、低確率の不運に過ぎない。

このように、毒性を生術《せいじゅつ》で強めたりしない限りは。

人の意識の間隙を突いた詞術《しじゅつ》行使は、暗殺の技だ。会話を始めるよりも前……第十七卿が椅子で微睡んでいた間に、エレアは彼を殺す詞術《しじゅつ》の詠唱を終えていた。

「……さあ。もう一度言ってみてください、第十七卿。私を二十九官にしてくださいますか？　あなたは、心の底からそう思っていたのですか？」

「はっ、はっ、あ、が……」

嘘なのだろう。エレアには最初から分かっている。

全てが敵だ。彼はエレアの生まれを知っている。それを知る者が一人でもいるならば、いつかこの男も、必ず彼女を破滅させる。

「身分や生まれで人を別《わ》け隔てるのは、くだらないことなのですか？」

エレアは第十七卿の両肩を押さえつけて、苦痛に悶《もだ》えることすら許さない。

第十七卿の口の端からはぶくぶくと泡が漏れて、その唾液には胃壁からの出血が混じりはじめたが、それでも耳元で言い聞かせ続けた。

「……ねえ、第十七卿？　お母さんにも、同じことを言ってくれますか？」

「……！　ん、う〜っ！　エ、エレ……エレア……」

「お母さんは、私よりずっと努力していましたよ。本物の貴族になるために。あなたに相応しい女であるように、ずっと」

痙攣する肩を無慈悲に摑んで、積年の憎悪をぶつけて、それでも完璧な微笑みで見下ろしたままだ。母の教えた通りの、母から受け継いだ美貌で。

――気品を身につけなさい。誰もあなたを侮らないように。

「どうして黙っているんですか？」

「……っ！　……う！　……！」

「さあ。言ってください？　とても幸せな人生だったと」

消えゆく瞳の光を見つめながら、エレアは最後まで呼びかけ続けている。あの日と同じように。

そうして死んでいく。それを確かめなければ安心できない。

「自慢の娘がいて良かったと」

「…………」

痙攣は止まって、押さえつけていた肩から力が抜ける。

断末魔の苦悶のまま動かぬ顔を見て、エレアはようやく笑顔を消すことができた。

彼女が生きた青春には、そのような時にしか安堵はなかった。

「さようなら。お父さん」

◆

「これが……ロスクレイ……」

劇庭園を覆い尽くす声援を目前にして、第九将ヤニーギズは思わず息を呑んだ。

想定していなかった。このような事態など、一切戦略の想定に入ってはいない。

これほど明らかに敗北し、見苦しく足掻きながら、民が負けを認めないのだ。

全ての裁定が絶対《ぜったい》なるロスクレイを敗北させせない。この状態ですら、ロスクレイは観衆を味方につけることができるのだと。

「……絶対《ぜったい》なるロスクレイは、負けない……！」

壮絶な光景だった。

ロスクレイの影響力の程度を、エレアも……ヤニーギズも、見誤っていたのだ。

――絶対《ぜったい》なるロスクレイ。武勇の頂。真なる騎士。

彼は無残に傷つき、勝ち目などなく、それは戦いの体裁すら成していない。

一度も民に見せたことのないような醜態を、初めて晒している。

そのような敗北の姿を一度でも見せてしまえば終わりだと信じていたからこそ、ロスクレイは常に完璧であるように努力を続けていた。

……違ったのだ。決して、それで終わりではなかった。

「たとえ、備えが無意味でも……！　ま……間違いなく敗北だとしても！　絶対《ぜったい》なるロスクレイは、その程度では終わったりしないッ！」

勝ち目はない。それでも、もしかしたら。

ロスクレイの真実を知るヤニーギズにすら、そのように信じさせる力だった。

――そして、客席の階下。

同様に試合を見守り続けている赤《あか》い紙箋《しせん》のエレアは、その同じ力を恐れていた。

(分かっていた……ロスクレイと戦う限りは、誰もが悪の側へと立たされる。試合が長引けば長引くほどに、不利になり続ける……！)

試合が長引く。"世界詞"にその危惧など、初めから無用だったはずだ。

誰が相手だろうと、ただ一言で、即座に試合を終了させる。

観客に何が起こったのかを理解させないままに英雄を抹殺し、代わりが必要なのだと知らしめることができたはずだった。

「……どうして。どうしてなの……！」

エレアは、声に出して叫んだ。誰にも届かない声だった。

「イータを救いたいんでしょう!?　私に負い目があるんでしょう!?　あなたの敵は、故郷を滅ぼす黄都《こうと》の象徴なのに！」

今や、キアは死に体のロスクレイへの攻撃を躊躇《ためら》っている。

ロスクレイには永遠に勝利の手段はないが、キアも彼を殺すことができていない。

(私なら殺す。絶対に。恨みなんてなくたって、ロスクレイを殺さなければ幸せになんてなれない。殺す。バラバラに引き裂くまで安心なんてできない。私……私なら……)

右手から血が滴っていた。何かをずっと、血が出るほどに握りしめていた。

(……ああ)

髪飾りだ。

昨日、写真屋でキアが買い取った髪飾り。玩具に等しい造りの装飾品。お姫様みたいで、エレアにはとてもよく似合うのだと。

（子供だ）

そんな感性で贈り物を選んでしまうような、普通の子供なのだ。

（私……とは、違う……）

全能の詞術《しじゅつ》を与えられただけの、ただの子供だから。

暗い。地下の暗闇の中に、熱狂の歓声だけが反響し続けている。

誰にも顧みられないその場所で、エレアは蹲っていた。

自分自身の内から、どす黒い感情が次から次へと湧いて出てくる。エレアの人生全てを台無しにしてしまうほどの、苦悩と後悔が。

「……な、なんで……なんで……こんな……？　こんな、簡単な、こと——」

キアは普通の少女だった。

誰も殺さず誰にも偽らず、幸せに暮らしてきた、ただの子供だ。

……ならば、エレアは？

エレアにとってそれは幼い頃から当然の前提だった。当然、殺すべきなのだ。

自分を脅かす敵を生かしたままにしておくなど、あり得なかった。

キアが当然に持ち合わせているその善性を、エレア何一つ信じてはいなかった。

「なんで……！　し、仕方……仕方なかったじゃない！　……私……私だけが！」

イータで見た緑の木漏れ日。平和な野山を歩いた日々。衣装を着替えてふざけ合うような。

彼女は時に子供のような行いをした。

中央の都市からの先生は、時に子供達が当然知っているようなことを知らなくて、それを笑われた時には、彼女も困ったように笑っていた。

彼女自身が一度も通り過ぎたことのなかった幼き日々を、いつも教え子達に教えられていた。

——子供であったことがなかったから。

何も知らないキアは、エレアを信じていて、エレアのために怒って、エレアにいつも何かを与えようとしてくれていた。

愛を与えられた子供はそうなるのだ。

「……キア！」

そしてエレアは、そんな……ただの子供を。

◆

「も……もうやだ……終わらせて……」

視線の先に絶対《ぜったい》なるロスクレイが佇んでいる。

この男がキアの生命を脅かすことは決してない。彼女の全能の防御を貫くことも、それどころか、もはや一歩たりとも動くことすら。

しかしそこにいる存在は、群衆の呪いで立つ、不死なる妄執の亡霊に違いなかった。

恐れ苦しみながら、キアは彼を打ち倒す方法を必死で思考した。

おぞましい結論ばかりが次々と浮かぶ。いやだ。いやだ。

ロスクレイの動きを完全に停止させたところで、彼らは諦めない。

「どうすれば……！」

どうすれば倒すことができるのだろうか。

今や、キアの側がそれを考えなければならない。

「降参っ……そうだ、降参……！【降参するって言って】！」

「……こっ」

ロスクレイは震える口を無理やり開き、そして血を吐いた。

口の動きを物理的に操り、望む言葉を喋らせる。それならば、命や心を壊してしまうことにはならないはずだった。

「こ、うさ……」

その瞬間、ロスクレイの右腕が跳ねるように動いた。一瞬の動作。

彼は剣で自身の喉を薙《な》いだ。

「ひ……！」

喉を潰した。一瞬たりとも迷わず、躊躇いもなく。

民にその言葉を聞かせてはならないのだと、それを瞬時に理解したのだ。

「そこまでして、な、何が……何ができるの!?　ねえ！　あなたにできる勝ち方なんてないでしょう!?」

「ぐ、ぼご」

ロスクレイは、キアの言葉に答えることはない。もはや答えられない。

声帯ごと、気管も裂かれている。呼吸が詰まって死ぬまで、時間も残されていない。

二度と立ち上がれないことが、誰の目にも明らかになるしか――

「ね……ね、【捻《ねじ》れて】ッ！」

「はッ、ぐあっ」

ビチビビチと恐ろしい音が響いて、ロスクレイの両脚は膝から逆向きに捻れた。

両脚を奪わなければならなかった。片脚だろうと立ち上がってくる。

回転して裂けた脚の肉から血が滲《にじ》んで、英雄は二度と立ち上がれない体と化した。

「ご、ごめ、ごめん……ごめんなさい、ごめんなさい……！」

それでも、決着の号令はなかった。

観客席には悲嘆の波紋が広がっていく。けれどそれは絶望ではなく……

「ロスクレイ、立って……！　立ってよ……！」

「剣だロスクレイ！　その悪魔の首をはねろーッ！」

「お願いします……詞神《ししん》さま、ロスクレイにご加護を、どうか……」

「ロスクレイ……」

「信じてるぞロスクレイ！」

「ロスクレイ！」

「ロスクレイ！」

信じている。絶対の英雄の勝利を。

そんな無責任な祈りが。

「おかしい……あ、あなたたち、みんな、おかしいわよ……！　こ、この人をっ……もう負けさせてあげてよ!?　見えないの!?　こんなにボロボロなのに！　脚があんなになって、どうやって立てっていうのよおっ！」

彼らは自覚していないのだろうか。まさに自分達こそがロスクレイを殺そうとしていることに気づかないのか。

キアには見えている。今対戦しているこの英雄が紛れもなく生きていて、人間《ミニア》で、一つ一つ、受けた全ての傷に苦しんでいることが、全て見えている。

それはキアの勝利と同じように、誰が見ても明白な現実であるはずなのに。

脚を捻り折ってすら、この英雄は負けさせてもらえない。

どうすればいいのか。何をしろというのか。

信頼は信仰と変わり、過ぎた信仰は盲信となり、盲信の果てに狂信へと至る。

この広大な会場の全ての者は、ロスクレイを信じていた。心から。

「不正だ！」

群衆の中で誰かが叫んだ。

たとえ年端の行かない少女であろうと……それが、ロスクレイの敵である限り。

「ち、違う……違うのに……本当なの……本当に、あたしの力なのに……」

詞術《しじゅつ》の詠唱が聞こえる。

今この場で、明らかな不正があるのだとしたら——キアはロスクレイを見た。

「【エキレージよりロスクレイへ《egirwezi io rosxl》。辿る獣の道《meameaokea》。一つの枝へと宿れ《nomkloer》。全て罰の剣《ea kot sarmeal》。膨れよ《wareaoir》】」

「ぐっ、うう……うむっ……ううう……！」

強いて悲鳴を抑えていたロスクレイが、おぞましい苦悶の声を上げた。

遠隔からの生術《せいじゅつ》が、彼の喉と両脚を急速に治療している。

急速すぎる治療によって、当然のように骨は歪んで成長し、膝の皮膚を突き破った。

爪先の側は枝分かれをして、さらにいくらかの肉を剝いだ。

脚と呼ぶことすらおこがましい器官であったが、その一つのことだけはできた。

……つまり、立ち上がることが。

「あ……いや……いやあああああああっ!?」

「——さあ」

おびただしい汗に塗れて、苦痛を嚙《か》み殺《ころ》しながら、それでもロスクレイは微笑んだ。生術《せいじゅつ》で治癒されたばかりの喉で、血を吐きながら。

彼は絶対《ぜったい》なるロスクレイであるから。

「正しき技で、勝負しましょう」

騎士の体は吹き飛んだ。劇庭園の端にまで高速で激突して、再び倒れた。

たった今、拒絶の意思だけで走らせていた詞術《しじゅつ》を、キアは呟いていた。

「と、と……うっ、うう、あ……【飛んで】……」

それは恐怖であった。

絶大な恐怖が、常人の持ち得る殺人への忌避を忘却させたのだ。

多くの者は理由があって何者かを殺すのではない。ただ、恐ろしいから殺す。

キアですら、そのようにできた。

「……」

キアは、自分自身の両手を見ていた。

自分の中に渦巻いていた感情の荒波が、その一瞬だけで嘘のように静かになったように思った。

「ああ」

涙を拭う。そして立ち上がっている。

試合が始まる前と同じように……観客の声が聞こえていないように動けた。

(――あたしは)

一つの枷《かせ》が外れた。

年端も行かぬ少女は、そこで初めて自分の力の事実を認識した。

（…………あたしは、できるんだ……）

壁に叩きつけられたロスクレイの方へと歩んでいく。

父や母。姉。ヤウィカやシエン。彼女の故郷を滅ぼさせないために。

自分を散々に非難して、ずるをして、イータから略奪しようとしている黄都《こうと》のことなど、知ったことではない。その中に混じっている何人かが、たとえキアの知っている顔であったのだとしても。

（やらなきゃ）

大切なものを守るためならば……今のこの心ならば、きっと殺せる。

それはキアという少女にとっては絶大な変化であったが、彼女の慕う教師が日常のように思い続けてきたことでもあった。

（や、やらなきゃ、や、やらいれる）

黄都《こうと》最強の騎士は、まるで眠っているようにうつ伏せに倒れている。

……何も特別なことはしなくていい。『死ね』とただ一言命じれば、一切苦しませることなく、恐ろしい様相も見ずに、静かに生命を停止させることができるから。

「……あたしの。勝ちよ」

「…………………イスカ……」

倒れたまま、騎士は朦朧と呟いていた。

「……イスカ……私…………私は……」

——誰かの名前だった。

「うっ、ううっ、ぐぶっ、う」

キアは嘔吐した。

（こ、この人……この人は……！）

キアは両手で顔を覆った。震えている。

ほんの一時忘れ去っていた、全ての恐怖が押し寄せていた。

恐るべき深淵《しんえん》に指を浸してしまう寸前だったことに気付いた。

たった今キアは、自分自身の意思で。

（人……人だ……！　あたしと同じ、人……！　あたしと同じように、大切な誰かがいて……生き……生きてるのに……！）


圧倒的な力がある。どこからともなく手に入れた、絶対の力。

願いがある。守りたいものがある。キアは戦わなければならない。

けれど、そこまでしなければならないのか？

詞神《ししん》から与えられた反則の力で、全ての意思を通すことができる。

同じように考えて、同じように世界に必死で生きている誰かを踏みにじることができる。

どうしてもそうしなければならないのか？

いつの間にか彼女自身が、他の何者かを傷つけて省みない怪物に変じつつあった。

故郷の皆は、エレアは、そんなキアを見てどう思うだろうか。

――あなたの力は、人を幸せにするための才能だから。

「あ、あたし」

誰かの体が彼女を抱きしめたのも、その時だった。

温かな体温が。柔らかな感触が彼女を包んだ。

「――第十七卿です！　降参します！」

乱入者は叫んだ。

「エレア――」

エレアは泣いていた。

「も、もう……殺させないで……やめて……もう、終わりに……」

◆

キアには何だってできる。

まだ二つ目の名も持っていないけれど、いつか皆を驚かせるような名前を名乗ったっていいくらいに、詞術《しじゅつ》でどんなことだってできる。

――五年前。森の外の世界は〝本物の魔王〟の深刻な絶望に脅かされていて、キア達が暮らすイータ樹海道だけが世界に取り残されているのだと、大人達はそう思っているようだった。

キアやシエンみたいな子供達はまだ幼かったし、〝本物の魔王〟の存在も教えられていなかったから、大人達は何やら難しいことを話しているみたいだ、としか思わなかった。

ヤウィカはまだ本当に小さかったから、大人達が集まりに出ている間は、よくキアが面倒を見てやっていた。ヤウィカは生まれた時から褐色肌の森人《エルフ》で、それは少しだけ珍しいらしい。

そんな珍しい子の面倒を見ているキアなのだから、大人達ももっとキアのことを尊敬して、いたずらだって大目に見てくれればいいのにとも思う。

「キア、キア」

「はいはい。どうしたのヤウィカ？　ねむい？」

キアはいつものようにヤウィカを連れて湖まで行き、料理に使うキノコを採っていた。

カエルがそこら中で鳴いていて、まるで楽器みたいだとキアは思う。

「んー、キアー、ほっぺ」

「もー、何よ」

ヤウィカの小さな手が、キアの頰をペタペタと触る。

この時からヤウィカは甘えたがりで、言葉は少し下手だけれど、よく笑う機嫌のいい子だった。

「ヤウィカも早く言葉ができてくれれば、もっとお話できるのにね」

「ほっぺ！　ほっぺ！」

全ての心持つ生物が詞術《しじゅつ》で会話できるこの世界でも、生まれたばかりの子供がすぐさま流暢《りゅうちょう》な言葉を扱えるわけではない。成長していく中で、内なる言葉の体系を自然に形作っていく必要があるのだ。そうして自分だけの言葉を身に着けていく過程の中で、その言葉が身の回りにある事物にも語りかけられる言葉であることに気付いていく。それが現象を動かす詞術《しじゅつ》だ。

キアは冷たい湖に爪先を浸しながら、すぐ側の地面に語りかけた。

「【生えて】」

ポコポコと音が立ちそうな速度で、岩の隙間からキノコが生えてくる。

キアが頼まれていた、今日の料理に使うキノコだ。わざわざ湖の方にまで出てこなくたって、家のすぐ前にだって生やせてしまうけれど、それはミッチ婆《ばば》に怒られるのでやめたほうがいいのだ。

キノコや果物はそれぞれに合った決まった場所に生えていたほうが良くて、キアが好き放題に詞《し》術《じゅつ》を使って食べ物を作ると、森が病気になってしまうかもしれないのだという。

(別に、気にしなくたっていいと思うけど)

キアには何でもできる。作ることも、壊すことも、思う通りの状態に変えてしまうことだって。

(あたしなら、何があったって元に戻せるんだから)

キノコにもう一度詞術《しじゅつ》を使ってみる。

「【消えて】」

キアが出現させたキノコは消え去る。元通りだ。

自分の言葉が出来上がるよりも早く、キアには何もかもを自由自在に従えることのできる詞術《しじゅつ》が備わっていた。お陰でイータの村は食べ物に困ったことはないし、村の家は全部新しく大きくなったし、ひどい天気に悩まされることもなくなった。

もっと凄い扱いをされてもいいとキアは思っているが、それでも他の子供達と同じみたいに、こうしてヤウィカの面倒を見させられたりもしている。

とはいえキアの方だって、ちょっと『煙突を新しくして』とか『明日まで雨を降らせて』とか口にするだけで仕事は終わりだから、そういうものかもしれない。

大人達はいつも苦労して畑を耕し、水路を手入れしたり林を剪定《せんてい》したりしている。キアに頼めばやはり一言で終わってしまう仕事なのだが、そうして苦労して手に入れた物事に価値があるのだと大人達が考えているらしいことは分かっていた。

「はあ、暇だねえヤウィカ……」

だからキアも、たまには我慢だってする。嫌いな根菜が夕食に出ても、子供の時のように別の食材に変えてしまったりはしない。誰かが手間暇をかけて木の椅子を作っているところを、横から詞《し》術《じゅつ》をかけて勝手に完成させてしまったりもしない。

成長していく中で、キアの中にも漠然とした基準が分かってきた。食べ物を出すためなら使っていい。遊び道具を出すのは、ちゃんと片付けるのなら使っていい。天気を変えるのは、皆のためなら使っていい。川の水の量を変えるのは、本当の本当に皆のためじゃないと駄目だけど、必要になったら絶対に使うこと。

「【生えて】。【消えて】」

「うっ、ううーん」

ヤウィカが唸った。キアがキノコで遊んでいるのが気に入らなかったのかもしれない。キアと二人きりの時にヤウィカの機嫌が悪くなってしまうのは、本当に珍しかった。

「どうしたのよヤウィカ。大丈夫？　虫にさされた？」

「んー！」

「お腹《なか》がすいたの？」

「キア、や！」

キアの顔を叩いたヤウィカの爪が、彼女の頬を少し引《ひ》っかいた。

「いたっ、もう、何なのよ～」

何だってできるのに、大人しく面倒を見ていたのに、こんな仕打ちがあっていいんだろうか。

「なんで怒ってるの？　お歌でも歌ってほしい？」

「くつ！　くつの、んんー！」

「はあ。分かんないってば……」

キアは、子供のことが全然分からない。詞術《しじゅつ》の言葉も出来上がっていないうちは、獣と人との中間みたいなものだ。ヤウィカの親なら、彼女の言いたいことが分かるのだろうか？

「やー！　んんーん！」

ヤウィカの泣き声に困り果てながら、ふと、傍らに生えていたキノコに目を留める。

(あ、そうだ)

何故だか、キアはその瞬間まで一度もそれを発想したことがなかった。

全能の詞術《しじゅつ》が何もかもを生み出して、作り変えてしまうことすらできるのなら……

詞術《しじゅつ》の通ずる他人だって、言うことを聞かせられるのではないだろうか？

キアにとって、それは天才的な考えのように思えた。両親や村の皆の怪我を治してあげたことはあるのに、どうして心は変えられないと思い込んでいたのだろう？

「ねえ、ヤウィカ」

キアは、本当にそうしてしまうところだった。

それを実行するための障壁はどこにもなく、泣きやまないヤウィカに、たった一言言い聞かせるだけでよかったのだから。

「……」

けれど、ふと、ヤウィカのすぐ側の地面で鳴いているカエルが目に留まった。本当に、偶然。

（別に、カエルで試してからだっていいわよね）

キアはカエルに向かって命じた。

「【鳴きやんで】」

ぴたりと、その一匹のカエルだけが、鳴き声を止めた。

今の今まで、必死にけたたましく鳴き続けていたカエルだった。

「……やった。やっぱり上手くいくんじゃない。天才」

泣きわめくヤウィカを適当に膝の上で撫でながら、キアはしばらくそのカエルを観察し続けていた。カエルは鳴かなかった。

風の音をかき消すほどの合唱が響き続けている中、そのカエルはいつまでも、ギョロギョロと目玉を動かしているだけだ。キアは、少しずつそれを不気味に思いはじめた。

このカエルは、キアがそういしろと言ったから、ずっとそのままなのだ。

カエルを捕まえて遊ぶなんて生真面目なシエンだってやっていることなのに、決して鳴くことのないカエルは、何故だかカエルを引きずり回して潰してしまうより、もっと恐ろしい所業であるかのように思えてきた。

「も……」

大丈夫だ。何があったとしてもやり直せる。

「【元に戻って】」

カエルは再び鳴きはじめた。キアは安堵の息をついた。よかった。

「ヤウィカ？」

キアが抱えているヤウィカは、もう泣いていなかった。

「え。うそ」

泣かないなんておかしい。今まであんなに不機嫌だったのに。

「ちょっと、なんで？」

動揺する。誰か大人に相談しなければ。

ゲッ、ゲッ、と声がした。キアはびくりと身を震わせた。

カエルの声。キアが元に戻したから、鳴いている。

「……も、【元に戻って】」

キアは再び、カエルに詞術《しじゅつ》を使った。

はっきりと言えるわけではない。けれど何か、このカエルはおかしい気がする。鳴き方の間隔や高低が、元のようになっているわけではないような気がする。

最初のように鳴いているのではない。キアが思うような鳴き方で鳴きはじめたかのような。

「そっ、そんな」

キアはヤウィカを抱きしめた。

「キア、キア」

ヤウィカはさっきまでが嘘のように笑った。

「な、泣いて。泣いてよ」

恐ろしかった。キアが詞術《しじゅつ》で変えてしまったのはどうでもいいようなカエルで、小さなヤウィカに詞術《しじゅつ》を使ったわけではないはずなのに。

「ヤウィカ。嘘よね？　ヤウィカは、ちゃんとヤウィカなのよね？」

「ほっぺ！」

ぐいぐいと指を押しつけてくる。いつもみたいに。キアが思っているヤウィカみたいに。爪を立てて引っかいたりしない……

確かめる術なんてない。ヤウィカはまだ詞術《しじゅつ》が出来上がっていないのだ。永遠に変わってしまったのか、そうではないのか、どうやっても証明なんてできないのではないか。

「ヤウィカ！」

キアは、ヤウィカをひどく揺さぶった。

「う」

誰も見ていない。ヤウィカはもしかしたら元通りで、キアが怒られたりはしない——でもそんなことを、誰にも知られずにやってしまっていいわけがなかった。

「うえ」

小さな体で、突然揺さぶられてしまったからなのだろう。ヤウィカが胃の中身を吐いた。

「うえええええ……」

そして、泣き出した。正常に。

「あ、ああ……」

キアは脱力して、その場に座り込んだ。安堵だった。

よかった。ヤウィカが吐いてしまうなんて、思ってもいなかった。キアにとって都合のいいヤウィカに作り変えてしまったわけでは、なかったのだ。

「ヤウィカ……」

小さなヤウィカの背中を撫でる。なんて大変で、手のかかる子供なんだろう。

けれど、そんなヤウィカが好きだったのだ。

「キア」

キアは、いつの間にかヤウィカの右の靴が脱げていることに気付いた。彼女はずっと取り乱していて、そんなことにも気付く余裕がなかった。

「ああ……そう。そうだったのね」

「くつ、のー」

靴の中に、小さなカエルが入り込んでいた。

それが不快で泣いていたのだ。靴を脱ぐことができて、機嫌が良くなったのだ。

何もおかしなことなどない。ただ、それだけだった。

「ごめん……ごめんね、ヤウィカ……」

キアはしばらく、泣きながらヤウィカを抱きしめ続けていた。あの時にそうしなかったことが、きっとキアの人生で何よりの幸運だった。

「――あなたに詞術《しじゅつ》をかけなくて、よかった」

◆

劇庭園の只中で、エレアはずっとキアを抱きしめている。まるで親鳥が卵を抱くように。観客の視線と喧騒から、彼女を守ろうとしているかのように。

「もう、いいのよ」

誰よりも泣き叫びたかったのに、今となってはエレアこそがこの世で誰よりも不幸なのに、エレアは何故か、キアに向かってそう言い聞かせていた。

「もう、怖いことなんてありませんからね」

「……エレア。エレア」

キアは泣いている。何もかもエレアが仕組んだ物事だったなんて、夢にも思わずに。

「大丈夫ですから。先生が……」

エレアは、その金色の髪を撫でながら言った。

「先生が、ずっと一緒ですからね」

——キアに、ジヴラートを殺させるべきだったのだ。

あの時にキアの心から殺しの枷を外してしまえば、エレアはきっと勝っていたのに。

何よりもそれが分かっていたはずなのに……あの時にジヴラートを呼び寄せていたのはそのためだったはずなのに、どうして彼女自らが手を下してしまったのだろう。どうしてあの時に、たった一手を間違えてしまったのだろう。

けれど、エレアはそうしてしまったのだ。

考えるよりも先に、エレアは自分自身でジヴラートを殺してしまった。

(どうして)

何か理由があるはずだ。キアの小さな体を抱きしめながら、その震えを胸の中で感じながら、エレアは何度も後悔を繰り返している。

(どうして。どうして。どうして)

「キアの不正を確認した！」

時を同じくして、試合裁定者のミーカが宣言した。

「たった今、兵から受けた報告を告げる！　この試合中、民から複数の証言があった！　第十七卿、赤《あか》い紙箋《しせん》のエレアは、キアを戦場の矢面へと立たせ……場外から詞術《しじゅつ》の援護を行っていたと！　よってこの第四試合！　キアを不正失格とし、絶対《ぜったい》なるロスクレイを勝者とする！」

その言葉を疑う観客は、どこにもいない。

割れるような歓声が、倒れて起き上がらぬままのロスクレイに降り注いだ。

英雄は、まるで意思なき偶像のように起き上がらなかった。

ひどく憔悴したキアを支えながら、エレアは通路を戻った。

ロスクレイをジヴラートと対戦させる協定を結んでおきながら、エレアは寸前でその協定を違えた。黄都《こうと》にとって、今の彼女は反逆者に等しい。

「……エレア」

「いいんですよ。息を吸って、吐いて……ゆっくり落ち着けば、いいですからね」

キアの背中を撫でてあげる。〝世界詞《せかいし》〟の力が嘘みたいに小さな背。

(黄都《こうと》を離れて……どこに逃げよう)

暗闇の未来。地平のどこにも、居場所などないように思える。

(姿を隠して、汽車で黄都《こうと》の外郭にまで出て……馬車で、一緒に)

キアと一緒であれば、もしかしたらそんなこともできるだろうか。

全能の力を持つ少女だ。エレアは彼女を制御できる。黄都《こうと》の追手と戦わせて、敵を殺させることすら、きっとできる。それを繰り返せば、逃げることだってできる。

（……そうだ。イータで教師をするんだ）

それは、とてもいい考えのように思えた。栄光とも闘争とも無縁な、あの小さな村で。

子供達と一緒に、花や泥にまみれて遊んで。

そしてもう一度。子供達の秘密の場所から、綺麗な朝日の光を見られればいい。

（また、あの日みたいに――）

その行く手を、兵士が阻んだ。

「第十七卿。お疲れでしょう。ご同行いたします」

「ここからは我々が案内しましょう。どうぞ。キア殿もお連れいたします」

ロスクレイ派の兵だった。

全能の詞術《しじゅつ》が明らかになった以上、キアは黄都《こうと》に確保されるだろう。そして〝世界詞《せかいし》〟を制御するために必要な存在が誰であるのかも、ロスクレイ陣営はもはや知っている。

エレアが人生を賭した戦いは初めから破綻していて、第四試合はその開始以前から……もっとも早くにその結末が確定していた戦いだった。

それでも。

「分かりました。同行します」

エレアは僅かに微笑む。

隠し持っていた細い薬瓶の中身を兵の顔面へと浴びせた。

「グッ!?」

「ッツゥア!?」

「えっ、何!?」

「走りましょう、キア！」

――それでも、キアを黄都《こうと》のための兵器に堕してはならない。そう思った。

赤《あか》い紙箋《しせん》のエレアは、何も手に入れることができなかった。

自分自身で全てを台無しにしてしまった。

ならば、せめて一つだけでも。

手を引いて逃げる。黄都《こうと》の兵が彼女を捕らえようとしている。

劇庭園を囲む市場。真昼の市街を、エレアは駆けた。民達からの奇異の視線が突き刺さった。エレアは服の乱れたひどい有様で、涙と血に汚れて、そして必死だった。

――ああ。侮られないように、見下されないように、エレアはいつでも繕い続けなければならなかったのに。

「エレア……エレア、ねえ！　何をしてるの!?　説明してよ！」

キアも、彼女のことを見ている。いくつもの流血の果てにエレアが探し出した〝世界詞《せかいし》〟は、荒唐無稽な伝説通りの……絶対の権能を持つ、無敵の詞術士《しじゅつし》だった。

けれどそれは、身近な誰かの死にすら触れたことのない、ごく普通の、無垢《むく》な少女だった。

（私は……）

そんなキアのことが羨ましかった。

走る。

キアの先に立って。

顔を見せないように。

(こんなに、醜い……！)

エレアが苦しみ続けてきた世界の外側には、イータ樹海道のように穏やかな世界があって。

そして無邪気に彼女を信じてくれる少女がいた。

悪意にも害意にも塗れていない、本当に美しい少女だった。

「──キア。今から、大事な話をします」

長い石段を下り切った先で、エレアは立ち止まった。

そして、キアと視線を合わせるように屈《かが》んだ。微笑んでみせる。

「お願いです。先生の言うことを、よく聞いてくださいね」

「……エレア？」

今だ。

今こそ、本当のことを伝えなければいけない。

(……私は、あなたを騙していたのだと言う)

涙の溜まった湖のような碧眼が、白昼の鮮やかな世界を反射している。

人の瞳はその目に映る世界を映しているのだと、そんな当たり前のことが分かった。

（私は……本当は。権力のために、あなたを利用していただけだと言う。あなたが苦しんできたことは、本当は私が仕組んだことなのだと言う。本当は……全てを裏切ってきた、ひどく卑しい女なのだと……。あなたの故郷のことだって、何もかも私のせいなのだと言う）

赤《あか》い紙箋《しせん》のエレアは、生きるために全てを利用し続けてきた。

他人だけでなく、自分の言葉も心も騙し続けた。

だからそんな程度のことは、何よりも容易い作業に違いなかった。

（……だから。悪いのは全部先生だから、あなただけは一人で逃げてと――）

エレアはそうして、キアの両手を握った。

「怖がらせてごめんね。キア……あなたはとても強い力を見せてしまったでしょう。だから、黄都《こうと》の軍があなたを追いかけています。逃げなければならなかったの」

「そう……そう。そうよね……あたし、ひどいことをしたわ。みんな、私のことを怖がって……嫌ってるわよね……」

そうして、その金色の髪を撫でた。

「いいえ。黄都《こうと》に来てからずっと……先生の言いつけを、よく守りましたね」

「ねえ……じゃあ、エレア……！　あたし……」

キアの両目からも涙が溢れた。

「あたしが、一人で逃げればいいんだわ。そ、それなら皆、あたしの方だけを追いかけるものね。あたしは無敵だから、ぜーんぜん、平気なんだから……！」

そうだ。キアのことなら、何もかも知っている。

エレアは、彼女がそう答えるように嘘をつくことだってできた。

黄都《こうと》兵が追っているのは、エレアだ。エレアという弱点がそこに存在しなければ、キアはどこまでだって逃げ切ることができるだろう。

「だから、ねえ、エレア！　さよならなんて言わないわよね！」

「ええ。きっと逃げて。先生は、ずっと待っていますから。だから……キア。あなたの詞術《しじゅつ》を、正しく使いなさい」

嘘だ。

他の誰よりも誤ったことにその力を使わせようとした。

「それは……それは…………人を幸せにするための、才能なんですから……」

嘘だ。

〝世界詞《せかいし》〟は、エレアが幸せになるための才能だった。

嘘だ。嘘ばかりだ。

「うん……うん……！」

「だから、先生の授業は……いったん、修了です。二つ目の名をあげますね。キア」

エレアは額を合わせて、その名前を告げる。

それはキア自身がずっと知らずにいた、他の何よりも相応しい名前だった。

「……〝世界詞《せかいし》〟。世界詞《せかいし》の、キア」

「あたしの、名前――」

まるで、本当の教師であろうとするように。

本当のことを言うと決意していても、今がその最後の機会だったとしても。

世界の全員に醜い姿を暴かれてしまっても、キアの前でだけはそうでありたかった。

エレアはいつだって、美しくて優しい、完璧な教師だったのだから。

「……ありがとう。ありがとう。エレア」

キアは寄り添って、頰をエレアの頰に当てる。

エレアの、ジヴラートに傷つけられた片目の眼帯を外して言った。

「【治って】」

そして泣きながら笑った。

「やっぱり、その目が好き。とても綺麗よ」

「キア……」

「あのね、エレア。エレアと一緒に過ごすことができて……本当はあたし、ずっと幸せだったの」

「ええ。先生も、幸せでした」

嘘だ。この言葉だって、きっと全てが。

キアを支配するための嘘ばかりを、いつだって口にしてきたのだから。

「キアのことが大好き。……本当よ……本当に……」

嘘だ。

嘘だ。

赤《あか》い紙箋《しせん》のエレアは、いつも嘘ばかりをついている。

エレアは泣いた。

「——本当の、ことなの……」

「……先生。エレア先生は……優しくて、綺麗な。皆の……自慢の先生よ」

全能の詞術《しじゅつ》を持つ少女は、最後にエレアに願った。

「幸せになって!」

それは詞術《しじゅつ》ではなかった。

けれどどんな詞術《しじゅつ》よりも、そんな言葉が。


キア。何よりも大切な、エレアにとっての光が駆け去っていく。

長い金色の髪が靡《なび》いて、日差しと風に輝く。

エレアも背を向けて、彼女とは正反対の、日陰の方向へと進んでいく。

誰よりも幸せになればいい。善なるものを信じていてほしい。

闇は全てエレアが持っていくから。

(キア。私は——)

——最後に。

彼女に声をかけたいと思ってしまった。

路地から飛び出した兵士の剣がエレアの胴を薙いだのは、その時だった。

倒れる。視界が真っ赤に染まった。

「……あ」

エレアを斬撃した黄都《こうと》の兵は、むしろ動揺しているようだった。

「……ッ、申し訳ありません、ジェルキ様！」

彼は背後の者へと報告する。

「脚を斬るだけに留めるつもりでしたが、急に振り返ったため狙いが……！」

「構わん」

冷徹な声。聞き覚えのある侮蔑の声色が聞こえる。

第三卿ジェルキが、エレアを見下ろしていた。

「今回の一件でよく分かった。生かしておいたところで……この女は、どこまでも私欲のために他者を利用する。黄都《こうと》を内より腐らせる毒婦だ。一切の機会を与えるべきではなかった。……決断の責任は、取る」

（……ああ）

エレアの目の前に、汚いものがある。

腹の中から溢れた内臓が、地面を汚しているのだ。

いつも美しくあろうとした。生まれも外見も、皆に綺麗に見られたかった。

（ああ、私の……私の中身は……いやだ……）

そのおぞましい形と色が、赤《あか》い紙箋《しせん》のエレアの全てだった。

卑しい。卑しい。卑しい。卑しい。

「……全て、私の責任だ。期待した私が、愚かだったのだ」

（……こんな。こんなに……見ないで……兄さん……）

キアが幸せに生きていければいい。けれど。自分も、本当は。

ただ一人で死んでいきたくない。

皆に蔑まれて死にたくない。

「――死ね！」

ジェルキは叫んだ。

感情を決して表すことのない、冷徹なる第三卿。

しかし彼の叫びには、明白な失望と怒りがあった。

「卑しい血筋の娘め！　同胞を裏切り、幼き娘を利用し、父を……父すらも殺し……！　貴様のような者が省みられると思うな！　赤《あか》い紙箋《しせん》のエレア！　貴様のような外道には、惨めな死こそが相応しい！」

血の海の中に、金色の光がある。

髪飾りが。お姫様みたいで、エレアにはとてもよく似合うのだと。

（…………）

必死で指を伸ばそうとする。

暗闇の先にこそ、きっと光が。

けれどもう、何もない。彼女の光は去ってしまった。

髪飾りに指が届く前に、エレアの命は尽きた。

◆

視神経が痛む。照明の光すら眩《まぶ》しすぎる。

痛みが。ロスクレイの全身には激痛だけがある。治療の生術で作り変えられる痛みだ。

医務室の寝台に寝かされた状態で、うわ言のように言った。

「……負けていた」

その傍らに座るヤニーギズが首を振った。

「それは……違いますよ、ロスクレイ」

ロスクレイの傷はどれだけ癒えるだろうか。少なくとも、脚を完全に切断されたソウジロウよりは見込みがあるかもしれない。

決して死んではならぬ英雄だ。ロスクレイの治療を担当する専属生術士《せいじゅつ》は四人も存在する。少なくとも、二回戦のその時までには間に合わせるだろう。あらゆる代償を度外視して。

「……間違いなく、アナタの勝ちです。アナタ自身が鍛錬していなかったなら、あの詞術《しじゅつ》の前に意識を保っていることなどできなかった。土山を崩す詞術《しじゅつ》も、脚を治療する詞術《しじゅつ》も、アナタの準備だった。第二十六卿を調略したのも、アナタ自身の実力でした」

第九将ヤニーギズはその経歴を公には伏せているが、ロスクレイはそれを知っている。

ヤニーギズも、貧民の生まれだ。かつてロスクレイが救った者の一人だった。

英雄に救われたことを心から誇りに思っている者の一人だ。

「……アナタは、あれだけ多くの味方を作り上げていたんです。私達の想像を越えるほど……絶対《ぜったい》なるロスクレイは、本物の英雄に……」

疑いの余地はない。彼でなければ、全能なるキアを下すことなどはできなかった。

「黄都《こうと》の全ての人々にとって、アナタは偉大な英雄なんです。ロスクレイ」

「……それでも」

天井を見つめながら、ロスクレイは呟く。

「赤《あか》い紙箋《しせん》のエレアは、一人だった」

「……」

彼には誰よりも多くの味方がいた。人工英雄は、黄都《こうと》の民の全てを味方につけていた。

それでもなお。たった一つでも歯車が狂っていたなら、きっと。

「ただ一人で、私達全員を追い詰めたんだ」

第四試合。勝者は、絶対《ぜったい》なるロスクレイ。

十三　巡礼

黄都《こうと》。とうに日の沈んだ夜間である。

この時刻は〝教団〟の礼拝堂も施錠されているが、一般信徒も通常は訪れない時間帯だった。

だが通《とお》り禍《か》のクゼは、そこで毎日祈りを捧げている者がいることを知っている。信徒達に一日の終わりを知らせる鐘の音が鳴る頃、彼は決まってそこに現れる。

「や。初めて会ったかな」

大鬼《オーガ》である。不言《ふごん》のウハクという名の勇者候補であった。

祈る後ろ姿は、白い法衣《ほうえ》に包まれた背中だけでも、クゼが使う大盾より広い。

「俺は通《とお》り禍《か》のクゼって言ってさ……ここ、座ってもいいかい」

ウハクは顔を上げて、クゼの目をじっと見つめた。

返答はない。故にクゼは、それ以外の反応でウハクの意思を慮《おもんぱか》る。ナスティークに対して、いつもそうしているように。

「……悪いね。できるだけ、邪魔はしないようにするさ」

アリモ列村《れっそん》で発生した虐殺事件。〝教団〟の神官であった老婆、環座《かんざ》のクノーディが遺した手記によれば、ウハクは生まれつき詞術《しじゅつ》の祝福を受けずに生まれてきた大鬼《オーガ》なのだという。逆理《ぎゃくり》のヒロトがもたらした調査情報も、同じ結論を示していた。

幼子がそうであるように、心の中で自分自身の言葉が形成されていないわけではない。

身体障害によって、発声機能や聴覚機能が喪われてしまっているわけではない。

そのどちらにも問題を抱えていないことが証明されているのにも関わらず、〝客人《まろうど》〟にすら行使できる詞術《しじゅつ》の会話が、不言《ふごん》のウハクにだけは存在しないのだと。

クゼがこの場にいる理由の一つは、ヒロト陣営にとって最大の鬼札となり得る存在――不言《ふごん》のウハクの調査のためだ。

「クノーディ先生を助けてやれなかったのは、俺のせいだ」

だが、そんなことよりも遥かに大きな理由がクゼにはあった。

環座《かんざ》のクノーディが死んだ。不言《ふごん》のウハクや、ウハクの擁立者である第十六将ノーフェルト――そしてクゼ自身にとっての恩師だった。

アリモ列村で虐殺事件が起こったあの日。アリモ列村に巡回に訪れたクゼは、教会の方角で燃える赤い光を見た。恐怖と焦燥に駆られて走ったが、辿り着いた時にはもはや遅かった。

暴徒と化した村人の大半を虐殺したのは、このウハクだ。だが、あの日、クゼも多くの者を殺した。殺しながら切り抜けてでも、一刻も早く、クノーディのもとに辿り着こうとしていた。

「……ふへへ。今でも、たまに考えちまうよ。もうちょっとだけ俺の馬が早けりゃとか、途中で寄り道しなかったらとか……そういうことをさ。あの前の日には、俺は別の町の〝教団〟で……子供と紙飛行機で遊んでいたんだぜ？　バカみたいだよな」

不言《ふごん》のウハクに詞術《しじゅつ》が届くことはないと知っている。これはクゼの一方的な懺悔《ざんげ》だ。

この世の誰かに許しをもらうためではなく、自らを苦しめる罪がどこにあるのかを、自分自身の口で確かめていく行為が必要だった。

「なあ。不言《ふごん》のウハク」

……そして、もはや確かめようのない罪もある。

「――人を殺した時、辛かったか」

不言《ふごん》のウハクは、人を喰らう大鬼《オーガ》だ。

それでも、詞神《ししん》の教えを守り通してほしかった。

こんな有様のクゼとは違う、クノーディの最後の教え子として。

「裂震《れっしん》のベルカも……アリモ列村の皆も、生きてた。詞術《しじゅつ》と心があった。もしかしたら、魔王のせいで心が取り返しがつかないことになってたとしても……本当なら誰も死ぬべきじゃないし、殺させるべきじゃなかったんだ……」

あの日、村人達を殺してでもクノーディを助けようとしてしまった。殺意ある群衆に囲まれたなら、ナスティークは彼らを殺す。クゼがどれだけ守ろうとしても、その相手は全員が敵で、いつだって無数の命がその手の中からこぼれ落ちていくのだ。

悪夢のような罪だった。

「俺だけでよかった」

ウハクからは、無言だけが返る。

「……間に合わなくて、すまない」

呻くような呟きだった。

「ウハク。なあ……本当はあんただって、殺さずにいることだってできたんだ。教えを守り通していれば、心は救われることができたんだ。俺だけで良かったはずだ。俺だけで……」

クノーディの手記の最後には、多くの死を招いてしまったことへの懺悔と、詞神《ししん》の教えを信じられなくなったことへの絶望が書《か》き綴《つづ》られていた。

同じ死の末路だとしても、せめて穏やかな死を与えることができたはずだ。

――それとも、クノーディにとっては、それが正しい死だったというのだろうか。

獣の心が人の心と等価であるなどという『真実』を悟って死ぬことが。

「ナスティークがさ……あんたに近づかないんだ。詞術《しじゅつ》を消し去る力も、きっと本物なんだろうな」

礼拝堂には二人だけだ。

いつもクゼとともにいるはずの白い天使の姿は、クゼ自身にも、どこにも見えない。

あらゆる超常を消去する異能。そんなものが本当に存在するのかどうかは分からないが、現にその力は、クゼを守り続ける無敵の死の権能すら退けている。

(この世の始まりからいる天使に、もしも死ぬ時があるなら)

不言《ふごん》のウハクがその意志を抱きさえすれば――彼は、ナスティークの存在そのものを消去することさえ可能なのだろうか?

ナスティークの存在が、永遠に喪われる。それはクゼにとって、ひどく恐ろしい想像だ。しかしそのような結末が彼女にも存在することは、ある種の救いのようにも思える。

(――詞術《しじゅつ》の、否定か)

そしてその異常性を目にした今、クゼにははっきりと理解できる。

このウハクを六合上覧《りくごうじょうらん》に出場させてはならない。

ヒロト陣営が有する最大の優位性は、不言《ふごん》のウハクの情報を事前に独占できたということ。ヒロト陣営にとってウハクは打ち倒すべき勇者候補ではなく、真っ先に取り込むべき切り札である。故にウハクの情報は、現在も各地でジギタ・ゾギが動かしている諜報部隊によって徹底的に秘匿されている。さらに擁立者である第十六将ノーフェルトも、アリモ列村の事件を隠蔽していたように、試合のその日まで勇者候補の正体を隠し通そうとするだろう。

……ウハクの正体が明らかになるだけで、全てが変わってしまいかねないためだ。

〝教団〟に大鬼《オーガ》が属していたという事実。その大鬼《オーガ》が辺境の村を虐殺したという事実。そしてその大鬼《オーガ》が黄都《こうと》の勇者候補として現れ――存在そのものが、この世界を成り立たせている詞術《しじゅつ》の絶対性を否定しているという事実。

(何を……何を考えてんだよ。何やってんだよ。なあ。ノーフェルト)

第十六将、憂《うれ》いの風《かぜ》のノーフェルト。クゼとは〝教団〟の同じ救貧院で育った仲だった。他の子供達とは違って、真っ先に黄都《こうと》で出世を重ねて、そして二十九官にまで上り詰めた。

クゼのような男とは違って、光の当たる世界に出ることができた仲間だった。

（全部が台無しになっちまう。この世の誰も、詞神《ししん》サマのことを……詞神《ししん》サマの作った世界のことを信じることなんてできなくなって……〝教団〟も、それどころかこの世界だって、おしまいになるって……お前なら、分かってるんじゃないのか……）

――ノーフェルトも、間に合わなかった男だった。

アリモ列村にノーフェルトの部隊が到着したのは、クノーディが死んだその翌日だ。

輝かしい成功を掴んだノーフェルトですら、彼らの中で一番幸せになる権利を持っていたはずの者すら、世界の全てに対して絶望しているのだとすれば。

（……救いはどこにあるんだ）

それが呪いではなく、勇者なき世界が孕む、残酷な真実であるのだとしたら。

神官であるウハクにすら、その絶望を解くことはできないのだろうか。

◆

――レーシャなら、この救貧院を助けてあげられたはずだ。

粗末な麦粥《むぎがゆ》を口にしながら、彼女はそう思わずにはいられなかった。

辺境の富豪に彼女が引き取られる話は、なしになったのだという。その話を聞いた時はひどく残念で、泣きたい気持ちになったけれど、それでもレーシャがまだ〝教団〟に残って、愛するクゼに会うことができるのだと思えば、悲しい心が少しだけ慰められもした。

「ねえ。もしもわたしが、引き取られてたら……」

食事は少し粗末になったけれど、建物が変わったりはしない。前と同じようにひび割れだらけで、壁紙の柄も古臭くて、レーシャがずっと慣れ親しんだ救貧院の建物のままだ。

それでも、何も変わっているように見えなくても、もう長くここを続けていくことはできなくなってしまったのだという。

「今頃、皆にもっと贅沢《ぜいたく》をさせてあげられてたはずよね。わたしみたいな美人をもらうなら、引き換えにきっと、凄い額の寄進をしてくれたはずだもの。だから、みんなのこと……」

「……いいや。レーシャちゃんのせいじゃないよ」

食卓の向かいに座っているナイジ先生は、弱々しく、疲れたように笑った。

教典も全部は読めないような若い神官見習いなのに、ずっと子供達皆の面倒を見てくれていて、レーシャにはよく分からないお金や議会との付き合いの話も全部やっていて、とても、本当に疲れているのだと思う。

「ジヴラート様が……ずっとこの教会にお金を融通してくれていた人が、死んでしまったんだ。それ以外で運営していける方法を作れなかった、僕の責任なんだよ」

「ジヴラート様って、いつもお話では聞いていたけど……わたし会ったことないわ」

「そうだね。皆にとっては、最近遊びに来てくれているツーちゃんとかの方が馴染み深いのかな……でも、ずっと前から何度も来てくれてたんだよ。ジヴラート様は、子供にはあまり顔を見せたくなかったらしくて……皆が来る時は、すぐそこを離れてたんだ」

「どうして？」

「小さな子供達には悪いやつだって思われたくないんだって。はは……おかしいよね。悪く言う子供なんていないと思うのに」

「……そう」

変わったんだ。

けれどレーシャには、そんな気持ちが分かるような気がした。

通《とお》り禍《か》のクゼが訪れる時、レーシャはいつも完璧でいるように努力をしている。髪の毛が汚かったり、振る舞いが乱暴だったり、そんな姿を見せてしまえば、クゼの心の中ではレーシャを奥さんにしようという気持ちがなくなってしまうかもしれない。

レーシャはいつだって頑張ってきた。それができる美人だからだ。

「もしかして、よく見られることができない人だったのかも」

「……」

「人相が悪かったり、立ち振舞いがちょっと乱暴だったり、ずっと子供みたいだったり――」

レーシャを引き取るはずだった家も、彼女の悪い噂を聞いてしまったのだろうか？

計算の成績が悪いだとか、男子に暴力を振るうだとか、あるいは……レーシャ自身では自覚できていない、何か決定的な品のなさのせいで。

自分自身では覆しようもない育ちの悪さが、陰の中から抜け出していけると信じていた光の出口を、永遠に閉ざしてしまう。それはとても怖い想像だった。

「……そういう人の中にだって、ジヴラート様みたいにいい人もいるわ。見た目じゃ何も分からないもの。そうよね」

「レーシャは大人だね」

「そうよ。大人なの。すぐにお嫁さんにならなきゃいけないんだから。わたし、他の家にもらわれるのなんてきっぱりやめるわ。クゼ先生と一緒になるの」

ナイジ先生はとても元気がなかった。この孤児院の行く末を心配しているのと同時に、恩人のジヴラート様が死んでしまったことが、とても堪えているのだと分かった。

「その時は、ここの子供達も、ナイジ先生も……みんな、結婚式に呼んであげるわね」

「はは……ありがとう」

ナイジ先生は弱々しく笑った。

残り大一ヶ月ほどで、レーシャ達は〝教団〟の、別の救貧院の預かりになる。広い黄都《こうと》の反対側に行く子供もいる。もっと遠い、違う市にまで出ていってしまう子供もいる。

「だから、元気を出して。ね」

「……そうだね。これから頑張らないと」


三日後、ナイジ先生は死んだ。

近くの湖に浮かんでいた先生のことを、通りかかった馬車が見つけたのだという。

ガタガタに崩れた文字で書かれた遺書には、私達への謝罪が書かれていたのだとも聞いた。

レーシャ達の面倒を見られなくたって、ナイジ先生には生きていてほしかったのに。
クゼ先生が六合上覧《りくごうじょうらん》で戦う、二日前のことだった。

十四　厩舎兼治療室

第三試合で大きく負傷したオゾネズマは、光暈牢《こううんろう》のユカが保有する厩舎の中でも一際大きな建物を治療室として、現在は安静状態にある。

試合が終わった後ですらも、彼は人前に異形の姿を晒すことを避けていた。

名誉ある真業《しんごう》の試合にて負傷した勇者候補は、黄都《こうと》の医師からの手厚い看護が保証されている。

もっとも、医師としての高い技能を有するオゾネズマにとっては、自分で自分自身を執刀する方が、遥かに確実かつ信用のおける治療であったが。

「連れてきたよ、オゾネズマ」

そしてその日、彼の治療室へと現れたユカは、一人の少女を伴っていた。

引き締まった長い手足と、栗色のしなやかな三つ編み。

「――来夕カ。ツー」

「うわー、すごい動物！　きみがオゾネズマだよね？　ぼくは魔法《まほう》のツー！　よろしくね」

一見して健康的な少女そのものにしか見えぬ魔法《まほう》のツーは、オゾネズマの知覚で認識する限り、人族どころか他のありとあらゆる生命体とも完全に異なる、オゾネズマ以上の異形だ。

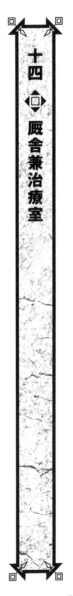

「毛皮がごわごわしてる……足が八本もあるの？　狼じゃないのかな」

魔法《まほう》のツーはオゾネズマの恐ろしい姿を見ても怖気《おじけ》づくことなく、近づいてはペタペタと触った。傷の癒え切っていないオゾネズマの体にとってそれはあまり好ましくはなかったものの、彼は甘んじて受け入れた。

「混獣《キメラ》ダ。私ト会ウコトニツイテ、フリンスダカラノ許《ゆる》シハアッタノカ」

「大丈夫！　いつもみたいに笑って許してくれたよ。ユカとも仲良さそうだったし！」

「……ソウカ。ヤハリ、既ニ敗退シタ者ガ候補者ニ接触スル分ニハ、失格条件ノ解釈上ハ問題ハナイトイウコトダナ……」

「？」

……とはいえ、現候補者と敗退者の接触は危険を伴う話である。

十六名の勇者候補の中には、むしろ敗退者を操作することで目的を達成し得る者すら存在する。オゾネズマと協力関係にある、千一匹目《せんいちひきめ》のジギタ・ゾギなどもその一名だ。

「ぼくと全然似てないね。ユカ。本当にオゾネズマがぼくのお兄さんなの？」

「俺に言われてても、俺はオゾネズマからそう聞いただけだしなあ」

「……確カダ、魔法《まほう》ノツー。君ハ私ノ姉妹機ニアタル」

魔法《まほう》のツーが彼と同時にこの六合上覧《りくごうじょうらん》に現れたことについては、ある種運命的なものを感じていた。しかし自らの生成目的や経歴について、彼女はどれだけ理解しているだろうか。

魔法《まほう》のツーは戦えば無敵であろうが、あるいは明日の第五試合で命を落とす可能性もある。

彼女の対戦相手である通《とお》り禍《か》のクゼは絶対即死の異能を用いる暗殺者だ。さらには、クゼの背後にいる千一匹目《せんいちひきめ》のジギタ・ゾギや逆理《ぎゃくり》のヒロトの謀略をも同時に相手取らなければならない。

（二日後ノ試合デ、彼女ハ死ヌ。ソノ可能性ハ高イ）

オゾネズマが彼女と話す機会も、これで最後になるかもしれなかった。

「マズハ、ヒトツ。君ハ自分自身ノ肉体ニツイテ、ドレダケ自覚ヲシテイル？」

「ええ〜……。お、教わったけど……でも、全然覚えてないもん！　説明できないよ」

「覚《おぼ》エテイル限リデイイ」

「……えーっと、その……ブンシが、セイ……セイレツがどうとかで……。ハッセイのネツショリが……なんだっけ。あっ、サイボウ……サイボウの次は……えーっと……」

「……。自分ノ構築理論ヲ覚エテイナイ、トイウ意味カ」

「でも、大事なことは分かってるから、いいんだ。大事なのはどういう風に生まれたかとかじゃなくて、どう生きるかだよ」

ツーは満面の笑みを浮かべて、両手をぐっと握った。

それで説明を終わらせたがっていることは、オゾネズマの目から見ても明らかであった。

「ソノ言葉ヲ教エタ者ノ名ハ覚エテイルナ？」

「……まあ、うん」

ツーは素直だ。その時々の感情で、ころころと表情が変わる。

今は、とても複雑な感情を処理しようとしているような顔であった。

思い出したくないものを、いつまでも捨て切れていないことを思い出したような。

「すっごい、嫌なやつだけど」

「ソウダナ」

そんなツーの顔を見て、オゾネズマは含み笑いのような唸りを上げた。ツーのような娘にそう思われているようでは、あの男は何も変わっていなかったのだろう。

オゾネズマが彼のもとを去った後も、ずっと。

「色彩《しきさい》ノイジックハ、嫌ナ奴ダ」

「……！　知ってるんだね」

色彩《しきさい》のイジック。オゾネズマとツーの創造主にして、七名の〝最初の一行〟の一人。〝本物の魔王〟が出現する以前に、地上最悪の魔王と呼ばれていた存在である。

オゾネズマは身を起こした。やはり魔法《まほう》のツーは自分自身の肉体について理解していない。ならば、わざわざここまで呼んだ意味があったのかもしれない。

「私ナラバ……君ノ体ニツイテ、モウ一度教エルコトガデキルダロウ」

〝最後の地〟にいつからか出現した〝魔王の落とし子〟。魔法《まほう》のツー。

オゾネズマは知っている。彼女はこの地上の誰よりも強く、同時に誰よりも危うい。

「魔法《まほう》ノツー。君ノ正体ハ――」

十五 第五試合

深夜のギミナ市である。通《とお》り禍《か》のクゼは、馬車ではなく徒歩でこの市へと入った。

誰にもその痕跡を追跡されることがないように。

夜の気温はやや肌寒く、クゼが吐く息はかすかに白い。

「……今、市内についたぞ。準備はできてる」

懐のラヂオを通して、遠方へと通信をしている。

市から少し離れた位置には、六合上覧《りくごうじょうらん》における彼の指揮官――千一匹目《せんいちひきめ》のジギタ・ゾギが待機しているはずだ。

地上から根絶されたはずの小鬼《ゴブリン》。その中で、極めて例外的な戦術の才を備えた英雄なのだという。

〈了解です。仕事の後はすぐにその場をお離れください。首尾のほどはこちらの兵が確認できますからな。現場を押さえられないことが第一とお考えください〉

今回の作戦には、クゼが自ら志願している。

暗殺者として、ヒロト陣営からの信用を得るための仕事。そして何より〝教団〟の始末屋として、この世界そのものを揺るがしかねない行いを阻止するための仕事だ。

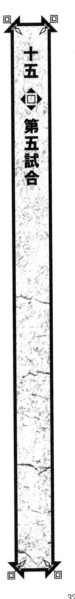

〈一つ忠告いたしますが、ノーフェルトは自身が狙われる可能性については既に察知して動いているでしょう。このギミナ市から先の地点で身を隠されてしまった場合、試合当日までノーフェルトを捕捉できる機会があるかどうかは分かりません〉

「大丈夫だ。——今日やればいい」

標的は黄都《こうと》第十六将、憂《うれ》いの風《かぜ》のノーフェルト。

不言《ふごん》のウハクの擁立者たる彼を抹殺し、千一匹目《せんいちひきめ》のジギタ・ゾギを不戦勝へ導く。

浮いた駒となったウハクは、ヒロト陣営だけがその絶対性を知る、六合上覧《りくごうじょうらん》における対処不能の切り札となる。それが彼らの計画だ。

〈クゼ殿。ウハク確保のためには、殺害が必須というわけではありません。ご希望通りにクゼ殿を送り込むことにしたのは、ノーフェルトをこちらに引き入れられる可能性が最も高い者がクゼ殿であったという理由もあります。同じ救貧院のご出身なのでしょう〉

「よく調べてるね。そうだったよ」

〈情に流され、確保も始末もできず——といった結果は、クゼ殿にとって最も不利益なはずです。我々の側はクゼ殿を切り捨てて無関係を装えばそれで済む話でしょうが、クゼ殿自身の反則行為は〝教団〟全体に関わる話になりますからなあ〉

「……ふへへ。そう警戒しなくても大丈夫さ。ジギタ・ゾギ」

ジギタ・ゾギにとっては、通《とお》り禍《か》のクゼは最も新入りの、信用ならない暗殺者であるはずだ。

ここでノーフェルトを始末できるかどうかが、クゼが真にヒロト陣営の作戦指揮下で動けるかどうかの試金石でもある。

だが、そのような事情を抜きにしても、覚悟はしていた。

「……ノーフェルトは観客の目の前に、あのウハクを晒そうとしている。詞術《しじゅつ》否定の、大鬼《オーガ》の神官。アリモ列村虐殺事件の犯人を。俺はウハクの命に罪があるなんて思っちゃいないが——あいつの真実をこの世界に知らせちまうことは、詞神《ししん》サマへの冒涜だ。……俺の知ってるノーフェルトは、そんなことをする奴じゃなかった」

神官の資格をとうに失っていたとしても、クゼはノーフェルトとともに育った〝教団〟の仲間で、そして聖騎士だ。

告解を聞かなければならない。彼が何を思っているのかを。

「他の誰かにやらせるくらいなら、俺がやる」

〈……。クゼ殿の能力については信用しております〉

「じゃあ、もう一つだけ教えてもらおうかな……どうして不言《ふごん》のウハクに目をつけた？　あんたらが切り札として手をつけてた候補だって、本当は他にもいたんじゃないの？」

〈仰る《おっしゃ》通りです。その上で不言《ふごん》のウハクが最優です〉

ヒロト陣営は、彼ら自身が動かすことのできる切り札を集めている。黄都《こうと》に属さぬ者という条件の上でも、無敵という形容が相応しい存在は他にいくらでもいたはずだ。星馳《ほしは》せアルス。おぞましきトロア。魔法《まほう》のツー。窮知《きゅうち》の箱《はこ》のメステルエクシル。

〈十六名の勇者候補の中には、魔族《まぞく》や竜族《りゅうぞく》、あるいは巨人《ギガント》のように、物理法則外の詞術《しじゅつ》法則を前提に存在を支えられている者もいます。無尽無流《むじんむりゅう》のサイアノプ。星馳《ほしは》せアルス。冬《ふゆ》のルクノカ。移《うつ》り気《ぎ》なオゾネズマ。魔法《まほう》のツー。窮知《きゅうち》の箱《はこ》のメステルエクシル。音斬《おとぎ》りシャルク。地平咆《ちへいほう》メレ〉

ジギタ・ゾギは、淡々と名を読み上げていく。

〈——以上、参戦者十六名中実に八名が、不言《ふごん》のウハクの影響を受けた場合に即死するでしょう。さらに、おぞましきトロアの魔剣、絶対《ぜったい》なるロスクレイの詞術《しじゅつ》が封じられます。ついでに言うなら、クゼ殿のお力も含まれますな。そして、この攻撃は試合場に限らず、例えば観客席からウハクに目撃させるだけでも可能なことですので——この切り札の情報については我々しか持っていないということが大きい。クゼ殿のお望み通り、衆目に不言《ふごん》のウハクの力が晒される機会を与えずに敗退させ、隠し持つかたちで運用するのが最善というわけです〉

ジギタ・ゾギが第八試合を勝ち進んだ場合、第三回戦までに対決する可能性がある勇者候補のうちウハクの能力が有効でない者は、奈落《ならく》の巣網《すあみ》のゼルジルガのみ。

確かに他の参戦者の誰もその存在を知らぬのだとすれば、最善の駒はウハクになる。

「……そっか。説明させちゃって悪いね。やっぱり、必要なことだって信じたいんだよな」

〈クゼ殿は……〉

ジギタ・ゾギの声色は、いつも冷静沈着だ。

自分自身の情を排し、常に淡々と最適の戦術のみを告げる司令官である。

〈最初から、ノーフェルトを生かすことを諦めてしまっているように見えますな〉

「……まあね。だってそうだろ？」

クゼと同じように〝教団〟の仲間達を愛していたはずの男が、〝教団〟だけでなく、世界すらも呪おうとしているのだ。

「……あいつを殺さなきゃ、俺達みんなが終わっちゃうかもしれない」

ノーフェルトは、それほどのことを決断した。その苦悩を気付いてやれず、クノーディを見殺しにしてしまったクゼが、今更どんな言葉で彼を思い留まらせることができるだろうか。

〈クゼ殿。世の中に絶対はありません〉

「そうだな。俺もそう思っている」

〈アタシは、不言《ふごん》のウハクの力は単に彼の生まれながらの特殊な異能であると解釈していますが――詞神《ししん》の教えにしたところで、事実絶対の真理ではないのかもしれませんな〉

「……」

そのように受け入れられる者ばかりならば、ノーフェルトの行いも、あるいは世界に真実を知らしめる救いなのだろうか。

だが……クゼがこれまで、屍を積み上げながら守り続けてきたものは。

「俺は、そう思いたくない」

不言《ふごん》のウハクも、クノーディの最期も。クゼは、片手で顔を覆った。

「俺は……俺は、詞神《ししん》サマを信じていたいんだよ……。それだけが救いになってる奴らが、この世界にはいくらでもいるんだ……」

〈……〉

「……ジギタ・ゾギ。もしもノーフェルトをここで取り逃がしたら、どうなる」

自らの心を振り払うように、新たに質問する。

今は合理によって、これから行おうとしている罪を塗り潰す必要があった。

〈ノーフェルトは昨日黄都《こうと》を発っています。名目としては、オゾネズマの試合で発生した交通停滞の原因の調査。帰還は第八試合の当日という予定を組んでおります。もう街には留まらんでしょう。ハーディが仕掛けた交通停滞策はギミナ市だけでなく、周辺都市の広域に渡っていましたからなあ。その間は、どこを調査していても不自然ではないというわけです〉

「――逆に言うなら、ノーフェルトに何かがあったとしても、当日までは誰も気づかないわけだ」

〈ご名答です〉

クゼは、心の中だけで思う。

（……やっぱり、お前は出来の良い奴だよ。ノーフェルト）

この地平で最強の戦術家ジギタ・ゾギを、あと一歩で出し抜けるかもしれなかったのだ。勇者候補を黄都《こうと》に残したまま擁立者だけが姿を隠すという、単純にして大胆な策で。

同じ救貧院にいた昔から、そのように要領の良いところがあった。

面倒な仕事を押しつけられそうな時には、直前にふと姿を消してしまうような。

〈もちろん、今夜の内にノーフェルトの潜伏地点については特定しなければなりませんがね。こちらの部隊を動かして探し出すことは可能です〉

「や、その必要はないさ。市内なら、最後に奴が寄りそうな所は心当たりがある」

街道を行くクゼの足取りに迷いはない。

その後もジギタ・ゾギといくつか会話を交わし、ラヂオの通信を切る。

通話する相手がいなくなれば、今日がひどく物寂しい夜だと気付く。

(──すばらしい奇跡のために、私達はもう、孤独ではありません)

クゼが到着したのは教会である。

きっとその場所にいると、確信を抱いていた。

(心持つ生き物の全てが、皆の家族なのです)

かつて学んだ教えを心の内で唱えた。

それが何かを救ってくれると、期待もできないでいる。


扉を開けると、祭壇の下で腰掛けている男の姿が見えた。

他には誰もいない。憂《うれ》いの風《かぜ》のノーフェルトはこの場所にいた。

「……や。久しぶりだなあ。ノーフェルト」

「ウッゼ」

座っていても、ノーフェルトはとても背が高い。

子供の頃からそうだった。周りからの期待に答えるように、ノーフェルト自身が何も言わなくても、身体のほうが突出した才能を言いふらしたくてたまらないみたいに、毎年背が伸びていた。

ノーフェルトはへらへらと笑った。

「そのウザったい喋り方さ、クゼ兄っしょ」

「お前も、喋り方変わってないのな」

クゼもかすかな笑いで答えて、ノーフェルトへと近づいていく。

「あー、座っていいか？」

「駄目ッつったら」

「え？　座るけど。いやー、この年になると腰が痛くってさあ」

ノーフェルトの隣に腰を下ろす。ノーフェルトも止めようとはしなかった。

並んで座ると、やはりクゼより頭二つも大きい。ノーフェルトは、いくつになるまで背が伸び続けたのだろう。そんな感慨に耽《ふけ》る時間が欲しかった。

「腰か。そんな年かよ……やめてほしいよな。俺までオッサンみたいに思えてくるじゃん」

「……ふへへ。心配しなくてもとっくに両方オッサンだって。あれから何年経ってると思ってんだ」

「二十二……？　二十三だっけ。ヘッ……覚えてねーし」

「覚えてろよ。小二ヶ月前でえーっと、あれだ……二十……」

「クゼ兄も覚えてねぇーんじゃん」

「……ふへへ。クソッ、オッサンだからな」

それほど昔のことなのに、今でも思い出すことができる。

〝本物の魔王〟はまだ、子供達の知らないどこか遠くの事件で、貧しくても皆が助け合えた。子供達も大人に交じって働いていて、沢山の神官と出会って、色々な言葉を聞いた。

そうして聞いた言葉の一つ一つは曖昧に滲んでいても、数多くの思い出のことを、ふと口ずさんでしまう歌のように覚えている。

静《しず》かに歌《うた》うナスティークもきっと、そのように世界を見てくれている。

クゼはそう信じている。

「……羽根独楽《はねこま》、やるか。ノーフェルト」

「マジか」

「持ってるよ。卒業した時に預かってたやつ。ほら」

懐から取り出した真鍮《しんちゅう》製の独楽を、ノーフェルトへと投げた。

ノーフェルトは決して羽根独楽が強くはなかったが、彼がいつも自慢していた独楽だった。あの頃と変わらない鈍い輝きを見て、彼は笑った。

「ガキの遊びじゃん」

「たまにはいいだろ。ほら。五。四。三」

「いやいやいや、ハハッ、待て待て待てって」

「二。一っと」

教会の板床に向かって、クゼは羽根独楽を投げる。ノーフェルトは少し遅れた。

風を切る独特の音を立てて、二つの独楽が回っている。

「聖堂の床でやったら怒られたよな」

「……な。あれ、マジで意味分かんなかったし」

「板張りで平らで、一番広いのにな。俺が神官になってたら、そんな決まりごとなんてなくしてたよ。でも羽根独楽って今の子供はあんまりやらないのかな？」

「つーかクゼ兄、まだ〝教団〟やってんのな」

――そうだ。誰よりも教えに背きながら、クゼは〝教団〟から離れられない。

詞神《ししん》を信じずに生きていければ、クゼの心はもっと楽になれたのだろうか。

彼を見ている天使のことを、見えていないかのように生きられただろうか。

「神官の試験とかって受けたわけ？」

「ぜーんぜん。聖騎士なんて結局肩書きだけで、ヒラのまんまだよ」

「ふーん……」

「悔しいけどお前はさ……ノーフェルト。やっぱ特別だよ。出てよかった。昔っから、一番頭がいいのはお前だった。体もでかくて……まだ伸びてるなんて思わなかったよ。やっぱ親が優秀だったんだろうな……お前みたいなのは……」

「……あのさクゼ兄。そういう言い訳、卑怯くさくね？　俺らに親なんていないんだって。いたとしても、ガキを捨てるクソ野郎じゃん」

羽根独楽が回り続けている。

真鍮の表面が、暖かく揺れる、蝋燭の光を映している。

「そうだな。お前……お前は、頑張ったよな。もう二十九官だ」

「ヘッ……へへへへ。クソだよ」

第十六将は笑った。乾いた、軽薄な笑いだった。

どこか、クゼの笑いと似ている。

「俺はクソ。偉くなっても、クソ。親とおんなじクソッタレだ。……クゼ兄、知ってる？　クノーディの婆さんも死んじまった。俺……俺はさ……」

膝の上に組んだ手に、ノーフェルトは自らの額を乗せた。

「……本当は、偉くなれば……皆、楽させてやれると思ってたよ。どこの救貧院でも、毎日の食事の終わりに緑苺《みどりいちご》が出てさ……王国の金で洗濯婦の一人もつけてやって。文字だって、きちんとした羊皮を使えればいいって思ってさ……あと、へへ……あと、あれだ。羽根独楽を、聖堂で遊べるようにしてやってさ」

「分かってる。皆分かってた。俺達を捨てて出てったなんて、誰も思ってなかったよ」

「……クソ恥ずかしいからやめろ……！　なあ、クゼ兄。皆死んじまったよ。俺はどうすればいい？　やりたいことが、もうなんにもないよ」

「……」

片方の羽根独楽の回転が揺れた。カタカタと床板をこすって、やがて倒れた。

ノーフェルトの独楽だった。

「ふへへ……俺の勝ちー」

「……ヘッ……まぐれだし。こいつは俺の〝鷺鳴《さぎ》き〟号だぜ？」

「あれだ。勉強はできても、やっぱ羽根独楽は弱いよ、お前」

「全ッ然……弱くねーから。もう一回やっぞ」

二人は、呼吸を合わせて羽根独楽を落とす。

回転の音が重なって響いた。教会のどこか遠くで、風が鳴っている。

「……ノーフェルト」

「何だよ」

「『ヤケになるな』って言ったら、お前、やめられるか」

「……」

ノーフェルトは、高い天井を見上げた。長い沈黙の後で、溜息を吐いた。

カタカタと、羽根独楽の回る音だけが響いた。

「無理」

「…………」

「つーか、また俺の倒れそうじゃん」

「へへー。クソ弱大将め。俺の勝ちー」

「クッソ……マジでこの……あークソッ……もう一回だからな」

「同じだって。あの時の八連敗を更新するつもりかよ」

「クノーディの婆さんが止めなきゃ、あの後俺の九連勝だったっつーの」

もう一度、羽根独楽が回る。蝋燭の光は変わらずに揺れ続けている。

その懐かしい光景を見て、クゼは笑う。幼い日のように笑いながら、それでも、もう引き返すことができないのだと知っている。

「――俺を殺しに来たんだよな。クゼ兄」

「……」

「俺……俺はさ、もうダメだ。もう無理。……ウハクの目、見た？　……俺、分かるんだ。あいつ本当は……全部憎んでるよ。この世の全部」

「お前の思い込みだ」

あの日、クゼはウハクを見た。彼は悔やんでいる。

世界に対する罪を償いたいと思いながら、その術を持たない目だった。

「……なあクゼ兄。あいつを使ってさ……この茶番を、全部めちゃくちゃにしてやるってのはどうよ。全部ブッ壊して……へへッ、超面白くね？　勇者になったあいつが、皆の前で……詞術《しじゅつ》とか詞《し》神《しん》とか、全部嘘っぱちだって……何もかもクソだって、思い知らせんだよ……」

「いいよ、ノーフェルト。もう、自分を責めるな」

「俺……俺さぁ……もう世界が嫌になっちまった。マジ、どうしようもねーっしょ」

「……お前は精一杯やった。お前のせいじゃないさ。本当だ」

片方の羽根独楽が倒れた。そうでなければ良いと思ったが、負けたのはやはりノーフェルトの独楽だった。

一緒に暮らした多くの友も、クノーディもロゼルハも、全員死んでしまった。

ノーフェルトは〝教団〟を出た。クゼはまだ残り続けている。

滅びゆく〝教団〟を守らなければならない。もはや衰退の道しかないのだとしても、そこにはまだ、彼が守りたい子供達が、大人達が、そして彼が過ごした人生の意味が残っている。

「……俺の勝ちー」

「クッソ……クッソ、なんで勝てねーんだろうな……最後まで……」

「まだやれるさ。ずっと……何度だって勝負してやる」

「……無理だし」

軽薄に笑いながら、ノーフェルトは泣いていた。

きっと自分で気付いていない涙を。子供の頃は、彼は決して泣くことはなかった。

「マジ、ウケる」

「……誰もお前を見捨てちゃいない。誰も。本当だ」

ノーフェルトの肩に手を置いた。

ナスティークがいる。天使が、彼らを見ている。

そしてその天使は――ノーフェルトの首筋に、刃を当てている。

『彼は死んでしまうの？』そうだ。俺が殺した。

クゼは呟いた。それしか救いはなかったのか。

ノーフェルト自身がそれを望んでいたとしても、他に道があったはずだった。

「……本当だ……本当のことだよ、ノーフェルト……」

羽根独楽が回っている。

蝋燭の光に照らされた真鍮の輝きは、今は一つしかない。

◆

移《うつ》り気《ぎ》なオゾネズマの治療室。巨大なオゾネズマの傍らには魔法《まほう》のツーが屈み込んで、彼女自身を構成している肉体構造についての理論を聞いていた。

彼女の出自と種族は、六合上覧《りくごうじょうらん》の参加者で他に類を見ないほどに数奇なものである。

その真実についても、いずれ詳《つまび》らかになることであろう。


ツーは目を丸くしてオゾネズマを見つめていたが、やがて口を開いた。

「……オゾネズマと当たらなくてよかった。オゾネズマはぼくよりぼくのことに詳しいから……ぼくが戦ってたら負けてたかも。それに、ぼくのお兄さんだもんね」

「ソウダナ」

混獣《キメラ》であるオゾネズマは生粋の魔族《まぞく》ではなかったものの、この世に発生した時点から〝最初の一行〟の魔王自称者イジックの手による徹底的な調整を受け、戦闘生物としての生を送り続けてきた。魔族《まぞく》と何も変わらない、孤独な種だ。

そのイジックの存在も含めて、彼にとっての繋がりはいつも血の繋がりではなかった。

故に、ツーにも生きていてほしいと思う。

「――ソシテ本題ダガ、君ノ第一回戦ノ相手ハ、君ノ無敵性ヲ突破デキルカモシレナイ」

「通《とお》り禍《か》のクゼのこと？」

「……ユカ」

オゾネズマは、自らの擁立者であるユカに声をかける。

彼は治療室の隅の椅子に巨体を沈めて、半分居眠りをしていた。

「……んー？」

「悪イガ、君ハ席ヲ外シテモラッテモイイカ」

「いいよ？　あ、喧嘩するのだけはやめてよね。ここ、俺の施設だから」

「迷惑ハカケナイ」

ユカが席を外す。

そうさせたのは、ここからオゾネズマが話す物事の中に、逆理《ぎゃくり》のヒロトを介して入手した情報が含まれるためだ。黄都《こうと》に入っていなかった彼が、本来知るはずのない情報である。

ユカやその配下が聞き耳を立てたとしても、オゾネズマにはその気配を感知することが可能だ。

だがユカに限ってその心配は無用であることも熟知している。嘘をつかない男だ。

「クゼノ異能ハ、即死ダ。生命デアル限リ、ソノ対象ニ例外ハナイ。クゼ自身ガ動カズトモ、彼ヲ攻撃スレバ、自動的ニ不可視ノ反撃ヲ受ケ……ソシテ死ヌ」

「……ぼくも死ぬ？」

「恐ラクハ……ソウダロウ。タッタ今説明シタ通リ、君モ紛レモナイ、一ツノ生命体ダ」

オゾネズマはこの六合上覧《りくごうじょうらん》の参戦にあたりヒロト陣営と結託をしているものの、それは対等な協力関係である。参謀であるジギタ・ゾギほどに密接に作戦に関与しているわけではない。

故に彼は、自身の属さぬ側の組――第五試合以降の勇者候補については、ヒロト陣営から能力や素性を知らされてすらいない。オゾネズマから情報が漏洩《ろうえい》する可能性を思えば、ヒロト陣営の優位性を維持するための妥当な判断である。オゾネズマもそれは承知の上だ。

ただし通《とお》り禍《か》のクゼに限っては、オゾネズマはその能力まで知らされている。

クゼは、六合上覧《りくごうじょうらん》が開始した後にヒロト陣営に加わった協力者だ。その時にジギタ・ゾギから伝えられた彼の情報が、この盤面では有効な情報となる。

(――ツマリ、ジギタ・ゾギ。クゼノ情報ハ、コノヨウナ形デ使エトイウコトダロウ)

オゾネズマは言葉を続けた。

「ツー。クゼガ何故コノ戦イニ挑ンデイルノカ、知ッテイルカ」

「……知らない。〝教団〟の人なんだよね」

「〝教団〟ハ、コノ社会ニオイテ長ラク教育ト福祉ノ機能ヲ担ッテキタ。戦災デ親ヲ失ッタ孤児。貧困ニヨル捨テ子。〝教団〟ハ、ソウシタ者ニ糧ト教育ヲ与エテイタノダ」

「……ぼくも教会に通ってるんだ。詞神《ししん》様にお祈りするためじゃないけど、友達もできた。だから……皆がすごく困ってるのも知ってる」

ツーは身を乗り出して尋ねた。

「ねえ。クゼが勇者になろうとしてるのは、皆を助けるためかな？」

「ソウダロウナ。彼ラハ追イ詰メラレテイル。〝本物ノ魔王〟ノ悲劇ノ責任ヲ背負ワサレテイルノダカラナ」

「……」

〝本物の魔王〟の名を聞いて、ツーの目の色が変わった。

かつて〝魔王の落とし子〟と呼ばれていた少女である。

「彼ラガ信奉スル詞神《ししん》ハ、コノ世界ヲ作リ出シタ神ダカラダ。ソノ神ハ、〝本物ノ魔王〟ノ存在ヲ許容シタ。抗イヨウノナカッタ悲劇デアルホド、民ハ、憎悪ノ矛先ヲ必要トシテイル」

「それは……それは、おかしいよ。誰のせいでもないのに。悪いやつを決めてそいつを倒したって、何も変わらないかもしれないのに……」

「ツー。コノ六合上覧《りくごうじょうらん》ハ……勇者ヲ決定スル場デアルト同時ニ、今後ノ黄都《こうと》ノ政権ヲ左右スル戦イデモアルノダ。〝教団〟ノ地位ヲ復権サセルタメニ、通《とお》リ禍《か》ノクゼハ、政治上ノ価値ヲ証明シナケレババナラナイ。通《とお》リ禍《か》ノクゼニトッテ、コレハ唯一ノ機会トイッテモイイダロウ……」

「でも、クゼの攻撃は……死ぬんだよね」

「ソウダ。例外ハナイ」

「……誰かを殺して、〝教団〟の皆を救うの？」

「私ハ、クゼノ意図ニツイテ理解シテイルワケデハナイ。ダガ、ソウナルノダロウナ」

ツーは、じっとオゾネズマを見つめた。緑色の瞳は、淡い光を帯びている。

ツーは素朴な精神と、無邪気な正義感を併せ持っている。それは時として敵対者を容赦なく排除する残虐性にも転化してしまうだろう。

オゾネズマは初めてツーと直接話したが、彼女にそのようにはなってほしくないと思う。クゼが抱えている事情を知り、命を落とすことなく、自ら敗退を選んでくれれば良い。

「……魔法《まほう》ノツー。君ガ六合上覧《りくごうじょうらん》ニ参戦シタ理由ハナンダ？　――柳《やなぎ》ノ剣《つるぎ》ノソウジロウトノ戦闘ヲ通ジテ、私ハ理解シタ。……コノ六合上覧《りくごうじょうらん》ハ、精神ノ戦イデモアル。クゼヲ真ニ迷イナク打チ倒スタメハ……君ニモ、相応ノ信念ガ必要ニナルダロウ」

「女王に会いたい」

「……」

女王セフィト。西連合王国の最後の生き残りにして、今の黄都《こうと》を治める幼き女王。

魔法《まほう》のツーも、彼女の王国が滅びていく局面に居合わせたはずだ。

「ぼくは、セフィトに会って……そして、笑ってもらうんだ」

「……六合上覧《りくごうじょうらん》デナクトモ、可能ダ」

ツーが望んでいることを、他愛もなく叶えている者達もいる。だがオゾネズマにも、それがどれだけ困難なことであるかは理解できていた。

「うん。分かってるよ。ぼくが……学校に通えばいいんだ。リッケにも教えてもらった」

ツーは笑った。

「だけど、勉強はやっぱり難しいなあ」

ツーも、きっと理解している。自分は人族《じんぞく》ではなく、生まれながらに逸脱を宿命づけられた存在で、そんな彼女が人の社会へと受け入れられることはない。

ただ一つ、絶大な暴力だけを持ってこの世に生まれた狂戦士は、戦う以外の方法で自らの願いを叶えることはできないのかもしれない。

通《とお》り禍《か》のクゼと、魔法《まほう》のツーが戦う。その結末でクゼが欠けてしまえば、それはヒロト陣営にとっての大きな損失となる。クゼが勝利するべきだ。

（アトハ、ツー次第ダ。私ハ……私ナリニ、ヒロトヘノ義理ハ果タシタ）

オゾネズマは目を閉じる。

（……ソレデモ、戦ッテホシクハナイ）

絶殺の矛と絶止の盾がぶつかり合うことがなければいいと思う。

クゼが勝利し、欠ける者がツーになるのだとしても……それはオゾネズマにとって、ようやく出会えた妹を失うということでもあるのだから。

◆

第五試合の前日。

陽の高い午前にも関わらず、陰鬱な厚い雲が救貧院に影を落としていた。

厄運《やくうん》のリッケと魔法《まほう》のツーはこの西外郭の救貧院に何度か訪れていたが、今日の道中は、ツーが意識的に口数多くリッケへと話し続けていたかもしれない。

「アイギは背は小さいけど、槍を使うのがすごく上手いんだって。練習試合で二つ上の子に勝ったことがあるって言ってた。あと……レーシャは最初ぼくのこと嫌いなのかなって思ってたけどね、すごく記憶力が良くて、ぼくがどんなこと言ってたかとか、全部覚えててくれるの。ミエは機械にすごく詳しくて、ラヂオを分解して直すのも見せてもらったり……」

「ああ」

リッケの答えは短い。

「……。皆、どうなるのかな」

「そればっかりは、俺には分からないな」

ツーとリッケが救貧院に近づいていくと、門の前に佇んで建物をぼんやりと見上げている三人の若者が見えた。

どこかで見たことのある格好だ、とツーは思う。

「……お前ら、何をやっているんだ」

リッケは低い声を発した。今日のリッケは弓を持ってきている。試合を目前に控えたツーに万が一の事態が起こらないよう、側にいるリッケが警戒していなければならないのだという。

「なんだ、厄運《やくうん》のリッケかよ」

「クソが」

「ここに何の用だテメェ」

男達は一様に粗暴な空気を纏っており、リッケに対して口々に毒づく。ツーも、そこで彼らに対する既視感の正体に気付いた。羽織っているコートが、あの日出会った灰境《かいきょう》ジヴラートと同じだ。

けれどリッケは、以前のように怒ったりしなかった。

「俺達は子供達の見舞いに来た。彼らを親代わりに世話してきた神官見習いが、昨日死んだんだ」

「えっと、あの、ぼくは魔法《まほう》のツー」

神官見習いのナイジが死んだのだという。あの日ツー達を出迎えてくれた若者だ。

彼は頼りない印象の青年だったが、それでも子供達にとって大切な存在だったはずだ。試合を明日に控えているツーも、こうしてリッケとともに駆けつけている。

「そうかよ」

「ナイジくんもな……」

リッケが口を開く。

「……。灰境《かいきょう》ジヴラートが死んだらしいな」

「あ？　テメエには関係ねェだろ」

先日行われた第四試合に伴う数々の事件は、今もなお黄都《こうと》市民を騒がせ続けていた。出場が予定されていた灰境《かいきょう》ジヴラートの死亡。候補者をすり替え、不正によって第二将ロスクレイを謀殺しようとした第十七卿エレアは、行方不明であると発表されている。

ジヴラートの死体は、エレアの邸宅内で発見された。死因は公表されていない。

「……この前。ある子供の引き取りの話が取りやめになった。ナイジはその詳しい理由を聞かされていなかったが……それが人身売買に絡む話だったんじゃないかと、俺に相談していた」

「ベラベラ喋んな。とっとと失せろよ」

「ヘッ。それともガキの売り買いに興味でもあんのか」

「――いいか。しっかり答えろ」

リッケは彼らの言葉をきっぱりと遮った。

「灰境《かいきょう》ジヴラートはこの救貧院を支援していた。多額の寄進をしている以上は、子供達の引き受け先についても発言権があったはずだ。裏に人身売買組織との繋がりはなかったのか？　仮にそうだとすれば、ナイジが自殺した原因は……」

若者の一人が、リッケの胸ぐらを掴んだ。

「なんだとコラ」

血走った目で、彼はリッケを睨んだ。憎悪と、憤怒と、困惑の目だった。

「も、もう一度。もう一度言ってみろ」

「……お前達三人は……どうして、ここに来ている。お前達みたいな無法者が、何の理由があって、子供達に関わろうとする。いいか。俺は納得の行く説明を求めている。そうできないなら――」

リッケは掴まれたまま、矢筒に手を伸ばした。

拳の射程内からでも三人を同時に弓で制圧して余りある、熟練の弓手である。

「リッケ。やめて。……喧嘩は、やめてよ」

「……悪い、ツー。だけどツーは、知らないからそう言えるんだよ」

怒りの色が浮かんでいるのは、リッケも同じであった。

〝日の大樹〟の三人を見据えて、恫喝《どうかつ》した。

「しっかりと、自覚しろ。お前達は……これまで何をしてきた？　どれだけの依頼人を裏切って、どれだけ弱者を搾取してきた？　勇者を騙《かた》り黄都《こうと》に入り込んで、お前達はこれから何をしようとしていた？　最初にジヴラートを見た時、あの場で叩き潰しておくべきだった。俺はそうできたのに、〝日の大樹〟のことを知っていたのに、俺は……俺の甘さのせいで、また犠牲を出した！」

「ふざけんじゃあねェぞッ！」

リッケの胸ぐらを掴んでいる若者は、悲鳴のように怒鳴り返した。

「ふざけんじゃねえ！　ふざけんじゃねえぞ！　ジヴラート……ジヴラートは、身寄りのないガキを養ってやってもそう言われるのか!?　いつまでも昔のクズみたいな話を引っ張り出されて、いつまでもクズ扱いされて！　テメェ……テメェ、俺達の故郷がどんなところだったと……どうすりゃいいんだ!?　俺達はまともになろうとしちゃいけないのかよ!?　やれるはずだったんだ！　六合《りくごう》上覧《じょうらん》は……俺達みたいなのでも這《は》い上《あ》がれる、希望だったんだ！　六合上覧《りくごうじょうらん》で……ジヴラートも黄都《こうと》に認められて、俺達は……〝日の大樹〟は！」

「リッケ……！」

ツーは強引に割って入り、二人を引き剝がした。

彼女は厄運《やくうん》のリッケが過去にどのような辛酸を味わい、〝日の大樹〟の若者達がどんな人生を送ってきたかを知らない。どちらの事情も理解しているわけではない。

けれど、誰かが止めなければ止まらない憎悪だと思った。

「は、はは……まとも？　お前達が？　まともだと？」

リッケは、フードを被り直しながら吐き捨てた。

「本当に、何の企みもなく、ただ貧しい子供達に金をやっていただけか？　それでまさか、良い奴だとでも思われたかったのか？　そんな子供が考えたみたいな薄っぺらい善行だけで……！　全部の罪が帳消しになるだなんて、本当に考えていたのか？」

「リッケ！」

「じゃあテメェは考えたのかよ!?　ジヴラートみたいに、俺達みたいなバカがやっていける方法を考えられたのかよ!?　テメェらは俺達に何をしたんだ!?　テメェに何が分かんだ！」

〝日の大樹〟。辺境から暴力だけで成り上がった、貧しく無学な若者達。

彼らは関わる者達を常に傷つけてきた。そのような品性の集団だった。

「……ふざ、けるな」

今度はツーが止める間もなく、リッケが〝日の大樹〟の若者を一瞬で引きずり倒した。

「ふざけるなッ！　そんな、安っぽい……くだらない、身の上話如きで……その程度で、世界がお前達に同情すると思うな！　な、何の見返りもなく……子供を、助けただと？　今更、お前達みたいな奴らが？　そんな真似をする暇があるなら！　踏みにじってきた当人に詫《わ》びろッ！　初めから善く生きていた人々を、お前らは踏みにじったんだ！　お前らが成り上がるために奪ってきた全てを返せ！」

鏃《やじり》を突きつけながら、リッケは叫んだ。

「俺が……俺が守れなかった、あの花嫁に詫びてみろ！　〝日の大樹〟！」

「ぐ、ううっ……う、ううう……ッ！」

泣いていた。屈強な、暴力の気配を纏う、〝日の大樹〟の若者が泣いていた。

正しい理屈に何も言い返すことができず、無様に。

まるで子供のようだと、ツーは思った。

学も身分も何一つ持たずにこの世界に放り出されて……けれど、暴力で世界に抗う術だけを持たされてきた。その力で、何か望むことを、手に入れたいものを、手に入れられると思った。

乱暴な、子供。

(――ぼくも、そうだ)

あの〝最後の地〟で、魔法《まほう》のツーはずっと〝魔王の落とし子〟だった。それ以外に誰かを守る手段を持ち合わせていなかったから。

〝日の大樹〟の彼らのことを、悪党だと思う。彼らは彼らの自由意志で、彼らの利益のために自分より弱い者達を傷つけてきた。けれどそれは、きっとツーも同じだ。

そんな罪に気付くための想像力は、一体誰が教えてくれるのだろう。

自分が積み重ねてきた罪に後から気付いてしまった者は、どうすれば取り返せるのだろう。

◆

――救貧院の中庭。門前での厄運《やくうん》のリッケと〝日の大樹〟の口論が見える位置に佇んでいる、不吉な影があった。

その男は、神官服のようでいながら僅かに意匠の異なる、丈の長い黒衣を纏っている。

(……ここからなら、ツーを狙える)

通《とお》り禍《か》のクゼという。絶対の死を与える天使ナスティークを動かすことができる、唯一の存在。

そして暗殺者の戦いは、試合場で敵と向かい合っての戦闘ではない。

ナイジが死んだ。自分や子供達の未来に絶望して、彼は死んだ。

ナイジの死を知ったツーは、子供達を見舞うために来る。彼女ならそうするだろう。

(あんたの話は聞いているよ。魔法《まほう》のツー)

クゼは、木陰からツーを視界に捉える。

(かけっこが馬車よりも速いってさ。子供相手に本気を出しちゃ駄目だろ)

〝日の大樹〟と小競り合いをしている今が好機だ。魔法《まほう》のツーの突然死の原因を、〝日の大樹〟へとなすりつけることができる。

静《しず》かに歌《うた》うナスティークこそが最強の暗殺者である理由。それは殺傷能力の絶対性以上に、証明の不可能性にある。仮に白昼の大群衆の中、クゼが他の勇者候補と対峙して殺害したとしても，その突然死の原因がクゼにあるという証拠は、この世のどこからも出てこない。

魔法《まほう》のツーがゴロツキ程度に刺殺されることなどあり得ないと誰もが分かっていても、誰もがそうとしか判断せざるを得ない状況を作り出すことも可能だ。

（リーノが、あんたのお陰で皆とよく話すようになったってさ）

敵対者がクゼを殺そうとする時、ナスティークはその敵対者を殺す。

しかし、協力者である逆理《ぎゃくり》のヒロトにも伝えていないもう一つの条件が存在する。

（レーシャだって、あれであんたに懐いてるんだ。だから……）

誰にもその条件を見せないためにも、第五試合を開始させることはない。

故にクゼは、ツーを殺す。

そうしようとした。

「――これハ、一つ目の忠告ダ」

周囲の茂みから、無数の、非人間的な声が反響した。

声の主の姿はない。

「通《とお》り禍《か》のクゼ。速ヤカに、ツーが視界に入らヌ距離にマデ去れ」

違う。声の主はとうに見えている。木々の葉の間。足元に広がる芝生の隙間。

金属的な光沢を有する不自然な羽虫が雲霞《うんか》のように群れて、クゼの足元を取り囲んでいる。

「……ふへへ。あんたの話は聞いているよ……意外と、過保護な奴なんだな？」

世界第五の詞術《しじゅつ》系統を見出した者。

色彩《しきさい》のイジック亡き今、当代最高と称される魔族《まぞく》使い。

「真理《しんり》の蓋《ふた》のクラフニル……！」

「貴様ノ不可知攻撃の情報ニついテハ、既に把握してイル。私ノ忠告を無視シ、あくまでこの場を離れヌというなら……それヲ貴様ノ攻撃行動と解釈する」

魔族《まぞく》端末を介した凄まじい知覚範囲を誇る、元勇者候補。

真理《しんり》の蓋《ふた》のクラフニル。勇者候補としての枠はツーに譲り与えた後だとしても、擁立者である先《さき》触《ぶ》れのフリンスダが、彼ほどの実力者との関係を切るはずがなかった。

フリンスダがずっと魔法《まほう》のツーを自由に動かしていたのは、ツーに狙いを定め襲撃する者を炙り出すためだ。最初から、ツーを護衛していたのは厄運《やくうん》のリッケだけではなかったのだ。

クゼは両腕を挙げる。降参の姿勢。

「何もしない。って言ったら信じるか？」

「信じよう。ダガ一つ言ッておク。我々は明日ノ試合開始マデ、ツーを表ニハ出さなイ」

「……」

「暗殺決行ノ機会は、モハヤ与えハしない」

「……あんたがここで消えた場合は？」

「試しテミるか？」

外套《がいとう》を翻し、小型の盾を内から取り出す。その動作の隙を逃すことなく、刃物めいた羽根が無数に殺到する。金属の虫の屍魔《レヴナント》。盾の面積で叩いて落とすが、群体は防御をすり抜けてクゼの眼球を切り裂こうとする。それらが全て届かずに、死んで落ちる。

『平気だった？』――平気さ。

「いや、やめときなって……ここ、教会なんだ。ヤバいでしょ。こういうのはさ」

「……攻撃行動を取ッテいる限り、複数体ヲ同時に処理デキる。致命傷ニ限ラズ、眼球や腕などノ非致命部位を照準し夕攻撃にも反応」

クラフニルは淡々とクゼの攻撃を分析する。ここで戦闘を続ける限りクゼが不利に陥り続けるのだと、そのように圧力をかけている。

「くそっ、関係者が他の勇者候補を襲っていいのかよ……クラフニル！」

「今の貴様ガ言え夕ことデハあるまい。……ソシテ忠告スるぞ、通《とお》り禍《か》のクゼ。コチらの反則行為を黄都《こうと》議会に訴えたトコろで、無意味なコトダ」

蛇型の屍魔《レヴナント》が右足を絡め取る。毒牙が脛に食い込むよりも早く、巻きついたままのそれを鼠《ねずみ》の屍魔《レヴナント》へと叩きつける。盾の縁を使って、蛇の頭部を切断する。

クラフニルの言う通りだ。この六合上覧《りくごうじょうらん》の十六名の参加枠は、最初から公平ではなかった。反則行為を咎められる者と、咎める側の者が存在する。

そして通《とお》り禍《か》のクゼは、負けるためのの勇者候補だ――クゼは、自らの擁立者から暗殺者を差し向けられてすらいたのだから。

背後で羽音が揺れた。羽虫が針を射出する。振り向きざまに盾を一閃して針を受ける。受け漏らしたものもあったが、当たらなかった。まだ、避ける体力の余裕はある。

「意外と……良い奴だな。真理《しんり》の蓋《ふた》のクラフニル……」

「何？」

「いいや。こっちの話さ」

彼女は、クゼを殺そうとする者を殺す。本体をこの場に置かぬ魔族《まぞく》使いが相手であろうと、それは例外ではない。

（……ナスティークが殺しているのは、自動攻撃をする魔族《まぞく》だけ。だからあんた自身はまだ、本気で俺を殺そうとはしていない）

頭上から翼の音がある。クゼは空を見た。曇天に紛れる異形の群れ。鳥型の屍魔《レヴナント》。

（そうする必要がないだけかもな）

子供達に見られてはいないか。魔法《まほう》のツーに気付かれてはいないか。防御姿勢を取る。

複雑な曲線を描き、鳥の群れが殺到する。樹木を盾に。防ぎ切れない。太い木の幹が一瞬で刻まれて飛び散る。鳥型は幾度も往復し、斬撃が嵐を成す。一羽。二羽。三羽。四羽。五羽。

——体勢を立て直し、次の突撃をいなすまでに、五羽がナスティークに殺された。

まだ三羽残っている。虫がさらにクゼを取り囲む。鼠の屍魔《レヴナント》も湧く。

クラフニルは、敢えて小型の屍魔《レヴナント》だけを操っている。対処を継続させ、体力を消耗させようとしている。第五試合を戦うことなく終わらせようとしていたのは、クゼの側だけではなかった。

「詞術《しじゅつ》デモ、魔具デモない。何だ、ソの反撃能力は……」

「さ……さあね……天使サマが守ってくれてるんじゃないかなあ」

「世迷言《よまいごと》ヲ」

蜘蛛のような屍魔《レヴナント》が、クゼの喉笛を切り裂こうとした。それは迎撃されて、地面に落ちた。

「……！」

クゼを守ったのはナスティークではなかった。栗色の三つ編《あ》みが、尻尾のように長く靡いている。

振り返った少女は緑色の片目でクゼを見て、叫んだ。

「――通《とお》り禍《か》のクゼ！」

殺したくない。殺させたくない。そのように願うだけならば簡単なことだ。

通《とお》り禍《か》のクゼの力はそうさせてくれない。

――そして。

「ふへへ……見つかっちゃったか」

絶殺の矛と絶止の盾。

地上最強を決定するこの六合上覧《りくごうじょうらん》に、第五試合は存在しなかった。

彼らの戦いは、試合の始まる前日に決着することになる。

通《とお》り禍《か》のクゼ、対、魔法《まほう》のツー。

◆

通《とお》り禍《か》のクゼを、軍勢が取り囲んでいる。目に見える軍勢と、そうではない軍勢が。

それはこの救貧院の中庭に潜んでいても一見して気付かれないほど小さいが――黄都《こうと》軍の部隊一つを死に至らしめる程度は、難なく可能な戦力であろう。虫や小動物の骸を使った屍魔《レヴナント》だ。

「ツー。貴様ハ出てくルナ。リッケもだ」

小さな羽虫の身体構造で、どのようにして音声を発しているのか。しかし真理《しんり》の蓋《ふた》のクラフニルは、そうした精巧極まる細工すらも可能とする魔族《まぞく》使いである。

「クラフニル。攻撃を止めろ。クゼは……まだ何もしていない。良くないことだ」

「……甘いなリッケ。コイツは、ツーを殺ソウとシていたぞ」

弓使いの山人《ドワーフ》は、魔法《まほう》のツーの護衛、厄運《やくうん》のリッケ。

リッケは既に弓に矢をつがえた体勢だが、ナスティークはまだ反応していない。単純に牽制のためにそうしているのだろう。

そして、第五試合の対戦相手である魔法《まほう》のツー自身。

一切の攻撃を無意味と化す防御力と身体能力を持つ、無敵の生体兵器。

「ごめん……通《とお》り禍《か》のクゼ。クラフニルがクゼを狙ってるなんて知らなかった。ぼくは正々堂々と、試合できみと戦いたいって思ってる。……間違った方法で勝ったって、意味なんかないんだ」

（正々堂々か。俺は、そんな上等な奴じゃない）

クラフニルの直感こそが正しい。クゼは確かに、試合前にツーを暗殺しようとした。対戦相手と正々堂々戦おうとしなかったのは、誰よりもクゼ自身なのだ。

（今……ツーを殺すべきなのか？）

標的であるツーは目の前にいる。もう一つの発動条件でナスティークを動かせば、先程までの状況よりも遥かに容易く、ツーを始末することはできる。

だが今は状況が違う。少なくとも残る二人……リッケとクラフニルに、クゼ自身を見られてしまっている。クゼが切り札を隠すためには、この二人も殺さなくてはならない。

そうして必要ではない死が、信仰に背く殺しが、また積み重なる。

クゼに狙いを定めたまま、リッケはクラフニルへと話しかける。

「クラフニル。クゼを襲ったのはフリンスダの指示か。こいつみたいな、ツーを狙って襲撃してくる連中の情報を他の勢力に売るために」

「ソウダ」

「……やっぱり俺は、お前達のやり方とは合わないみたいだな。悪いことは言わない……通《とお》り禍《か》のクゼ。ここは退け。ツーと接触すれば、お前も黄都《こうと》にあらぬ疑いをかけられるかもしれない」

「俺がかい？　あんた達じゃなく？」

――分かっている。最初からこれは、不公平な戦いだ。

「どうして〝教団〟の俺が救貧院にいて……俺の方が疑われなくちゃいけない」

「そうだ。……出ていくのは、ぼく達のほうだろ」

ツーが言葉を遮ってクゼを弁護した。

「子供達からクゼの話はたくさん聞いたんだ！　大切な先生が、六合上覧《りくごうじょうらん》に出るって！　クゼ先生なら戦いに勝って、〝教団〟を助けてくれるかもしれないって！」

「……ふへへ。あんまり、おじさんみたいな悪党の肩を持つんじゃないよ」

クゼは息を吐いて、抑え込もうとした。自分の中でも不明瞭な、ひどく暗い感情を。

誰もが〝教団〟が悪いのだという。詞神《ししん》の教えは間違っているのだという。魔王を殺した勇者は正しく、戦場で栄誉を示した英雄は正しく、けれど人殺しの聖騎士は神官にはなれないまま、二度と光の中に戻ることは許されない。

「クゼ……」

「……この男ハ既に攻撃意志を見セテいる」

クラフニルの虫が、無慈悲に告げた。

「勇者候補ガ、他の勇者候補の関係者ヲ殺傷しよウトした。貴様ガ六合上覧《りくごうじょうらん》を戦ウことはナイだろう。敗退ダ。通り禍《とおりか》のクゼ」

最初からそれが目的だ。自動反撃をせざるを得ないクゼを、本体を晒《さら》すことのない魔族《まぞく》使いが、政治的に有利な立場から攻撃する。

魔法《まほう》のツーではなく、真理《しんり》の蓋《ふた》のクラフニルこそがナスティークに対する天敵だった。

「待ってよ、クラフニル」

ツーが、再び制止した。

「クゼ。きみの話を聞いてからずっと、聞きたいことがあったんだ……」

「ふへへ……こんなおじさんの話を聞いて、楽しいことなんてあるかい」

「どうして殺すの？」

ひどく素朴な疑問だった。子供が尋ねるように、残酷な。

「そうだなあ……どうしてだろうね」

クゼは呟く。

彼が初めて人を殺した時は、そのまま自分も死のうと思った。

取り返しのつかないほどに、詞神《ししん》の教えを踏みにじってしまった絶望。

けれど〝本物の魔王〟の時代は、そんな絶望すらも許してはくれなかった。

恐怖と殺意に満ちた時代の中で、ただそこにいるだけで死を振りまく通《とお》り禍《か》のクゼは、まさしく通《とお》り禍《か》として生きていくしかなかった。

殺そうとする者は、殺されなければならない。

クゼにとっては、それが詞神《ししん》の教えを捨ててまで取った正しさだった。

かつて抱いていた信仰を渇望したまま、ずっとその正しさを貫くしかない。

「……ぼくは負けたっていい。六合上覧《りくごうじょうらん》に勝たなくたって……ぼくがセフィトに会える方法だって、どこかにあると思う。ぼくはそのために参加しているんだ」

「……セフィト。そっか。女王サマと会いたいんだな。ツーは」

ツーのささやかな目的を、何の障壁もなく成し遂げられる子供もいる。

けれど一方で、六合上覧《りくごうじょうらん》に出場しなければ、それだけのことも許されない者もいる。

光の世界と、陰の世界。

「ぼくだって、〝教団〟を助けてあげたいって思う。戦いしかできないから、もしも戦うことで皆を助けられるなら、ぼくにも生まれてきた意味があるって思う……！　けれど、それでも。〝最後の地〟の皆だって、リッケやクラフニルだって……〝日の大樹〟だって、誰でも……自分の考えがあって、自分の言葉を持ってた。それが、外の世界だった。……殺してしまったら、それが終わっちゃうんだ……ぼくは、クゼだって殺したくない！」

ツーの言葉はとりとめがない。けれど純粋な心だ。クゼにもそれが分かる。

「きみが勝てば、〝教団〟だって助かるかもしれない！　でも、殺さずに戦うことはできないの？」

「できない」

クゼはかぶりを振った。

「ツー。あんたも俺の能力については、大方そこのクラフニル辺りから聞いてるんだろう。どんなに願っても、俺にはそれだけはできないんだよ。俺と戦った相手は、絶対に死んでしまう。俺がどう望んだって、俺は死なずに、敵は死ぬことになる」

「それなら……絶対にそれしかないなら、やっぱり、ぼくはクゼを勝たせたくないよ」

「……」

「…………だって、クゼが勝ってしまったら……その先で、また誰かを殺しちゃうことになるじゃないか……！　勝つたびに人を殺して……勇者だって殺すんだ。そんなの……そんなの、クゼが一番、救われないじゃないか……」

「……ツー」

クゼに後戻りはできない。

彼は勝つためにノーフェルトを殺した。彼の親友だった。

クノーディの献身が無意味だったことにしたくはない。

マキューレが、死んだロゼルハが、クゼに願いを託してきた。

そして、子供達が。クゼとは違って信仰を守ることのできる、未来のある子供達がいるのだ。

けれど、彼女は。

(魔《ま》法《ほう》のツー……あんたも、その目で俺を見るのか)

美しい緑色の瞳。世界の善なるものを信じることができる、子供のように無垢な瞳。

それは彼をずっと見つめ続けている、白い天使の瞳のようで。

「魔《ま》法《ほう》のツー。頼む。ここで勝ちを譲ってくれたら……俺は、第二回戦で棄権する。今回みたいな暗殺もしない。俺が本当に殺したいのは……たった一人しかいないんだ」

「……次の試合まで？」

「そうだ。……なんで言っちゃったんだろうな？　ふへへ……本当はこんなこと、言うつもりじゃなかったのに……」

ヒロトにも明かしていない、〝教団〟の計画における最大の機密だった。

「なんで、なんだろうな…………」

何故、この少女に……それも自分と敵対するはずの魔法《まほう》のツーには明かしたのだろう。

まるで、あと一人しか殺さないから。

許してほしいと、希《こいねが》っているようではないか。


「二回戦――通《とお》り禍《か》のクゼ。まさか、それは」

その言葉に反応したのは、ツーではなかった。

クゼに矢を向けたままの、厄運《やくうん》のリッケである。

この場に立つ者でただ一人、彼だけがその言葉が意味することに気付いてしまった。

（……しまった！）

刹那の出来事だった。リッケは弓を引いた。そして矢を。

「リッケ！」

「離れろツー！　こいつがしようとしていることは――――！」

終わりだった。

ナスティークの刃は神速の矢が放たれるよりも速く、リッケの腕をかすめた。

刹那にもたらされた死の重みで、リッケが放った矢の狙いはクゼを僅かに外れた。

厄運《やくうん》のリッケが無数の戦いを経て生き延びている理由の一つに、死の前兆を赤色の色覚として感じることがあり――しかし、絶対不可知の天使の姿だけは。

「リッケ！　リッケ！」

「……見えない、ああ……くそっ……何も……」

「リッケ！　ね……ねえ、大丈夫だよね!?　当たってなんかいないんだよね!?」

リッケの手の甲に走る浅い切り傷が見えていても、ツーはそう叫んだ。

ツーの泣き顔へと力なく手を伸ばしながら、リッケは呻いた。

「……大丈夫だ。ツー。大丈……」

そして、終わった。

クゼを殺そうとした。だから、死ぬ。

白昼の救貧院の中庭で、クゼは呆然と立ち尽くしていた。

「嘘だろ」

クゼもツーも、戦いを避けようとしていたはずだ。たった今まで。けれどナスティークが撒《ま》き散《ち》らす死は、彼の意思とは関係なく。

決定的な破綻だ。

他の誰にも聞こえない声で、彼は呻いた。

「く、くそ……ちくしょう、ちくしょう……！　くそおっ……！」

何も避けられなかった。死の天使に取り憑《つ》かれたクゼが、誰一人犠牲にせず終わらせることなど不可能だったのだ。

もはや殺してしまった。止められない。

「うっ、うっ、リッケ。リッケ。うえええ……！」

「リッケ……貴様ッ！　通り禍《とおりか》のクゼェッ！」

クラフニルの無数の魔族《まぞく》が囲んでいる。緑色の光を放つツーの眼差しがこちらを見る。

クゼに強い殺意が向けられたその時、ナスティークは動いてしまう。

行動に移るよりも早く命を終わらせてしまう。

何もかも。何もかも。

殺意がクゼに集中して——ああ。全てが台無しになる。

『この子を殺していいの？』やめてくれ。

『あなたを殺すものを殺していいの？』駄目だ。

『みんな殺してしまってもいいの？』殺してしまっていいものなんてないんだ。

「——クラフニル！」

リッケの死体の傍らに屈み込んだまま、ツーは大きく叫んだ。

「殺しちゃ駄目だ！」

表情は前髪に隠れて見えない。

「ツー……！　反撃を受ケルからか!?　そンな甘いこトを言っテイられる状況カ！　リッケ……

リッケが……殺さレタんだぞッ！　魔族《まぞく》が何匹殺らレようと、こイツは……！」

「そ……それ、でも……！　クゼも！　クゼだって……殺したくなんて、ないんだよ！」

絞り出すような声だった。

まるでクゼの代わりに、彼の心を叫んだように。

絶句したまま、クゼは一歩後ずさった。

「……」

「もう、やめにしよう。やめにしようよ、クゼ……誰かが死んだり、殺されたりするのなんて……もう、たくさんだよね……そうだよね、クゼ……」

信じられなかった。ナスティークはツーを殺していない。

つまり。

(俺は)

魔法《まほう》のツーは殺意を向けていないのだ。……リッケを殺してしまったクゼにすら。

(俺は、殺したくない。本当に、殺したくなかった)

殺意の連鎖が起こることはなかった。

「……ねえ、クラフニル。ぼくは最初から、間違ってたのかな……」

「……ツー」

「勇者候補になって……戦いで勝って、願いを叶えようとしたから……それが誰かを殺すことになるかもなんて、ぼくは気付いてなかったんだ……」

「違ウ。貴様……ツー。貴様ハ、無敵なんだ。殺さズとも、勝テル力がアッたんだ」

「ぼくは……もう六合上覧《りくごうじょうらん》には出ない」

自らが、死と暴力の連鎖を否定するということ。それは、六合上覧《りくごうじょうらん》からの脱落を意味する。

——憎んではいけません。傷つけてはいけません。殺めてはいけません。あなたが、あなたの家族に対してそうであるように。

「……ツー。俺は……殺すぞ。俺が勝ち進んだら、それは俺と戦った相手が死ぬってことなんだ。俺は、もう後戻りをするつもりなんてない」

「殺さないことだって、きっとできるよ」

涙を流しながら、ツーは笑った。

「……ぼくは、クゼと殺し合わずにすんだ」

通《とお》り禍《か》のクゼは唇を噛んだ。

眩《まばゆ》い光を前にしているかのように。裏切ってはならないものを、憎むべき敵である通《とお》り禍《か》のクゼを信じてくれているものを、彼は信仰のために裏切らなければならない。

「……さよならだ。魔法《まほう》のツー」


——第五試合で二人が戦ったのならば、クゼはツーに勝つことができただろうか。

子供達からツーの話を聞いた時から、答えは分かっていた。

その答えが分かっていたからこそ、試合ではなく、ここで暗殺するしかなかったのだ。

魔法《まほう》のツーは、優しかった。最初から通《とお》り禍《か》のクゼを殺すつもりなどなかった。彼を殺そうとしない者を、試合で殺せるはずなどなかった。

「……ねえ。クゼ」

遠く、クゼの背中から声がかかった。

泣いているような声だった。

「分かってる」

振り向く勇気はなかった。

「人を……殺しちゃ、駄目なんだ……」

「……当たり前だろう。分かってるんだ……ずっと……」

――だから、クゼ一人だけでいい。

◆

翌日。城下劇庭園で行われた第五試合に、片方の勇者候補が現れることはなかった。

時刻を確認し、第二十六卿、囁《ささや》かれしミーカが宣言する。

「――静粛に！」

観客の喧騒の中でも、一段とよく通る声である。

「……この六合上覧《りくごうじょうらん》で真業の取り決めを行う意義は、勇者たらんと名乗り出た者達の、その覚悟と勇気をこそ問うためである！　己の全ての業を、全ての命を懸け、敗北すれば全てを失う！　そこに恐れを抱くことは必定の道理であり、英雄ならぬ者が責めるべき物事ではない！　……しかしその恐怖のほどは、勇者が挑んだ〝本物の魔王〟と比ぶれば如何ほどの恐れであろうか！」

この六合上覧《りくごうじょうらん》の試合において、対戦者の一方が現れぬままである時……

「故にこの囁《ささや》かれしミーカ、魔法《まほう》のツーには勇者たる資格なしと裁定した！　──第五試合の勝者を、通《とお》り禍《か》のクゼとする！」

第四試合の歓声とは程遠いまばらな拍手が、黒衣の男を包んだ。

「……ごめん」

顔を覆ったまま、クゼは小さく呟いている。

「ごめんな、ツー」

彼女は、闘争の螺旋を自ら降りた。

ここに現れてくれればいいと願っていた。クゼとの約束を破ってくれればと。

クゼは魔法《まほう》のツーを裏切っている。あれほど真摯に救いの手を差し伸べてくれた少女を。

嘘をついていなくとも、彼女を騙している。詞神《ししん》の教えに反した行いをしている。

(魔法《まほう》のツー。俺……俺は……。あんたを救ってやることは、できない)

クゼと協力関係にあるヒロト陣営も、暗殺者によって彼の力を探った暮鐘《ぼしょう》のノフトクも、そして魔法《まほう》のツーも、静《しず》かに歌《うた》うナスティークのもう一つの発動条件までは把握していない。

この第一回戦を不戦勝で勝ち上がったことで、その真実を隠し通すことができた。

あのリチア戦争で、晴天《せいてん》のカーテを殺した。瀕死《ひんし》の少女の命を絶つために力を使った。

教会で、憂《うれ》いの風《かぜ》のノーフェルトを殺した。彼はクゼを恨むことなく自らの死を受け入れていた。

静《しず》かに歌《うた》うナスティークの真の力は、即死の自動反撃に留まるものではない。

――条件は、視界だ。クゼの視界に存在する者である限り、どこの誰であろうと。

い、い、い、い、
思うだけで殺すことができる。


(だから俺の暗殺は、絶対に成功する)

彼が狙っているのは、あと一人の命だけだ。

(魔法《まほう》のツー。俺が第二回戦で殺そうとしている、たった一人は)

クゼの能力を知っていてなお、厄運《やくうん》のリッケは命を顧みずクゼを殺そうとした。

それは当然の殺意と怒りだ。

六合上覧《りくごうじょうらん》は正式な王城試合であり、第二回戦以降は、王族が試合を観戦すると周知されている。

――セフィトに会いたい。

たったそれだけのささやかな望みが、魔法《まほう》のツーの願いだと知ってしまった。

(俺が殺そうとしているのは……女王だ。セフィトなんだよ。ツー)

勇者を殺す。この六合上覧《りくごうじょうらん》で最後に勝ち残った者が誰であろうと勇者として扱われるのならば、
誰一人勇者を生まないためには、六合上覧《りくごうじょうらん》そのものを潰すしかない。

女王の死によって、全てが終わる。

逆理《ぎゃくり》のヒロトも、暮鐘《ぼしょう》のノフトクも、〝教団〟がこの戦いに参戦している真の理由を知らない。

上覧試合に乗じた最後の王族の暗殺。後世にまで伝えられるであろう最悪の所業を。

それでも、遥かに巨大な時代の流れに押し流される以外にない彼らは……今、何か手を打つ必要があったのだ。この先の世界に、彼らの同胞を生かすために。

〝教団〟は、最後の策を動かそうとしている。

◆

厄運《やくうん》のリッケは死んだ。

通り禍《とおりか》のクゼは失意とともに立ち去って、後にはリッケの骸と、ツーだけが取り残されている。

傍らには、羽虫が漂っていた。

「私ハ……貴様を勝タセようとした。ツー」

羽虫越しにも、クラフニルの無念は伝わってくるようだった。

「ダガ私は、リッケを死なセようなどと……そんナことハ、望んデいナカッタ……」

「……分かってるよ。リッケだって分かってた」

ツーは微笑む。〝最後の地〟で最初に出会った時から、それを知っていた。

「クラフニルは、本当は良いやつなんだ」

「……こんなことデ良カッたのか。……リッケの死ガ、無駄にナってしまっても。コンナ若者は滅多にイナかった。私は……私ハ、後悔している……」

「あはは……ぼくには、やっぱり……六合上覧《りくごうじょうらん》なんて、最初から無理だったかも。クゼとは、戦えないよ」

「奴は、嘘ヲついテいる……！　貴様に並べ立テた条件など、口約束ダ！　簡単に反故《ほご》にすルゾ！」

「信じるよ」

通《とお》り禍《か》のクゼ。〝日の大樹〟。そして〝魔王の落とし子〟。

この世界には、真っ先に疑われる者達がいる。それは彼ら自身の責任であって、常に正しい、当然の道理であるのかもしれない。

「きっとクゼは殺さないって……いつか救われるって、信じたいんだ」

現実は違っていても、世界にそうあってほしいから。

「それに、セフィトに会うなら学校に行けばいいじゃないか！　リッケが教えてくれたんだ！　これから勉強して……難しい試験にだって合格して、それで、それで……ぼくは、セフィトに会って」

——謝るんだ。

「私は……私ハともカク、貴様ハ、戦うこトダってできた……！」

絶殺の矛と、絶止の盾。

この六合上覧《りくごうじょうらん》において、二名が真にその力を交えることはなかった。

「貴様の体ガ本当に無敵だッタなら……！　色彩《しきさい》のイジックの最高傑作だッタナラ！　クゼの攻撃にダッテ、少しノ切り傷も負わナカったかもシレない！　もし戦えば、勝テル可能性もあった！」

どちらが真の最強であったのか。いつか世界がその答えを見出す時も来るのだろうか。

「……うん。けれど……もしも、本当にそうだったとしても」

涙を拭う。クラフニルに向かって、微笑んでみせる。

水槽の外で見た現実がどれだけ残酷でも、彼女の信じた色彩と異なっていても――

「それでも、ぼくはクゼを救いたかった」

第五試合。勝者は、通《とお》り禍《か》のクゼ。

十六 そして暮鐘が鳴る

第五試合が終わり、通《とお》り禍《か》のクゼが不戦勝となったその夜。老いた第十一卿、暮鐘《ぼしょう》のノフトクは、一人の男を伴って彼の居宅へと帰った。

来客は彼の家の様子を眺めわたし、一言だけ吐き捨てた。

「ボロい家だな」

粗野な印象を与える、咥え煙草《たばこ》の若者である。煙草の火は消えていて、ひどく短くなっているが、それでも口に咥えたままだ。

「はぁ。そうですか。〝日の大樹〟の皆さんの羽振りに比べてしまうと……まあ、ささやかなものかもしれませんなぁ」

若者の名を、翼剣《よくけん》のギザという。ギルド〝日の大樹〟の副首領であった。

〝日の大樹〟。辺境でラヂオ鉱石採掘の過酷な労働に携わっていた子供達が、自ら事業を起こし、動乱の時代の中で手段を選ばず成り上がってきたのだという。しかし首領である灰境《かいきょう》ジヴラートは黄都《こうと》最強のロスクレイとの試合に至る直前で不名誉な死を遂げ、彼らの立身出世の道は絶たれた。

女の家で殺されていたことでジヴラートの実力や素行について口さがない噂を立てる者もおり、

そうした噂を耳にした構成員が市民に暴力を振るうといった事件が繰り返された。

行動方針を定めていた首領を欠いた今となっては黄都《こうと》にも〝日の大樹〟の居場所は失われつつある。元より平和な都市に馴染めぬ、無学な若者達だった。

「しかし……お話をする程度ならまあ、悪くない部屋です。少なくとも盗み聞きされることはありませんのでな。両隣に住人がおりませんから。はは……」

「くだらねえ前置きはいいんだよ。――ジヴラートを殺った犯人が、どうした」

「……ええ。最初に申し上げておきますと、ジヴラート殿は黄都《こうと》議会に反逆した赤《あか》い紙箋《しせん》のエレアに殺害されたということで、例えば……そのう、色に惑わされた結果だとか、女の細腕で殺されたのだとか――」

口よりも先に、ギザの手が動いた。

ノフトクの胸ぐらを掴み、さらに顔面に拳を叩《たた》き込んでいる。ノフトクの鼻から血が溢れた。

「ぶ、うぶっ」

「テメエ。おい。もう一度言ってみるか?」

「――わ、私ではなく……そう噂する市民も、おりますが。は、はぁ……はぁ。失礼。息、息を整える時間を……つまり……違うのです。ジヴラート殿を殺したのは、女ではないということです」

「……」

「あなたがたも、そう信じておられるのでしょう……だから市民の評判に怒っている。正しい犯人を、事件の真実を知らなければならない……それが分かっておられる」

「誰だ。先に言え。どこの野郎が犯人だ。ブ、ブチ殺してやる……。〝日の大樹〟の総力でグチャグチャの挽《ひ》き肉《にく》にしてやる。地獄に叩《たた》き落《お》とした後でも許さねえ」

「……この事実を明かすことは……私の名誉にも関わる、勇気のいることですが」

全て作り話だ。〝日の大樹〟がそうであってほしいと望むような、虚構を語っているに過ぎない。

言葉とは裏腹に、ノフトクは名誉に価値など感じていない。

暮鐘《ぼしょう》のノフトクは教団管轄の役職を与えられている。〝教団〟幹部から管理責任を糾弾され、その怠慢を責められるだけの立場である。

流されるまま、望まれるまま無欲に働き、その結果として最も名誉なき第十一卿の座に辿り着いたノフトクは、ある意味で誰よりも怪物的な精神を宿していた。

黄都《こうと》の最高権力者でありながら貧民街の一角の集合住宅に居を構え、殺風景な室内には彼の趣味を示す調度も、積み重ねてきた人生を表す物品も何一つ存在しない。

食べ、寝て、起きるためだけの部屋。その繰り返しの人生。

その無欲さは、同じく無欲な光暈牢《こううんろう》のユカとは全く性質の違う、異常なものだ。

「私の管轄する〝教団〟が……ジヴラート殿の死に関わっているのではないか、と」

「……嘘だろ」

ギザは、真顔で問い返した。

「〝教団〟……〝教団〟の連中……ジヴラートが、すげえ大事にしてきただろ……ガキが好きだって……ガキは偏見がないから、俺達のこと悪く見ねえからって」

「はぁ。承知してます」

誰からも白眼視されるからこそ、子供にだけはよく思われたい。

――程度の低い、幼稚な思考だ。

彼らがこの黄都《こうと》でも犯罪まがいの仕事を続けていたことは調査で既に分かっている。自らの根本的な悪性を矯正することができないために、無垢な子供からの許しを得ようとしているのだ。

それは弱者からの搾取だ。

彼らのような者こそ罰を受けなければならないと、ノフトクは思う。

「彼が援助していた救貧院に、菱結《ひしむす》びのナイジという神官見習いがいました。彼が自殺してしまったということについてはご存知ですか」

「……ジヴラートが死んで、立て続けに死んだんだ。忘れるわけねえだろ。俺達で……どうにか金は出し合って、あそこは続けさせてやろうって言ってた時に」

「はぁ。そのことはナイジくんにご相談を？」

「するわけねえだろ。話がまとまってから喜ばせたかったんだよ」

「そうですか。……ともあれ、彼が自殺した理由の一つに、送り出そうとした孤児の引き取り先が人買いだったと、それが直前で分かった……という事件がありましてな」

「……なんだと」

「はぁ。〝教団〟の関係者にそうした組織との手引きをする者がいた、というのが内部調査で判明した次第です。ジヴラート殿は、ご自身が寄進している救貧院にそうした異変があったと気付いてしまったのでしょう。結果として彼は……」

「待て、おい、待て」

ギザは再びノフトクの胸ぐらを引き寄せようとして、自分自身でそれに気付いて止めた。

「そうだとしても……ただの野郎だとしても、ジヴラートが簡単に殺られるなんて思えねえ。〝教団〟の連中は、戦いの訓練なんてやってないんだろう。誰だ。誰がやったんだ」

「ええ。ギザ殿がご自分でお気付きの通りです」

ノフトクは、机の上に写真を広げた。クゼに差し向けた暗殺者達の死体の写真。

「くそっ……」

ノフトクの仕事は、常に汚れ仕事だ。

そして第五試合の勝者が定まった今、今こそ彼が動かなければならなかった。自らの擁立者を排除するために。

「――〝教団〟聖騎士、通《とお》り禍《か》のクゼ。彼は六合上覧《りくごうじょうらん》の裏で暗躍する暗殺者でした。赤《あか》い紙箋《しせん》のエレアと共謀し、彼はジヴラート殿を暗殺したのです」

クゼは勝利した。ただの勝利ではなく、不戦勝である。

魔法《まほう》のツー、ひいてはその擁立者であるフリンスダと彼が、試合直前に何らかの取り引きを行った可能性は高い。〝教団〟はもはや組織としては死に体の存在であるが、先触《さきぶ》れのフリンスダの莫大な財力を味方につけたのだとすれば、六合上覧《りくごうじょうらん》の勢力図は大きく変わってくる。

あるいは〝灰髪の子供〟。黄都《こうと》最大の不穏分子である彼らと結託し、謀略によって魔法《まほう》のツーを排除した可能性もあった。

（クゼがただ勝利するだけなら、よかった。クゼの勝利は即ち対戦相手の死……生きて盤面に残る者の心配をしなくてもよかったのだから）

だが、試合自体を拒否する動きを取った以上、今や通《とお》り禍《か》のクゼと魔法《まほう》のツーがともに黄都《こうと》に反旗を翻すという可能性を危惧しなければならない。最強の矛と盾が結託した時、その他の勇者候補の中にすら、彼らの絶対性を覆すことが可能な駒は少ないだろう。

（今ならまだ、クゼを排除できる。クゼの弱点がこの黄都《こうと》に残っている今のうちなら。……機会を逃すことはできない）

暮鐘《ぼしょう》のノフトクは朴訥《ぼくとつ》とした表情と口調を常に崩さず、老いた無能のように扱われることも、穏やかに受け入れている。

しかし彼は優秀であったからこそ二十九官となった。第四試合で重傷を負い指示を出せぬロスクレイに代わって、自らの役割を速やかに果たすべく動くことができた。

「通《とお》り禍《か》のクゼ。……通《とお》り禍《か》のクゼか」

翼剣《よくけん》のギザは怒りに顔を歪ませて、咥えている煙草に火を点《つ》けた。

ノフトクは、疲れたように溜息をつく。

「私も……〝教団〟からこのような男が出てしまったことに耐えられない。クゼを確実に討つために、あなたがたの協力が必要でした」

「……上等だ。クソ野郎。地獄の底に叩き込んでやる」

通り禍《とおりか》のクゼ一人の弱点は明白だ。無力な老人であるノフトクにも排除することができる。その策を実行する、倫理観のない、短絡的な集団が必要だった。

「彼の商売道具である子供を、人質に取りましょう」

◆

クゼが育った救貧院から少し歩いた所には、小さな湖があった。

藻や得体のしれない植物で汚れた、濁った湖だった。

昔の神像の名残が向こうの岸で根っこに埋もれていて、子供達は気に留めてもいなかったが、今にして思えば不気味な場所だったのかもしれない。

湖もせいぜい子供の膝くらいの深さしかなかったが、もっと綺麗で魚も住んでいるような川が救貧院の近くにはあったため、そこで遊ぶ子供はいなかった。通っていたのはクゼだけだ。

深夜に一人で院を抜け出して、よく神宮に怒られていた。

彼らにとって幼い頃のクゼは、ひどく手のかかる子供だったはずだ。

夜露に濡れた葉を踏んで、虫の鳴き声が響いていて、その物寂しい道のりを行くのはいつも一人だった。

けれど夜になると、そこで歌っていたものがいた。

小さく、かすかな、少年のような声。

誰も知らない歌だった。

この世の詞術《しじゅつ》ではなかったから。

友人に聞いても、先生に聞いても、歌っているもののことを知っている者はいなかった。とても静かな歌だったから、クゼ以外には聞こえていないのだと思った。

夜の記憶が残っているのは、クゼがその時を選んで会いに行っていたからなのだろう。

他の誰かがいてはならない、神聖な光景のように思っていた。

月光。風に揺れる木々の囀《さえず》り。

世界が静まり返ったその時だけに聞こえる、小さな歌。

美しくて、詞術《しじゅつ》の及ばないどこか遠くを垣間見てしまうような、恐怖と神秘。

それが、天使だった。


純白の髪。純白の衣服。純白の翼。

彼女に体重はなかった。花びらの一枚の上ですら踊ることができた。

創世の時に、この世の始まりの〝客人《まろうど》〟達とともにこの世界にあった存在だという。

そんな世界の歯車に取り残されてしまったかのように――彼女の目は何も見えていなくて、彼女の耳は何も聞こえてはいなかった。それはもはや与えられた権能を振るう意味も持たず、いつか消えゆくまでそこにあるだけの、創世の残像に過ぎなかった。

なぜ、クゼ一人にしか見えないのだろう。

なぜ、クゼを選んだのだろう。

――なぜ、死をもたらすのだろう。

◆

夜の黄都《こうと》に、雨が降りしきっている。

西外郭に位置するこの市街はガス燈の光もまばらで、黄都《こうと》の中心部のような賑やかさはない。

けれど通《とお》り禍《か》のクゼには、遠くから響き続けている、祭りのような喧騒が聞こえている。

「光。くそっ、光だ。火の手が上がってるんじゃないのか！　ジギタ・ゾギ！」

ラヂオの向こうの相手に向かって叫ぶ。この事態を真っ先に知らせてきたのは、彼と共闘関係にある千一匹目《せんいちひきめ》のジギタ・ゾギだ。

けれどクゼは、今度もまた手遅れになる。きっと。

〈落ち着いてください。あれは数が多いだけで、〝日の大樹〟の連中のランタンと馬車の光ですな。こっちで置いている監視の目からは、放火の報告は上がっていません〉

「だって……だってあそこには、今も子供が寝泊まりしてるんだぞ！　あそこを見ていたナイジだっていなくなって、夜中は誰も守ってない！」

——この夜、〝日の大樹〟が大挙して救貧院を占拠した。

ジギタ・ゾギからの連絡で、クゼはすぐに異状を知り駆けつけることができたが、第三試合で重傷を負ったオゾネズマは勿論、二十九官の監視下にあるヒロトやジギタ・ゾギも、この事件のために直接動くことはできないだろう。

〈……クゼ殿。いざとなればこちらの小鬼《ゴブリン》部隊を動かして、〝日の大樹〟を排除することは問題なく可能でしょう。しかし相手がこの人数です。部隊単位の小鬼《ゴブリン》が押し寄せたと知れれば、集団の興奮状態をさらに煽ることにもなりかねないと考えます。黄都《こうと》側への言い訳としては治安維持への独自の協力……多少難しいですな。制圧自体は可能でも、人質の安否も保証できないかもしれません〉

「……ジギタ・ゾギ。俺はさ……ふへへ。ノーフェルトを殺したんだ。そこまでやって、俺は……この六合上覧《りくごうじょうらん》に勝とうとした。〝教団〟を助けたかった。本当だ」

〈承知しています。しかしこれは事実を述べているだけで、クゼ殿の貢献度とは別の問題です。クゼ殿の目的はこの敵の排除ではなく、人質の安否でしょう。どうか冷静に〉

「違う。違うんだ。あんたを責めてるわけじゃない」

クゼは空虚に笑う。今自分を襲っている皮肉に対する自嘲だった。

「ノーフェルトだったら……きっと、すぐに軍を動かしてくれた。〝教団〟を助けるために、あいつは偉くなったんだ。じゃあ俺は……俺がやったことは、なんだ？」

〈……どちらにせよ、ノーフェルトは第八試合までは戻ってこなかったでしょう。〝教団〟関係の黄都《こうと》側の対応は、これまでと同じだったはずです〉

「俺は……あいつと友達だったのにな。数字の数え方だってあいつに教えてもらった。あいつは、あいつにだって、すごい才能があった。なのにさ……」

何人もの仲間達がいた。優しかった者。賢かった者。強かった者。

誰もが一緒くたに〝本物の魔王〟の時代にすり潰されてしまって、もう戻らない。

クゼ一人だけが、今や修羅だ。

〈監視は継続します。何らかの好機が生まれたなら、こちらですぐさま救出を試みるつもりです。異変があれば都度報告しましょう。……それと、クゼ殿。謝罪します〉

「……ふへへ。何さ」

〈非情な作戦でした。アタシも含めたこの陣営は全て駒ですが、それでも生きた駒です。たとえクゼ殿自身のご希望でも、ご友人を手にかけさせるべきではなかった〉

「……いいさ」

この世に生きる誰でも、自分の考えがあって、自分の言葉がある。

自分達が苦しむ理由を背負う、邪悪な誰かがこの世にあってほしい。それは子供じみた願いだ。

――そんな願いのせいで、〝本物の魔王〟は生まれてしまったのかもしれないから。

「俺が行く」

クゼは、諦めている。クノーディが死んだあの日のように。ロゼルハが死んだあの日のように。

〈……諦めないでください、クゼ殿。クゼ殿が戦えば〉

「なあ。ジギタ・ゾギ。もしかしたら……もしかしたら俺にだって、話し合うことができるはずだって思わないか？　殺したり、殺されたりしない……そんな……」

通《とお》り禍《か》のクゼが戦えば、必ずそこに死が生まれる。

だから彼は、大盾を持っているのだ。彼の敵を殺さないために。

「……そんな、魔法みたいにさ」

教会からは、鐘の音が聞こえる。一日の終わりを告げる鐘。

黒衣の暗殺者は、光の只中へと飛び込んでいく。

その先の未来には、暗闇しかなかったとしても。

◆

現れた通《とお》り禍《か》のクゼを見て、翼剣《よくけん》のギザは短い煙草をふかした。

「──よう。随分慌ててご到着したみたいだなあ。殺し屋さんよ」

ギザが座り込んでいるのは礼拝堂前の階段だ。さらにその周囲には何人もの〝日の大樹〟が立ち並んでいる。救貧院に辿り着くためには、この階段を抜けて奥へと進まなければならない。無数にひしめく〝日の大樹〟の暴徒の只中を。

教会から鳴り響く鐘の音の下、眩い光とともに騒ぎ立てる暴徒達。まるで祭りの光景だ。

「……ごめん。おじさん、さっそく降参したいんだけどさあ」

クゼは軽薄に笑いながら、両手を挙げた。

「死ねよ」

その態度が、ギザの勘に障ったようだった。

「今すぐここで死ね。お前はジヴラートを殺したんだろうが。そりゃ〝日の大樹〟……俺達全員から殺されたって仕方がないってことだろうが。違うか？　俺は間違ってるか？　何人も何人も殺してきて、なんでテメエだけが、ヘラヘラ笑って生きてられるんだ？　そんなに……そんなド汚え手段まで使って、六合上覧《りくごうじょうらん》で勝ちたかったのかよ。なあ」

「ふへへ……そうだなあ……」

ジヴラートを殺したのは自分ではない。何かの間違いだと言えばいいのかもしれない。

自分はどうなってもいいから、子供達は助けてやってほしいと。

(俺はどうなっても、いい、か)

ひどい皮肉だ。心からそう思っているのに、クゼはその言葉だけは口にできないのだ。

ナスティークの死の加護がそこにある限り、クゼ自身が無防備に集団からの殺意を受け入れることは、彼の敵を皆殺しにするという決断に等しい。

信仰に背き、敵を殺すという意思さえあれば、ナスティークは視界の全員を皆殺しにしてくれる。

けれど、リチアで殺したカーテを、彼の友であったノーフェルトを、そしてもう少しで殺してしまうところだったツーを……地獄に落ちた後でも忘れることができそうにない。

「ふへへ……ごめん。降参ついでに、ジヴラートについて話したいんだけどさ……」

「ジヴラートは」

教会の鐘が鳴っている。

ギザは、怒りで震える口調で言った。

「俺達の中で、先のことを考えられる奴はあいつだけだった。黄都《こうと》で認められたら、すげえことやろうって……〝日の大樹〟は、俺達は皆に慕われるギルドになるってよお……六合上覧《りくごうじょうらん》で勝てば、全部うまく行くはずだったんだ！　これまでのクソみたいな仕事から抜け出して……全員がいい家に住んで、もっと、もっとデカい仕事で、金も女も、家族だって手に入れてよ！　あいつ、あいつだけが……何にもないクズみたいな俺達の中で、一人だけ夢を見れたんだ！」

「……そうかい」

灰境《かいきょう》ジヴラートは勇者候補の中で最も実力に劣り、それ故に絶対《ぜったい》なるロスクレイの第一回戦の相手として選ばれたのだという。ジギタ・ゾギからその話を聞いた。思慮の面でも品性の面でも、辺境のゴロツキの枠を出ない男だったと。

――そんなはずはない。

「本当に……偉い奴だったんだな」

灰境《かいきょう》ジヴラートは、通《とお》り禍《か》のクゼなどより遥かに上等な勇者だったはずだ。

全てに虐げられて先のない世界で、確かな希望を見ることができた。

仲間達に夢を与えて、導くことができた。

クゼにはそのどちらもない。絶望の海の中で足掻き続けて彼が見出した救いは、さらなる暗闇だけだ。クゼは女王を暗殺するために、勇者を殺すために、この六合上覧《りくごうじょうらん》を戦っているのだ。

「他人事《ひとごと》、みてェに、語ってるんじゃねえぞ」

ギザの怒りに呼応するように、〝日の大樹〟がクゼを取り囲んでいた。

彼らはきっとクゼを殺そうとする。殺そうとした者が死ぬ。死んで、そして別の者が復讐に走る。

死が際限なく連鎖して、止まることはない。

まるでこの世界がそのようにして回っているかのように、死ぬ。

「テメェが殺したんだろうが！　〝教団〟を食い物にして！　人買いのクズどもと手を組んで！　テメェみたいな連中が、何も知らねえガキをドブに投げ捨ててきやがったんだろうが！　テメェ……テメェは、俺の故郷のクソッタレどもと同じだ！　商売道具が捕まったって聞いたから、〝教団〟の中でテメェ一人だけが焦ってここまで出てきたんだろうが!?　テ……テメェみたいなのが上にいるから、〝教団〟だって……今こんななんだろうがよ！」

「――は」

翼剣《よくけん》のギザがまくし立てた言葉は、事実と全く異なる、見当違いの嫌疑でしかなかった。

子供達に起こった悲劇は弱体化した〝教団〟が犯罪につけ込まれた結果で、〝教団〟が弱体化している理由は、〝本物の魔王〟のために信仰が失われ、衰退するままに放置されているためだ。

事実無根でありながらも話の筋が通っている以上、きっと誰かから吹き込まれた物語なのだろう。

その絵図を描いた者が誰であるのかすら、クゼは知っている。

「……は、はは……」

だが、それ故にクゼは笑った。

あまりに皮肉すぎる話に、笑いが止まらなかった。

ギザが言った通りでもあるからだ。

「は、はは……はははっ、そうだよ。そうなんだ……」

クゼは笑いながら答えた。

「そうなんだよ。おじさんは……おじさんはね……悪人なんだ。〝教団〟は……〝教団〟の上層部はずっと、どうしようもないクズどもに支配されててさ……おじさんは殺し屋で、子供を売り買いしてて……！　そりゃいいや。最高だ。はは、あはははは……！」

教会の鐘が鳴っている。

「おい……」

笑いはじめたクゼを前にして、〝日の大樹〟はむしろ困惑したようだった。

すぐにでも始まっておかしくなかった殺意の波は、その僅かな時間だけ止まった。けれどすぐにそれ以上の怒りとなってクゼに押し寄せることだろう。

（本当に、救えない）

人殺しの聖騎士。その罪は紛れもない事実だ。

魔法《まほう》のツーはいない。これからクゼは、恐ろしいほどの人々を殺してしまうはずだ。大量虐殺犯として、勇者候補としての資格も失う。ツーが託してくれた勝利すらも。

クゼは笑った。笑いすぎて涙が浮かんだ。

（……救えないよ。こんな話はさ）

「刻み殺してやる。クソ野郎」

両手に一本ずつ片手剣を抜いて、翼剣《よくけん》のギザが蹲って笑うクゼの傍らに立つ。

振りかぶる。そうだ。そこで、きっと天使が。

(——天使が)

雨。

雲を通した小月の明かりに、振り上げられた刃が光っている。

それはクゼの首元へと。

「死ね」

金属音が響いた。クゼの籠手が、反射的に刃を防いでいた。

これまで敵を殺さぬためだけに使っていた防御技術を、クゼは初めて自分自身のために使った。

「……ナスティーク」

クゼは、むしろ困惑の表情を浮かべた。

殺意に満ちて周囲を取り囲む〝日の大樹〟よりも、他の誰にも見えない天使を探した。

「いないのか!?　ナスティーク!」

「大人しく、死ねってんだよッ!」

「ぐうっ!?」

腹を強く殴られる。強い殺意が籠もった一撃だった。

そのような攻撃は、死の天使が殺し返してしまうはずなのに。

「な、なんだよ……こりゃ……ふへへ……ナスティーク……」

取り囲まれる。殴り、蹴られる。全身を苛む痛みと、それ以上の殺意の嵐を受けながら、クゼはヘラヘラと、軽薄に笑っていた。

「……俺……俺はノーフェルトを殺した。親友だったんだ」

彼とノーフェルトも、あるいはそうであったのかもしれないのに。

「……俺が間に合ってれば……あんたが人を殺す必要だってなかった……それなのにあんたは……あんたは、救ってくれるのか？」

目と鼻から流血し、頬骨を折り、しかしクゼが見ている相手は〝日の大樹〟の群衆ではなかった。

その向こうに佇んでいる、白く大きな巨体があった。

「ウハク」

六合上覧《りくごうじょうらん》には、〝教団〟の勇者候補が二名存在した。

通《とお》り禍《か》のクゼは、そこで毎日祈りを捧げている者がいることを知っている。信徒達に一日の終わりを知らせる鐘の音が鳴る頃、彼は決まってそこに現れる。

鐘が鳴っている。

灰色の大鬼《オーガ》には名前があった。不言《ふごん》のウハク。

――ナスティークがさ。あんたに近づかないんだ。

「笑ってるんじゃねえ」

「内臓引きずり出してやる」

「許さねえ」

「殺してやるぞ、通《とお》り禍《か》のクゼ」

(ああ。俺を殺そうとしている)

これだけの殺意が向けられている。

(そうだよな——俺は、そうされて当然だった。ずっとそうだった)

暴徒が振るった鉄の棍棒《こんぼう》が、クゼの肋骨《ろっこつ》を砕こうとする。クゼは籠手をその打撃に合わせて、棍棒を手の中から弾き飛ばす。

巨漢がクゼの背中に蹴りを浴びせて、雨でぬかるんだ地面に頭から突っ込む。別の暴徒がクゼに馬乗りになろうとする。

「死ね！　死にやがれよッ！」

「ッがあああああああッ！」

クゼは雄叫《おたけ》びとともに、額を相手の脳天に叩きつける。短刀を突き込もうとする者がいる。転がっていた大盾を拾って、短刀が届くよりも先に暴徒の腕に打ちつけている。

そんなことができた。戦うということが。

「ウハク。あんたは」

ウハクはただ見つめているだけだ。〝日の大樹〟も、そこに佇んでいるだけの大鬼《オーガ》には近づくことができずにいる。本当に、聖なる神官がそこに立っているようだった。

群衆の波に飲み込まれぬよう足掻きながら、クゼは叫んだ。

「ウハク……！　ウハク！　あんたは、なんで人を殺したんだ！　俺はさあ！　本当は……本当は、知りたかったんだよ！」

殴る。殴り返される。

大人が、子供同士の摑《つか》み合《あ》いの喧嘩のように。

「あんたの中にある……詞神《ししん》サマの教えとは違う……あんたの信仰は、もしかして……人が人を殺すことを許してくれてるんじゃないかって、俺は……！」

血塗れになりながら、叫ぶ。

この世のどこかに、クゼの罪を許してくれる神がいるのかもしれない。

ウハクはもしかしたら、詞術《しじゅつ》によって成り立った信仰以上の、本当のことを知っているのかもしれない。けれど。

「俺は……！」

言葉を話せぬウハクの信仰を知ることができたのだとしても、クゼは、いつまでも届かない詞神《ししん》の信仰に焦がれ続けるのだろう。

誰かを殺すことを苦しむことのできる心こそが、きっと詞神《ししん》の与えた救いなのだから。

誰よりも罪だと知りながら、その罪を背負い続けて戦うしかないのだろう。

「死ね！」

「悪党野郎が、焼き殺してやる！」

「地獄に落ちろ、卑怯者！」

殴り合える。クゼは初めて戦うことができているのだ。

それは天使が許すことのない罪かもしれないが、不言《ふごん》のウハクがそこに佇んでいる今だけは。静《しず》かに歌《うた》うナスティークは、通《とお》り禍《か》のクゼを見ていなかった。

殴る。投げ飛ばす。

蹴り。頭突き。

何度も、繰り返し、代わる代わる。

「はーっ、はーっ……」

「なんで……なんで立ち上がってきやがる……この野郎」

「ダラダラすんな……さっさと！　さっさと息の根を止めンだよ！」

「こいつが……はぁ、はぁ、ジヴラートの仇《かたき》だ！」

「……ふ、ぶふっ、ふへへ……へへ……」

クゼは笑った。それが嬉しいのか、怒っているのか、悲しいのか、どんな感情であるのかさえ分からなかった。これだけの集団を前に、勝ち目があるとも思えなかった。

けれど、確かに救いがあった。

ずっと絶望の闇に閉ざされていたクゼのような男にも、希望が。

(そうだ。この俺が。俺みたいな、罪人が)

誰も殺すことなく、子供達の下に辿り着けるのかもしれないと。

◆

救貧院の子供達は、一番広い食堂の部屋にまとめて集められた。

レーシャは背筋を伸ばして、顎をしっかり上げて、周囲を取り囲む暴徒達を見据えている。

歩き方も喋り方も酷く下品で、本当に悪党のように見えた。ナイジ先生が言っていたようなジヴラート様の知り合いだとはとても思えない。

「これさ。俺達でガキ攫った後はどうすんの」

「あ、面倒見るかお前？」

「やめろよ。クハッ！　俺ァガキなんて趣味じゃねえんだってば」

「じゃ、じゃあ、ボ、ボク、ボクがもらっていいかな！　うひっ、ひ」

――うんざりする。

レーシャより年長の男子達は何も頼りにならなかった。ナイジ先生が死んでしまった時は、皆に引き取り手が見つかるまで自分達が小さい皆を守るだとか、威勢のいいことを言っていたのに。

頭や肩を二発か三発か小突かれて倒れた男子も、それを見ているだけで泣き出してしまった男子もいた。抵抗を続けていた男子も、手足を縄で強く縛られてからはぐったりとしている。

レーシャが一番お姉さんなのだから、今度はレーシャが戦わなければならないのだ。

「――わたし、あなた達みたいな大人にはならないから」

「いきなり何言ってんだコイツ」

暴徒達は、レーシャの言葉の意味を取りかねたようだった。

「は。ガキってたまに妙なこと言うんじゃねえの」

「よくジヴラートさんはこいつら養ってたよなァ。俺、一匹も無理」

「じゃあ何になりたいってんだ、お嬢ちゃんよ」

一人の男が興味本位か、それともバカにするためか、レーシャの側に立って言った。暴徒達の中でも年上であろう、ニヤニヤと笑いを浮かべた髪の薄い男だ。

「わたしはクゼ先生のお嫁さんになるの。いつまでだって、幸せに暮らすんだから」

「ヒッ、ヒヒッ、おい、こいつ面白いぜ。ませたガキだ」

「……あなた達、詞神《ししん》様の教えを知らないで育ったの？」

暴力を振るわれても、レーシャはちっとも怖くなかった。顔が傷つけられるのはとても怖いと思うけれど、それで言うことを聞かせられると思っているのは、見た目がいくら大きくても幼稚な男子と変わらないのだから、怖がることなどないのだ。

それにレーシャは、〝教団〟で育った子供だ。

ずっと学んできた。正しいことが何か。悪いことは何か。それを偽ることは、決してしない。

「ジヴラートさんだってかわいそうよ。いくら生きてる間にいいことをしたって、自分の仲間達がこんな悪いことをしてるんだもの。歩くたびにドタドタ足音がなるし、平気でそこら中にツバを吐くし、笑い声だって汚らしいし。育ちが知れるわ」

レーシャは、絶対に彼らのような大人にはならない。

いつかもっと幸せな暮らしになれる。希望を抱いて、ずっと努力することができる。

どんなに辛い目にあっても、詞神《ししん》様の教えが心を支えてくれるからだ。

家族がいなくたって、不幸のどん底にいる人だって、子供でも老人でも——この世界が生まれてから、とても多くの人達の心を救ってきた教えだ。

「育ちだと」

「何だこいつ。一人だけ金持ちのガキか何かか？」

「……」

暴徒達の空気が変わった。先程までのような暴力的な熱狂ではなく、何か……レーシャが口にした何かに対する恐れが混じった、冷たい殺意だった。

(全然、怖くなんてない)

全然というのは、嘘かもしれない。顔だけは、やっぱり傷つけてほしくない。

(引き取りの話がなくなって、救貧院が潰れて、ナイジ先生が死んでしまっても。きっとこれからよくなるわ。クゼ先生。……だって、だっていつか、私がお嫁さんになるんだもの)

クゼ先生の疲れた笑顔は、いつだって不幸を嘆いているように見えるから。

——だから、レーシャが幸せにしてあげたいと思ったのだ。

「こいつ、結構綺麗な顔してるな……」

「ああ。ガキの割にはかわいいよ。いける」

「生意気な口利いたんだしさ」

「ギザさんにもそう言っときゃいいよ」

暴徒達も、レーシャの顔を褒めている。

そうだ。レーシャは一番の美人だ。いつもならそう言われて嬉しく思うはずなのに、彼らのその口ぶりは、どこかレーシャの心を不安にさせた。

一人の男が、彼女の手を乱暴に摑んだ。

「やっ……」

「お前さ。お前、こっちの部屋に来い」

「やめて。やめてよ、わたし、絶対動かないから……！」

大人の力はとても強くて、レーシャはまるで小さな荷物のように引っ張られていく。とても恐ろしい予感が、全てが台無しになるような予感がする。

レーシャの信じている世界で、そんなことがあってはいけなかった。

だから、想像したことがなかった。

(いやだ)

彼女の人生の何もかもが、不幸なまま終わってしまう。そんなことが。

「来い！」

「いや……いやだ、クゼ先生！」

暴徒が開けるよりも早く、扉が開いた。

そこから拳が飛び出した。

暴徒の顔面にその拳が突き刺さって、吹き飛んだ。

扉の中からは一人の男が飛び出して、レーシャを守った。

獣のような唸りとともに、その場にいた暴徒の全員を打ち倒した。

殴り、引きずり下ろして、砕けた木切れで殴って、汚らしく、必死に。

その男はボロボロの黒衣を着ていて、顔に至っては見る影もないほど腫れ上がって、血塗れだった。それでも、レーシャにはすぐに誰なのかが分かった。

「……やあ」

「クゼ先生」

クゼ先生は、大きな腕でレーシャを抱きしめてくれた。

いつもの灰の匂いは血の匂いが強すぎて分からなかったけれど、暖かさは同じだった。

「先生……クゼ先生！」

最初から知っていた。

クゼ先生は聖騎士だ。いつもこうして戦って、レーシャ達を守ってくれていた。

自分がボロボロになったって、どれだけ傷ついたって、誰かを守るために。

「ありがとう。皆……皆無事よ。わたし、お姉さんだったのよ」

「ああ。レーシャ。皆を……ちゃんと守ってくれてありがとう。良かった。誰も死ななくて、本当に……本当に良かった……」

血に塗れたクゼの顔を見上げて、レーシャは、精一杯綺麗な顔で笑った。

それがお嫁さんとして相応しいと思ったから。

戦って傷つき果てたクゼの顔は、レーシャにとっては一番の――

「傷だらけでも……クゼ先生は、クゼ先生は、世界一かっこいいわ」

「そうか。そうだよな。普通は……戦えば、こういう風に、傷ついちゃうんだもんなあ……」

けれどクゼ先生は、疲れたように笑う。

どれだけ誇ったって足りないような戦いに、クゼ先生は勝ったのに。

まるで、いつもみたいに。

「……ふへへ」

◆

深夜。ノフトクの居室の扉を叩く音があった。

予定通りであれば、翼剣《よくけん》のギザが、作戦結果の報告を持ち帰ってくる時間帯である。

「はい、はい。今開けますよ」

鳩の歩みのようにノコノコと扉前まで出て、開ける。

その向こうに立っていたのは、ギザではなかった。

「おや」

いつも以上の凄絶な不吉さを纏う血塗れの男を見て、ノフトクは特に驚きもなく名を呼んだ。

「通《とお》り禍《か》のクゼ殿」

「ふへへ……いや、ちょっと近くに立ち寄ったもんでね。いいかな」

「はぁ。あまりよろしくはないですが」

クゼは、大盾の端を引きずっている。全身の負傷が深く、もはや腕に抱えていられないのだ。ここまで、その状態で歩いてきた。

「あまりそうは言っていられなさそうなご様子ですなあ」

「理解が早くて助かるよ……手当てなんていらないし、茶を出せなんて言わないからさ……」

幽鬼じみた覚束《おぼつか》ない足取りで、クゼは室内に踏み込んでいく。彼が通った後の床が赤黒い血で点々と汚れて、ノフトクは少し残念な気分になった。

「はぁ。それで、ご用件はなんでしょうかな」

「そう……だな。単刀直入に行こうか。〝日の大樹〟に……救貧院を襲わせたのは、あんただろう」

「その通りですが」

クゼは無敵の暗殺者だ。この男からの報復があること程度は最初から覚悟している。怒りでノフトクを殺しに来たというのなら話はそれで終わりだし、認めてしまった方が無駄がない。

「いやあ、そのご様子だと、随分な数を殺してしまったようですな……」

子供達は無事だろうか、と考える。

クゼに対する人質として最も捕らえやすかったのは、つい先日監督者を失ったあの救貧院の子供達だった。彼らを選んだことにそれ以上の意味はない。だが、できるなら無事でいてほしかった。

「殺してないよ」

椅子に腰を下ろして、クゼは血塗れの顔で笑った。

とても嬉しそうに。

「俺が……この俺が、誰も殺してないんだ。本気で、殴り合ってきたんだ。信じられるか」

「いいえ。信じられませんな」

通《とお》り禍《か》のクゼが、誰一人殺さずに事件を解決できたはずがない。

翌日には、救貧院前の虐殺は大きな事件として扱われることだろう。〝日の大樹〟の生存者が証人となり、通《とお》り禍《か》のクゼの出場資格は剝奪される。人質を取ることに失敗したとしても、クゼの存在は確実に排除される。それがこの作戦でノフトクが描いた筋書きである。

「俺を敗退させることはできない。二回戦に進ませてもらう」

「はぁ。お分かりでしょうが、それをさせるわけにはいきませんので……」

「……仕事が早い奴って、いるよな。黄昏潜《たそがれもぐ》りユキハルがさ……もう記事を作りはじめてるらしい。結局……俺が突入して子供を連れ出した後のことは、ジギタ・ゾギが全部やってくれたしさ……俺のほうは、本当にギリギリだったから……」

「黄昏《たそがれ》……記事？　何のことです？」

クゼは深く笑いながら、続きを述べた。

「〝日の大樹〟の救貧院占拠事件と、その顚末の記事だよ……現場の写真を紙面に並べて……それで、情報を伝える。写真だから確実で、しっかりした証拠なんだ。新聞記事っていうらしい。俺は全然知らなかったけどさ……」

何かが起こっている。それもノフトクよりも遥かに早く、事件の事後処理まで含めて手を回していた、遥かに素早く策謀の手を打つ存在が、クゼの背後にいる。

「誰も殺してない。それは、どうして」

ノフトクは、先のクゼの言葉を繰り返した。

「ああ、どうしてだろうな?」

椅子に首を預けるように、クゼは天井を見上げた。

「詞神《ししん》サマのご加護だったんじゃないかな」

「……」

「知ってるか? 人を助けるのは……いつだって人なんだよ」

クゼの言葉の真偽を確認する術はない。だが、この短い時間でノフトクにまで辿り着いた情報網。千一匹目《せんいちひきめ》のジギタ・ゾギの名。やはり通《とお》り禍《か》のクゼの背後には黄都《こうと》を脅かす勢力の存在があった。

作戦が全て失敗したのだとしても、今ならば、ノフトク自身が始末をつけることができる。

彼は深く溜息をついた。

(……ここまで、か。仕方がない)

ただそれだけの思考で、暮鐘《ぼしょう》のノフトクは自らの死を選ぶことができた。

クゼの擁立者は、ノフトクだ。擁立者が死亡すれば、勇者候補は六合上覧《りくごうじょうらん》に挑む資格を失う。

ノフトク自身には自殺を選ぶほどの苛烈な勇気はなかったが、彼がそういう人間であるとしても、確実に、自動的に自殺可能な手段が目の前に存在する。

「ではクゼ殿。今からこの私がクゼ殿を殺します」

候補者が擁立者を殺害する。何よりも確実な失格理由だ。

「クゼ殿はどうしますかな」

「……ノフトク」

クゼは、穏やかな声で言った。

「あんただって……〝教団〟で育ったはずだ。あんたが何をしているのかなんて、とっくに分かっていたけどさ……それでも、何か救いがあるんじゃないかって、何か……そうならざるを得なかった何かがあったんじゃないかって、俺は信じたいんだよ……」

「私は……さて」

何があったのだろうか。何もなかったような気がする。

ノフトクが幼少時代を過ごしていた頃、〝教団〟は今のように過酷な状況にあったわけではなかった。多くの人から愛され、恩義を受け、あるいはそれを返そうとしたから、この地位にまで登りつめたのかもしれない。誰かにそう求められるように。

目の前に飢えた少女がいるなら、助けてやればいいのだ。

恨みや怒りに突き動かされることなく、いつも穏やかに日々を送って、求められた役割を淡々とこなしていけばいい。詞神《ししん》の教えなどがなくとも、そんな素朴な善性だけで十分だと思う。

「はぁ、私は……多分、結構ですなぁ。救いだとか……信じてもらおうとも、別に」

「それでも……救いがあれば、って思うよ……」

そうかもしれない。救いとやらがいいものならば、欲しいものだが。

だがノフトクはこれからクゼの殺害を試み、そして不可視の即死能力によって死んで終わる。

「なあ、ノフトク……これを見てどう思う」

「……」

ノフトクにも、教団文字が読めた。教団文字は教育が容易で〝教団〟の関係者に広く学ばれるという性質上、孤児や貧民などの社会階級が低い者にほど普及しているという性質がある。

「これは、取引の書面ですな……それも、技術医療……臓器売買の」

「そう。〝教団〟から買った子供を、そんな目的で使ってた連中がいたんだ。生術《せいじゅつ》で再生できない疾患のある臓器を、子供の新鮮な臓器と入れ替えちゃうんだってさ……」

「なんと、おぞましい」

本心からの言葉だった。子供達にはそんな酷い目に遭っていてほしくはなかった。

「こういうのもある。魔族《まぞく》の材料提供だ。人間を材料にして、屍魔《レヴナント》や骸魔《スケルトン》を作っていた。〝教団〟の子供だ。これも。こっちのやつも。全部――」

クゼは、次から次へと書面を重ねた。

クゼの傷から滴り続ける血が、ノフトクの書斎机を酷く汚した。

「……ええ。ええ。とても心が痛みます。〝教団〟の体制では、こうした犯罪を未然に防ぐこともできない……だから、皆を救う新たな体制にならなければ。分かるでしょう。クゼ殿」

「ああ。もちろんだ。じゃあ、同意してくれるよな」

最後の書面には、空欄があった。

「これは」

書斎机に向かったまま、ノフトクは絶句している。

「今まで見せてきたことはさ、全部俺達がやったことにしようよ」

それは、〝教団〟からの人身売買行為に加担したことを示す連名の証書だ。

何故こんなものを。何の必要があって。

「ど、どういう意味が――」

「〝教団〟は私腹を肥やしている。何の罪もない子供達や神官を、汚い商売に使って……正しい生き方をするための詞神《ししん》サマの教えを曲解して、皆を苦しめるだけの組織になっている。それは……〝教団〟の上層部に、金儲《かねもう》けに走るクズとか、人殺しのクズとかがのさばってるせいだ」

「……それ、それは」

人々が……〝本物の魔王〟がもたらした不幸を、〝教団〟へと背負わせた物語だ。ノフトク自身が、広まるままにしていた風評でもある。

「もう、それでいい。俺達みたいな、〝教団〟の偉い連中だけが最低のクズだったことにすればいい。ずっと教えを信じてきた皆や……子供達には、何の罪もない。詞神《ししん》サマの教えが悪かったんじゃない。全部、俺達だけが悪かったんだ」

「俺……達」

震える目で、記された連名に目を通していく。全て本人の署名だ。通り禍《とおりか》のクゼ。空《そら》の湖面《こめん》のマキューレ。観《かん》じのロゼルハのような死人の署名すらある。

あの事件で死んでしまうより遥か前に、こんな署名を。他にも。他にも。他にも——

「ひ」

ノフトクは恐れた。

〝教団〟には大きな組織力がある。戦う力はないが、それだけの力が。

そして、彼ら全員は、全員が進んで。

民に押しつけられた謂《いわ》れなき罪を、自分達だけが持っていこうとしているのだ。

「ああ、言ってなかったよな？　俺が六合上覧《りくごうじょうらん》に出たのはさ。最初からこのためなんだ。第二回戦で、俺は女王を暗殺する。それが、〝教団〟を牛耳っているクズどもの王権転覆計画なんだよ。それで六合上覧《りくごうじょうらん》は中止になって……俺みたいな暗殺者を動かしていた、邪悪な〝教団〟の上層部はさ」

何故、こんなことを。恐ろしいことを。

最も無力な、武力を有することのない組織であったはずの〝教団〟こそが——

「みんな、処刑されるんだ」

この六合上覧《りくごうじょうらん》で、最も恐ろしい策謀を動かしていた。

「暮鐘《ぼしょう》のノフトク。俺の擁立者で、教団管轄のあんたが……最後なんだよ。〝教団〟の上層部の連中を見逃していた奴が必要だろう？」

「こ、こんなものに、署名などできない」

〝教団〟を救うためだけに、どれほど恐ろしい罪を。それも、これだけの量の冤罪《えんざい》を。

「私……私は人身売買など、一度もし、していない。じょ、女王様を殺すことなど、できるものか。私にそんな勇気はない。そんな……そんなこと。何もしなかった。何も！」

「そうだよ。何もしなかった。それが俺達の罪なんだ」

――懈怠による破壊工作員。

名誉なき中傷ならば、暮鐘《ぼしょう》のノフトクは穏やかに受け入れてきた。

けれどそれは、その不名誉が事実であったからだ。

未来永劫《えいごう》こんな罪に晒され続けるなど耐えられない。

何故、こんな数の名前が連なっているのか。彼らは何を考えているのか。これだけの数の信徒を想像もできない狂気へと走らせるものが、信仰だとでもいうのか。

こんな恐ろしいことの、何が救いなのか。

「……ほらな？」

いつの間にか、通《とお》り禍《か》のクゼがノフトクの真横に佇んでいる。

天使のように。死神のように。

「あんたにだって、罪を恐れる心がある。詞神《ししん》サマにもらった心がさ。ちゃーんとあったんだよ。ふへへ……良かったなあ、ノフトク。怖がることができて」

そうだ。ノフトクは死すらも恐れなかった。自分の存在に価値など置いていない。そのはずだ。

ノフトクの書斎机にはペンがある。このペン先で今、クゼを殺そうとすればいい。

指が震える。できない。恐ろしい。

「どうした？　書きな？」

心が折れて、ノフトクはノフトク自身の意思で動くことができずにいる。

今すぐに逃げてしまいたいと心から思っているのに。

この場からも。この世からも。

「やめて。やめてください。こんなバカな真似は。頼む」

通《とお》り禍《か》のクゼにとっての六合上覧《りくごうじょうらん》は、自分達が死刑台へと上るための階段に過ぎなかった。

……そして。それ以上に恐ろしいのは。

この名簿の全員が処刑されたとしても、クゼだけが生き残るのだ。

あらゆる殺意を跳ね返すこの男を処刑することなど、誰にもできるはずがないのだから。

全ての罪を背負って、一人で生きていく。悪夢だ。

「名前を書くだけだ。——なあ？　教えてあげようか、ノフトク？」

善なる心があるはずだ。クゼにも、ノフトクにも。

ノフトクは、確かに〝教団〟の凋落を助けた。けれど、こんな末路は。

「助け、助けて」

クゼの大きな手が、ノフトクにペンを握らせる。

血塗れの、死の手が。

「文字の書き方をさあ。ちゃんと〝教団〟で習ったよな？　ノフトク」

「う、うあああ……ああ」

頭も押さえつけられる。恐怖で心が折れる。

死を恐れる心も、罪を恐れる心もない。そのはずだった。

つい先程まで、ノフトクはそうであったはずなのに。

暮鐘《ぼしょう》のノフトクを構成していた、何もかもが破綻していく。

「こんな、こんな〝教団〟の有様は、わ、わ、私だけのせいじゃないんだ」

「書け。あんたが習ったように、書くんだ」

――すばらしい奇跡のために、私達はもう、孤独ではありません。心持つ生き物の全てが、皆の家族なのです。

「救ってくれ。頼む」

「そうだな。詞神《ししん》サマにそう祈っておくよ。書け」

――語り合いましょう。誰しもに言葉の通ずる詞術《しじゅつ》を、詞神様《ししん》は与えてくださったのですから。

「助けてくれ！　クゼ！　助けて！」

「書け」

――憎んではいけません。傷つけてはいけません。殺めてはいけません。あなたが、あなたの家族に対してそうであるように。

「書け。ノフトク」

◆

——勇者を殺してくれ。

六合上覧《りくごうじょうらん》の開催前、そんな切実な願いを受けた時から、クゼは自分が背負う罪を覚悟していた。


空は晴れて穏やかな日差しが降り注いでいる。

例えばこのような時は、天使は何かを言いたげに回廊の窓枠に座ってクゼを見ている。

少年めいた白い短髪と背の翼は、現実の風ではない流れにふわふわと揺れる。

クゼは告解室を出た。空《そら》の湖面《こめん》のマキューーレという神官と、六合上覧《りくごうじょうらん》で生まれる勇者が仕組まれた存在であることと、〝教団〟の最後の計画を話し合った。彼ら全員が罪を背負って、詞神《ししん》の信仰だけを生き残らせるための計画。

告解室の中で語ったそんな話も、ナスティークには全て知られているのだろう、と思う。

「……マキューーレ先生も、俺の大切な人だよ」

天使はクゼの後ろをふわふわと浮かびながら、不思議そうな顔で声に聞き入る。

いつからかクゼは彼女のことを、教会に集う子供達と同じだと思うようになった。

退屈な話を聞き流しながら、ふと思い出に刻みつける瞬間を待っているような、子供だ。

「あの人、信徒の前でもあんな感じだからさ。全然お説教の内容が伝わりゃしないんだよね。世界やら社会やら、いつもそういう、大きなことを考えてばっかりなんだ……哲学者にでもなれば良かったんじゃないかってさ、へへ……教え子に何回も言われてたってさ」

クゼが笑うと、天使も少し笑顔になる。


「……クゼ先生！」

クゼを呼び止める声がある。

ロゼルハが死んだあの惨劇を生き残った、年長の孤児の一人だった。

ゆらめく藍玉《あいぎょく》のハイネを殺した日のことを、今でも思い出す。

あの事件で辛うじて残った神官や孤児達は、マキューレの救貧院の預かりになるのだという。

「だめだめ。俺みたいなおじさんを先生なんて呼んだら、他の神官の先生に失礼だってば」

「けれど、私達を救ってくださったのは、クゼ先生です」

「……」

クゼは曖昧に笑った。違うんだ。俺は弱い。誰も守れない。

あの事件で多くの信徒が無残に死んだ。

生き残ってしまった彼女があの事件で何を見たのか、何を味わったのかを知る勇気は、クゼにはとてもなかった。

「私は……わ、私は、生き残ってしまいました。たくさんの子供達が、死んでしまったのに。どうしてあの日、死んだ者と、死ななかった者がいるんでしょう……」

「そんな思い出と一緒に生きていくのも、同じくらい辛い。だから本当は、皆平等なんだ」

「でも、それなら……どうして私達だけが辛い思いをしなければならないのでしょう⁉　世の中の他の人々は？　私は……私達が〝教団〟だから、このような目に遭わなければならないのですか⁉」

クゼは、強く目を閉じた。

死んでしまった子供達と、生き残ってしまった子供達がいる。

光に生きていくことができる者と、陰にしか生きられない者がいる。

一人だけ天使の加護を受けたクゼと――それ以外の、全て。

――生きとし生ける誰もが平等であるように、祠神様《ししん》は、言葉を与えてくださったのです。

彼は笑った。軽薄に笑った。

悲しみと救い。選ばれる者。運命。それ以外の答えを持たなかった。

人の力で救える悲劇じゃないと、人は救えないんだよ。

「ふへへ……ごめんな。おじさんじゃ、分かんないや。頭が悪いからかなあ……」

死を与える天使。ナスティークは、この世でクゼただ一人にしか加護を与えてくれない。

けれどクゼはいつも願っているのだ。

(――なあ。お願いだ。天使サマなんだろ？　助けてくれ。ナスティーク)

いつも、虚空へと語りかけている。

彼女は壊れているのだろう。心のどこかで、そう気付いている。
クゼだけを守る、きっと壊れてしまった、救いの天使だった。

（俺以外の、みんなを）

十七　交差路

黄都《こうと》の片隅の貧民街を駆けていく少女がいる。

深緑色のローブを羽織って、フードで顔を隠すようにして、彼女は薄暗い路地からさらに影の濃い道へと、人目を避けるように走っていた。

貧民街の道は途中で行き止まりになって、水路に接している。水路の間際に立って、少女は自分を追いかけてくる者の存在を確かめるように、何度か振り返った。

そして小さく囁く。

「【歩かせて】」

まるで童話に出てくる魔法のように、少女は水路を歩いた。

どんな伝説に語られる詞術士《しじゅつし》でも成し得ぬ異常な詞術《しじゅつ》行使を目撃した者は誰もいない。

少女は、キアという名の森人《エルフ》だった。今は二つ目の名を持っている。――世界詞《せかいし》のキア。

（……あたしは逃げたりしてやらない）

あの第四試合の日、キアはエレアと別れた。もう一度、いつかまた会うために。

今や黄都《こうと》から追われる存在になったキアが、エレアに接触するわけにはいかない。だけど、試合での不正の冤罪を晴らして……もしも必要なら、ロスクレイが偽物の英雄だということを皆に伝えてでも、また堂々とエレアに会えるようになれればいい。

(負けた後にだって、できることがあるはずだわ)

絶対《ぜったい》なるロスクレイの力はあまりに絶大だった。キアの全能を以てしても覆せないほどの、数と信仰の力だ。きっと、別の種類の力がいる。

(例えば、ロスクレイよりもずっと偉い誰かに……本当のことを)

◆

西外郭の教会が、〝日の大樹〟に襲われたという。

彼らの殆どは暴動の罪で捕らえられたらしいが、魔法《まほう》のツーは、彼らにそんな結末があってほしくはなかった。

ツーは、一人でも迷わずに教会への道を歩くことができた。もう厄運《やくうん》のリッケは隣にはいない。

「女王に会うためには、どうすればいいかな」

だから、そんな言葉も独り言になってしまう。

セフィト。〝本物の魔王〟が王国を滅ぼしてしまったあの日、偶然出会っただけの、最後の王族。

けれどもう一度セフィトと言葉を交わさなければ、ツーはあの日から前に進むことはできない。

「ねえ。リッケ。一度だけでいいんだ。何か、できることは……」

魔法《まほう》のツーの正体を知る者はいない。オゾネズマの妹。色彩《しきさい》のイジックが作り出した、人ならぬ存在。種族不明の狂戦士。そして、〝魔王の落とし子〟。

——セフィトと出会ったあの日の真実は、ツー自身しか知らない。

「セフィトに謝りたいんだ」

ふと、路地の向こうから走ってきた子供とすれ違った。

ツーの記憶では向こう側には水路しかなかったはずだが、単に行き止まりから引き返してきただけだろうか。

「……」

ツーが振り返ると、子供も振り返ってツーを見ていた。もしかしたら、ツーが呟いたセフィトの名に反応したのかもしれない。

少女だ。金色の髪。澄んだ湖のような碧眼だった。

「こんにちは」

朝の太陽の下で、ツーは花のように笑いかけた。

少女は何も言わずに走り去って、影の方向へと消えていった。

◆

光と陰。六合上覧《りくごうじょうらん》という戦いを勝ち上がった者と、敗退していった者達がいる。

けれど敗北した者達の物語も、それで終わりではない。
——セフィトに会う。
運命の交差路ですれ違った二人の少女は、同じ目的を心に抱いていた。
今はその道が交わることがないとしても、あるいは。

あとがき

お世話になっております。珪素《けいそ》です。シリーズを意図的に四巻からお買い上げになる方は恐らくいらっしゃらないと思うのですが、もしもうっかり異修羅を四巻から入手してしまった読者の方がいらっしゃれば、ぜひとも一巻からお読みいただくことをおすすめします。タイトルは『異修羅I新魔王戦争』で、ISBNコードは978-4-04-912564-1です。電撃の新文芸から出ています。

四巻ですので、今更あとがきで作品紹介とか作者の近況とかを知りたい方も少ないでしょう。そもそも私はあとがきの価値を無だと考えていて、子供の頃から「なんか本文の後ろについてる邪魔な文章」くらいにしか考えておらず、まともに読んだことがありません。どうせなら、少しでも生活の役に立つ情報が書かれている方が良いとすら考えています。

なので美味しいボロネーゼの作り方を書きます。

ボロネーゼは、私の生活基準においてはやや高度な料理に属します。複数の野菜をカットして、熱を管理して、味見をする必要があるため、そこそこ手間がかかるレシピです。ですが一方で、ボロネーゼはストックを作ってしまえば調理途中でも冷凍保存ができ、応用が効くことが長所です。

まず材料ですが、基本的にはたまねぎ、にんじん、セロリの三種の野菜を同じくらいの大きさで粗みじん切りにします。どれかの野菜の分量だけが極端に多くてもいいですし、セロリやにんじんが苦手な方は代わりの野菜をご用意していただいてもいいのですが、この三種以外の野菜で作ったボロネーゼがどのような味になるのかはあまり想像できません。美味しい組み合わせを発見した場合は教えて下さい。

先程の工程で野菜をみじん切りにすると言いましたが、私はここ三年くらい、自分でみじん切りをしたことがありません。紐を引くと容器内の刃が回転して内容物を刻んでくれる調理器具で全部やっています。自分の手でやるより遥かに早く、仕上がりが均一で、ミキサーよりも微調整ができる優れた商品です。もしお買い求めの場合、容量が少ないと何度も中身を出し入れする手間がかかり面倒なので、できるだけ大型のものを入手することをおすすめします。

全ての野菜をみじん切りにしたものを混ぜます。ボロネーゼはほぼこれで完成です。あとは火が通るまでこの野菜を炒めて、肉とトマト缶と調味料を混ぜるだけで良いからです。なのでこのボロネーゼのもとを小分けにして冷凍しておくと、次回以降調理する時に大変役立ちます。

肉を炒める時にも、多少コツがあります。基本的に一回の調理ごとに３００g程度、野菜と同体積くらいの合いびき肉を用意していればいいのですが、これは野菜を炒め終わった後に直接加えるのではなく、一度野菜を別容器に移してから空のフライパンで焼いてください。もちろんこの過程でフライパンを洗う必要はありませんし、別容器もどうせこの後パスタを食べる食器があるはずなので、そこに移しておけばいいです。

ひき肉はトレイに入っていた状態をそのままぶち込んで、ほぐす必要はありません。野菜を炒めた時に残っていた油で片面をしっかり焼き、焦げ目が突いたら塊の状態のままひっくり返してもう片面も焼きます。野菜と混ぜてしまうと塊のまま焼くという工程が難しいため、一度野菜をフライパンからどけたわけですね。塊のままのひき肉の両面を焼き固めると、ちょうど雑なハンバーグみたいな見た目になると思います。ほぐさず、しっかり焦げ目をつけるというのが重要で、最初にひき肉をほぐしてしまうと焦げ目とともに肉の水分が失われ、焦げ目の香ばしさと肉本来の味との両立が難しくなってしまいます。

次に、ひき肉をほぐします。これもお好みで調整できるところですが、粗めにほぐした方が肉っぽさを感じられて私は好みです。レトルトなどの市販品のボロネーゼソースの場合、粗びき以上の大きさの肉が入っているボロネーゼソースはなかなか少ない印象があります。その点このレシピは優れていて、普通のひき肉でも最初に塊のまま焼き固めてしまうので、自分の好みの肉の大きさを作り出すことができるのです。

ここに別容器に移していた野菜を再投入し、カットトマト缶を一缶投入して煮込みます。あとはお好みの水分量になるまで煮込みつつ、塩胡椒や手持ちのハーブ類などを加えてお好みの味に整え、適当なパスタとあえれば完成です。

このレシピの長所は、カスタマイズ性の高さです。

私は味付けのところを適当に流しましたが、実際のところ、ボロネーゼはどんな味付けにしてもそこそこ美味しくできます。もちろん塩だけでも美味しく出来上がりますし、ハーブ類も手元にあるものならほぼなんでも使ってよく、お好みで赤ワインや生クリームを加えてもトマトが勝手に味をまとめてくれます。また、冷凍保存のタイミングや分量も自在であり、炒める前のみじん切り野菜、炒めた後のみじん切り野菜、完成品のボロネーゼそのものなど、ちょっと量が多すぎたな……という場合、どこでも小分けにして冷凍保存しておき、次に作る時は調理工程の途中からコンティニューできるという利点があります。もちろんみじん切り野菜は、ボロネーゼ以外の料理に使ってもいいですし、たまねぎ、にんじん、セロリで別々に分けておけばそれぞれ単体で運用することも可能です。

最後に一つ、大きなカスタム作例をご紹介します。これはボロネーゼを作っている途中で気が変わった時にまったく別のメニューに変えてしまうことができる技で、肉を焼いて野菜を戻した段階でトマト缶の代わりにフレークタイプのカレー粉を加えると、途中までボロネーゼだったはずの物体が一瞬にしてキーマカレーになります。このように、現場判断で全ての裁量を行える自由度こそが、ボロネーゼの強みと言っていいでしょう。

さて、冒頭であとがきの価値は無と書きましたが、作者にとってのあとがきには非常に大きな価値があって、それは関係者の皆さんにこの場を借りてお礼が言えるということです。この四巻のイラストに加え、異修羅告知用イラストなどの大仕事をいくつもこなしてくださったクレタ様、いつも素晴らしいアドバイスをくださる担当の長堀《ながほり》様、異修羅の出版に関わる全ての方々、そして読者の皆様、本当にありがとうございます。

次の五巻では、恐らく六合上覧の第一回戦の終わりまで書くことができるかと思います。トーナメントの第一回戦が終わるということは、試合数的に全試合の半分が終わるということです。最後まで書けるよう頑張ります。またお会いしましょう。もっとも最初に書いた通り、私が読者ならあとがきのこんなところまで読みませんので、このメッセージも伝わっているかどうかは分からないのですが……

電撃の新文芸

異《い》修《しゅ》羅《ら》Ⅳ
光《こう》陰《いん》英《えい》雄《ゆう》刑《けい》

著者／珪素《けいそ》

イラスト／クレタ

2021年2月17日　初版発行

発行者／青柳昌行
発行／株式会社ＫＡＤＯＫＡＷＡ
〒102-8177　東京都千代田区富士見2-13-3
0570-002-301（ナビダイヤル）
印刷／図書印刷株式会社
製本／図書印刷株式会社

【初出】……………………………………………………………………………………
本書は、カクヨム(https://kakuyomu.jp/)に掲載された『異修羅』を加筆、修正したものです。

ISBN978-4-04-913532-9　C0093　Printed in Japan

ファンレターあて先
〒102-8177
東京都千代田区富士見2-13-3
電撃文庫編集部
「珪素先生」係
「クレタ先生」係

超世界転生エグゾドライブ01
—激闘！　異世界全日本大会編—〈上〉

著／珪素
イラスト／輝竜 司
キャラクターデザイン／zunta

一番優れた異世界転生ストーリーを決める！
世界救済バトルアクション開幕！

　異世界の実在が証明された20XX年。科学技術の急激な発展により、異世界救済は娯楽と化した。そのゲームの名は《エグゾドライブ》。チート能力を４つ選択し、相手の裏をかく戦略を組み立て、どちらがより迅速により鮮烈に異世界を救えるかを競い合う！　常人の9999倍のスピードで成長するも、神様に気に入られるようにするも、世界の政治を操るも何でもあり。これが異世界転生の進化系！　世界救済バトルアクション開幕！

電撃の新文芸

EDGEシリーズ
神々のいない星で
僕と先輩の惑星クラフト〈上〉

チョイと気軽に天地創造。
『境界線上のホライゾン』の
川上稔が贈る待望の新シリーズ！

気づくと現場は１９９０年代。立川にある広大な学園都市の中で、僕こと住良木・出見は、ゲーム部でダベったり、巨乳の先輩がお隣に引っ越してきたりと学生生活をエンジョイしていたのだけれど……。ひょんなことから“人間代表”として、とある惑星の天地創造を任されることに!?　『境界線上のホライゾン』へと繋がる重要エピソード《EDGE》シリーズがついに始動！　「カクヨム」で好評連載中の新感覚チャットノベルが書籍化!!

著／川上稔
イラスト／さとやす（TENKY）

電撃の新文芸

GENESISシリーズ
境界線上のホライゾン NEXT BOX
序章編

著／川上稔
イラスト／さとやす（TENKY）

ここから始めても楽しめる、
新しい『ホライゾン』の物語！
超人気シリーズ待望の新章開幕!!

あの『境界線上のホライゾン』が帰ってきた！
今度の物語は読みやすいアイコントークで、本編では有り得なかった夢のバトルや事件の裏側が語られる!?
さらにシリーズ未読の読者にも安心な、物語全ての ダイジェストや充実の資料集で「ホライゾン」の物語がまるわかり！　ここから読んでも大丈夫な境ホラ（多分）。それがNEXT BOX！　超人気シリーズ待望の新エピソードが電撃の新文芸に登場!!

電撃の新文芸

Unnamed Memory I

青き月の魔女と呪われし王

読者を熱狂させ続ける
伝説的webノベル、
ついに待望の書籍化!

「俺の望みはお前を妻にして、子を産んでもらうことだ」
「受け付けられません！」
　永い時を生き、絶大な力で災厄を呼ぶ異端――魔女。強国ファルサスの王太子・オスカーは、幼い頃に受けた『子孫を残せない呪い』を解呪するため、世界最強と名高い魔女・ティナーシャのもとを訪れる。“魔女の塔”の試練を乗り越えて契約者となったオスカーだが、彼が望んだのはティナーシャを妻として迎えることで……。

電撃の新文芸

著／古宮九時
イラスト／chibi

悪役令嬢になったウチのお嬢様がヤクザ令嬢だった件。

著／翅田大介
イラスト／珠梨やすゆき

ケジメを付けろ！？型破り悪役令嬢の破滅フラグ粉砕ストーリー、開幕！

「聞こえませんでした？　指を落とせと言ったんです」
　その日、『悪役令嬢』のキリハレーネは婚約者の王子に断罪されるはずだった。しかし、意外な返答で事態は予測不可能な方向へ。少女の身体にはヤクザの女組長である霧羽が転生してしまっていたのだった。お約束には従わず、曲がったことを許さない。ヤクザ令嬢キリハが破滅フラグを粉砕する爽快ストーリー、ここに開幕！

電撃の新文芸

ステラエアサービス

曙光行路

著／有馬桓次郎
イラスト／よしづきくみち

**緋色の翼が導く先に、
はるかな夢への
針路がある。**

亡き父に憧れ商業飛行士デビューした天羽家の次女“夏海”は、高校に通う傍ら、空の運び屋集団・甲斐賊の一員として悪戦苦闘の日々をスタートさせた。

受け継いだ赤備えの三式連絡機「ステラ」を駆り、夢への一歩を踏み出した彼女だったが、パイロットとして致命的な欠点を持っていて——。

南アルプスを仰ぐ県営空港を舞台に三姉妹が営む空の便利屋「ステラエアサービス」が繰り広げる、家族と絆の物語。

傷心公爵令嬢レイラの逃避行 上

**溺愛×監禁。婚約破棄の末に
逃げだした公爵令嬢が
囚われた歪な愛とは――。**

事故による２年もの昏睡から目覚めたその日、レイラは王太子との婚約が破棄された事を知った。彼はすでにレイラの妹のローゼと婚約し、彼女は御子まで身籠もっているという。全てを犠牲にし、厳しい令嬢教育に耐えてきた日々は何だったのか。たまらず公爵家を逃げ出したレイラを待っていたのは、伝説の魔術師からの求婚。そして婚約破棄したはずの王太子からの執愛で――？

著／染井由乃
イラスト／鈴ノ助

電撃の新文芸